ESTHER WAIJ

*

INEZ & ZO

SIJTHOFF

© 2007 Esther Waij

en uitgeverij Luitingh ~ Sijthoff BV, Amsterdam

Alle rechten voorbehouden

Omslagontwerp: Pete Teboskins / Twizter

Omslagillustratie: Ingrid Bockting

Foto auteur: Merlijn Doomernik

ISBN 978 90 245 5969 5

NUR 300

www.boekenwereld.com

Het zal niet eeuwig zomer zijn.

Erasmus

Voor Judith en Anita

NEE/ ofwel nee

'Néé...', het gekrijs was *by far* het afgrijselijkste dat ik ooit had
voortgebracht, als ik echt hardop had gegild zoals ik aanvankelijk dacht dat ik deed, waren vast de ruiten gesprongen (was
ik daarop uit? Ja!! Het zou weliswaar een enorme bende geven
maar wat kon mij dat nu nog schelen. Het fantastische effect!
Niemand kon ontkennen dat ik dat kon gebruiken), maar de
vreselijke schreeuw bleef in mij haken, zocht koortsachtig een
uitgang; verlamde mijn tong die ineens dik en onbruikbaar in
haar kurkdroge bed lag; knalde op zijn vergeefse zoektocht
naar buiten verblindende lichtflitsen voor mijn ogen of het
oud en nieuw was, hij galmde, weerkaatste, en implodeerde;
ik kreeg een stekende koppijn die, zo wist ik, de eerste uren niet
zou overgaan, het kwam niet vaak voor dat mijn schedel leek
open te barsten, eens in de paar jaar slechts en alleen dan als er
zwaar weer op komst was, herstel, als ik daar middenin zat,
mijn lichaam leek me te willen helpen, verlossen van de geestelijke ellende: als de migraine verdwenen was, zou ook dat wat
mij verscheurde van verdriet, woede, onrust, angst, dat probleem,
hoopte ik of mijn lijf of wij beide, zou opgelost zijn als suiker
in een gloeiende Latte Macchiato, als een ijsblokje in Café Frappé,
als slagroom in Panna Mantata, gember in Satans Koffie,
chocolade in Café Mocha, maar het zou niet opgaan, dit keer
niet, dit verdriet zou hardnekkig zijn, erger dan alles wat ik
ooit meegemaakt had en het zou jaren duren, ik zou woest
worden en tot dingen in staat blijken die ik nooit vermoed had.

NIET/ ofwel een ramp

Verdoofd stond ik in mijn *walk-in closet* en wilde de spiegel-kasten openschuiven toen, raar, iets wat zeker al meer dan duizend keer achteloos aan me voorbij moet zijn gegaan, kon blijkbaar ineens opvallen: de door de werkster fris gepoetste, tot in ieder minuscuul hoekje glimmende spiegels. Als de dia-mant aan mijn vinger glansden ze me spottend toe. Vertraagd schoof ik de deuren open, één voor één, de ander na de ander. De leegheid was overweldigend. Aanvullen? Vol kopen? Ging dat nog? Oskar wilde van me af. Scheiden.

'Ben je gelukkig?' had ik in het snelle voorbijgaan gevraagd, net door Miriam en Renske afgezet, het haar perfect nonchalant gecoupt en geblondeerd door Harry, het was immers vrijdag, en Vrijdag is Kapdag. Oskar keek me aan, en voor het eerst zei hij 'nee'. *Ongelooflijk*. Net zo'n drukke dag met mijn vriendin-nen achter de rug, zelfs ons Maandelijkse Goede Doel nog afgerond met de moeite van een bal die tegen een berg probeert op te rollen, krijg je dit. Hij ook altijd met z'n flauwe grapjes, kan-ie nou niet even meewerken, gewoon voor de leuk, net zoals ik mijn vraag bedoeld had? Maar Oskar schudde zijn hoofd. En voegde er bloedserieus aan toe dat hij wilde scheiden.

///////////////////////// /////
/// // /
/ / / / / / / //// / / / / / / / / / / / / / //// / / / / / / / /
/ / / / / / //// / / / / / / / / / / //// ///////// / / / / / /
/ / / / / / / / / //////////// / / / / / / / / / / / / /
////// / / / / // / / / / / ///////// // / / / / / /
///////////// / / / / / / / / / / / / / / / / / / ////// / / / / /
/ / / / / / / //////////// / / / / / / / // ///////////////// // /
/ / / / / //////// // /
// /////
////// //////////////// *ZWART PIJN PIJN PIJN PIJN PIJN PIJN*
PIJN PIJN PIJN PIJN PIJN ZWART / / / *ZWART ZWART*
ZWART ZWART / / / / / / / //// / / / / / / / / / / /
//////// / / / / / / / / / / / / / / / / //// / / / / / / / / / / /
//////////// / / / / / / / / / / / / / / / / ///////// // / / / / /
/ / / / / / / / / / / / /////// / / / / // / / / / / //////////// //
/ / / / / / / //////////// / / / / / / / / / / / / / / / /
/////// / / / / / //////////////// / / / / / / / // / //////////////
// / /*ZWART*/ / /// / / / / / / / / / / / / *ZWART ZWART*
ZWART ZWART ZWART ZWART ZWART ZWART PIJN PIJN
PIJN PIJN PIJN PIJN PIJN PIJN PIJN PIJN / / / / / / / / /
/ / / / / / / / / / / /////// / / *PIJN ZWART ZWART ZWART*
ZWART ZWART ZWART ZWART ZWART / / / / / / / /////// // / /
/ / / *ZWART ZWART ZWART ZWART ZWART ZWART* / / / / /
/ / / / / / / / / / /
PIJN PIJN PIJN PIJN PIJN PIJN PIJN PIJN PIJN PIJN
PIJN ZWART ZWART ZWART ZWART ZWART

/ PIJN PIJN PIJN
PIJN PIJN PIJN PIJN PIJN PIJN PIJN PIJN ZWART ZWART
ZWART ZWART ZWART ZWART lichtzwart donkerzwart
blauwzwart grijszwart vaal zwart rijk zwart arm zwart
mager zwart vol zwart verzadigd zwart onverzadigd
zwart diepzwart helderzwart scherpzwart roodzwart
groenzwart grauwzwart pikzwart gitzwart duivelzwart
helzwart verschrikkelijk zwart vreselijk zwart lelijk zwart
mooi zwart dofzwart erg zwart glanzend zwart elegant zwart
makkelijk zwart dodelijk zwart zwart-wit zwart-op-wit zwarte
weduwe zwart geld zwartgallig zwart gat zwarte kunst zwartboek
zwarte nacht zwarte kat nachtelijk zwart zwart als de nacht
kolenzwart gifzwart zwa

Zware ellende

Mijn zwarte bladzijden op schrift tot aarzelend wit overgegaan. Niet omdat mijn gemoedstoestand zo is, nee, omdat die rotpen het begeeft, ook dat nog, misschien weigert zij dienst net als alles in en om mij heen, sluit ze zich aan bij datgene wat te moeilijk, zwaar, donker, duister, intens, pijnlijk, heftig, naar, ellendig is om in woorden te kunnen vatten.

DAARNA/ ofwel stormende gedachten die naar adem doen happen

Heeft hij een ander? Hij zegt van niet. Maar waarom wil hij anders opeens scheiden? Goed, het loopt niet honderd procent, dat is duidelijk, maar overal zo. Iedereen heeft zijn ups and downs. Alleen Renske en haar man misschien niet, maar dat is het achtste wereldwonder. En wie zegt dat het allemaal waar is? Had ik altijd alles verteld?

Heeft hij een ander? Hij zegt van niet. Had ik de tekenen moeten zien in zijn overwerk? Hij werkt altijd over.

Heeft hij een ander? Hij zegt van niet. Is dat waar of kan hij werkelijk zo glashard tegen me liegen? Ik geloof van niet. Maar kan je op jezelf vertrouwen? Ik had ook geloofd dat we altijd samen zouden zijn. En dat blijkt ook niet waar.

Heeft hij een ander? Hij zegt van niet. Hij 55, ik 37. Gaat hij mij in de steek laten voor een jonger of ouder iemand? Als het zo is, het een of het ander, moet ik me daar dan meer of minder om schamen? Als ze jonger is ben ik dan een oud paard, en als ze ouder is ben ik dan zo vreselijk dat hij nog liever genoegen neemt met een half lijk? Laat het niet waar zijn alsjeblieft, het een noch het ander.

Heeft hij een ander? Hij zegt van niet. Er zwermen mooie vrouwen om hem heen, hij zegt altijd en nog steeds dat dat hem niks doet. Hij keek er ook nooit echt naar. Heb ik me onterecht safe gevoeld?

Heeft hij een ander? Hij zegt van niet. Ik wil hem geloven. Ik móét hem geloven, anders is alles nog erger dan het al is omdat de hoop vervlogen is. Dan heeft hij me bewust bedrogen, onze liefde doelbewust verraden, en mij erbij. Fysiek, geestelijk en emotioneel gekozen tegen mij, tegen onze dochter Jos, tegen zijn gezin. Dat is niet te verkroppen. Nooit.

Een ander? Die kan hem nooit geven wat ik nog altijd bereid ben te geven.

Een ander? Ik moet ervoor kiezen mijn man te geloven, anders word ik helemaal gek en kan ik nooit meer iemand vertrouwen.

Een ander?

SPREKEN/ ofwel Inez móét het gewoon checken

André, neem op! Als iemand iets wist was hij het, en ik stond inmiddels op het punt mijn kop tegen de muur te slaan, al voelde het of de muur bezig was tegen mijn kop te rammen.
Hij nam niet op. Natuurlijk nam hij niet op. Het zal meezitten.
Maar ik moest hem hebben. ...Dan maar de politie.
Al voor hij zijn standaardverhaaltje had afgeriedeld wist ik dat hij het was.
'Hé, André, met Inez.'
'Ik hoor het ja,' zei hij.
'Hoe is het?' hoorde ik mezelf bijna luchtig vragen, in plaats van direct tot de nare kern te komen. Hij vroeg daarop hoe het met mij ging, ik stamelde iets van 'Ja, goed,' en 'Druk.' *Kom op, laf ei. Bang voor de waarheid?*
'Zullen we vanavond een wijntje doen?' vervolgde ik zwakjes.
'Ik bedoel, met z'n tweeën.' Het schoot al lekker op zo. *Zeg dan ook waar je voor belt! Cut to the chase!*
'Nou-hou,' antwoordde André ondertussen, 'hier ook druk hoor. Afzakkertje wordt moeilijk. Ben bezig met een ED, moet nog wat pv-tjes opmaken, heb hier nog een DACTY, afspraak met BEO, TR komt nog op bezoek...'
Ook dat nog. Als Dré eenmaal over z'n politiewerk begon...
Je zou denken dat hij bij de FBI zat. Niet nu, niet nu!
'Goed, André, ik zal je niet langer lastigvallen maar...'
'Jij valt me nooit lastig.'
En in z'n dubbelzinnige opmerkingen had ik ook geen zin.
'André, alleen even een klein dingetje.'
'Ik heb geen klein dingetje hoor, als je dat maar weet. Ik heb een hele grote.'
'Ha ha. Ik ben serieus, André.'
'Ik ook.'
'André! Toe nou.'
'Nou toe maar dan.'
Daar ging ik. Het lukte niet zo best. Ik wist niet dat er zo'n hoop gestamel uit mijn mond kon komen. Wie was ik geworden in één nacht? Na driehonderd eh's was de essentie eruit:

ging Oskar vreemd, had hij een eh...
'Nee. Geen vriendin.'
Mijn voeten kregen weer bodem.
'Echt niet?'
'Noop.'
'Zweer je dat?'
'M-m.'
'Maar waarom wil-ie dan...?'
'Inez, dat moet je met hem bespreken. Niet met mij.'
'Maar hij zégt niks. En jij bent zijn vriend. En je was onze huwelijksgetuige. Dan heb je toch een bepaalde verantwoording. We vieren het niet voor niks ieder jaar met jou erbij.'
'Ga nou maar met Oskar praten.'
'Maar je liegt dus niet?'
'Noop.'
'Godzijdank. Ik had het niet kunnen verdragen als... Nu is er misschien nog... Nou ja, gelukkig. Bedankt.'
'Niks te danken.'

Het had niks geholpen. Mijn hoop ook niet. Niets. Oskar bleef bij zijn beslissing. Geen losse flodder. Mijn lijf slap en week, ongemakkelijk en niet van mij. De binnenkant van mijn hoofd leek zich koppig en hardnekkig naar buiten te willen verplaatsen, zocht een doorgang via mijn oren, ogen, mijn schedel, leek maar niet te willen vatten dat het niet kon, dat hij daar niet hoorde, dat hij op zijn plaats moest blijven. Alles moest op zijn plaats blijven. Alles klopte. Niks klopte.

DWALEN/ ofwel adviezen van anderen niet kunnen opvolgen

Ik had het nog niemand gezegd, mijn vriendinnen niet, mijn moeder niet. Ik had me teruggetrokken in een migraineaanval en liep vervolgens alleen maar verdwaasd rond, niet in staat op aarde te landen. Van veraf zag ik hoe ik eruitzag: slecht.

Toen ik het uiteindelijk uit mijn mond geperst kreeg, het S-woord waarvan ik nooit had gedacht dat het op Oskar en mij van toepassing zou zijn, waren Miriam, Renske en m'n moeder net bezig míjn laatste bonbonnetjes naar binnen te werken. Als speurhonden hadden ze de paar eenzame Belgische flikken die nog in huis te bekennen waren, weten te vinden. Mijn onverwachtse bom deed de bedrijvigheid van het haast orgastische trio compleet verstillen. Hun gevoelens en gedachten doorliepen enige snelle en waarschijnlijk gepaste stadia.
Verbazing:
'Wat?!' 'Hè?!' 'Scheiden?!'
Dat hielp niet. Als een ander het uitsprak werd het zelfs nog erger, en het kijkje in de keuken voelde fout, alsof jij zelf de fundamenten wegtrok, jíj het gebouw in de fik zette, er bovendien door jóuw schuld niet voldoende bluswater was, slechts tranen en nog meer waardeloze tranen, tot je een uitgeperste verwrongen citroen was.
Woede:
(Het drietal snoepte ondertussen ongestoord weer verder van mijn flikken.)
'Wat een lul.' (smak) 'Is hij helemaal gek geworden?!' (smak) 'Hij krijgt nooit een betere dan jij.' (smak, smak)
Ook woede hielp niet. Al was het fijn dat ze met me meeleefden.
Nieuwsgierigheid/inschatten van de situatie:
'Heeft-ie een...' Na een doeltreffende stoot van Renske, hield Miriam de rest van haar vraag krampachtig in. Precies mijn darmen die mijn poep niet loslieten. Ik was niet meer naar de wc geweest 'sinds', wel had ik aandrang, een stevige soms zelfs,

maar er kwam niks, nada, niente; ik kon persen, puffen en kreunen wat ik wou, geen keutel, drolletje of poepje kwam eraan te pas, de verstening die bezit van me had genomen was bezig aan een gestage opmars en legde ook al beslag op mijn ingewanden; iets zei me dat ik moest oppassen (of het allemaal nog niet beangstigend genoeg was): straks was ik één grote opgekropte harde dooie drol. Ik schudde star mijn hoofd.

'Hij zegt van niet.'

'Kan me ook niet voorstellen. Hij heeft jóú toch al voor zijn penopauze gebruikt.'

Normaal kon ik daarom lachen, het was waar, maar nu deed het zeer, was wrang, ik kon er niks mee. Het naar redenen gissen werd gelukkig verder gelaten, ik denk dat ze wel zagen dat het me te moeilijk afging. Bovendien diende de volgende fase zich bij Miriam al trappelend aan.

Oplossing/onderdanigheid tonen:

'Relatietherapie!'

Dat kwam niet onverwachts uit Miriams mond: ze zat zelf op de bank bij zo'n praatpaal. Ik had het ook aan Oskar geopperd, maar het geboden zoenoffer werd niet geaccepteerd. Oskar weigerde pertinent, zo vertelde ik de drie naar waarheid:

' "Daar ben ik de mens niet naar", zei hij. Toen zei ik: "Waar ben je wel de mens naar? Je vrouw en kind in de steek laten?" ('Precies,' zei Miriam, 'wat een lul!' 'Nou nou,' zei mijn moeder, al flikken smikkelend.)

Oskars gezicht vertrok.

"I-ne-hez", zei hij.

"Os-ka-har", zei ik toen.

(Daar giechelden de meiden om, mijn moeder vond me kinderachtig.)

Toen was Jos binnengekomen en liep hij weg.'

Duidelijker had hij zijn punt niet kunnen maken, en hij was er star bij gebleven bovendien. Wij gingen niet naar een kletskut.

En terugpakken/wraak:

Het gelegenheidsdrietal meende dat als de zaken zo stonden, ik acuut een advocaat op Oskars dak moest sturen. Dat was om twee redenen onmogelijk.

– Ten eerste had het geen zin, zijn dak was niet eens mijn dak. Ooit wist ik zo zeker dat we nooit zouden scheiden, ik had alles ondertekend wat hij wou. Ik vond het ook eerlijk: hij was tig jaar ouder dan ik en had in die tijd zelf zijn fortuin weten te verzamelen. Bovendien: al had ik moeten ondertekenen dat ik zou moeten sterven voor hem, had ik het bij wijze van spreken nog gedaan. Zo groot was mijn liefde: ik wilde deze man en niets anders. Daar was *never* niets in veranderd, sterker nog, nu, na Het Gesprek, dat geen gesprek was maar eerder een mededeling, werd ik misselijk als ik alleen maar aan iemand anders dacht. Misschien had ik in het verleden wel eens geflirt, maar nooit meer dan dat en naar ik me herinner ook niet serieus. – Ten tweede was ik niet in staat iemand op zijn dak te sturen. Ik had er de fysieke noch de geestelijke moed voor, de kracht tot wat dan ook ontbrak me volledig. Hier en daar kon ik nog een beetje logisch denken, maar klotekutje, daar was alles dan ook mee gezegd. Zompigheid, moeras van drijfzand, dat was mijn plek nu, ik wist dat je niet moest trappelen, zo min moge- lijk bewegen, en dat kwam goed uit want was precies het enige wat ik kon. Ik klampte me vast aan een oeroude wijsheid, ik klampte me vast aan een bodem die er niet was.

Het eerste punt, blind ondertekenen van de huwelijkse voor- waarden, vond mijn moeder toen ik ging trouwen al uitermate dom, het tweede, dat ik óp was, niet in staat te vechten, een strijd aan te gaan, categoriseerde ze, ondertussen haar chocolade- mondje fijntjes deppend, als 'oerstom'. Sterker nog, als: 'Het stomste wat je in je hele leven kunt doen.' Ik had niet zoveel belangstelling meer voor mijn leven.

Ik wil niet denken, al zegt iedereen dat ik dat wel moet doen. Mijn complimenteuze moeder meent zelfs: 'Als ooit, dan nu.' Ik verlang naar migraine; het gepraat van iedereen, al die meningen, ik hoor niets, alles wordt overheerst door dat ene: ik word in de steek gelaten. Mijn man wil weg, door zonder mij. En zonder zijn dochter. Dan moet het wel heel erg zijn. Ben ik zo afstotelijk, zo vreselijk?

Angst rolde zwaar als een rotsblok op verstening. Verdriet stortte zich er in monsterlijk uitgehouwen tranen bovenop. Ik werd ingesloten door killers van brokstukken, zat verstard als een konijn, en was als een klein kind zo bang doorkliefd, of verpletterd te worden.
Hoe moet het nu verder? Hoe?

I. NIET

Schrijven, pen, papier, maak me rustiger!
(Vroeger toen ik kind was deden jullie het, als mijn
hersenen oververhit dreigden te raken, ik de angst in
m'n lijf had voor de heftig felle tikken van mijn moeder,
de rode striemen die mijn lichaam spoedig zouden
ontsieren rillend tegemoet zag wanneer ze weer laaiend
onder aan de trap stond te schreeuwen:
'Kom naar beneden! Als ik naar boven moet komen
wordt het nog veel erger!'
Onmogelijk. Ging je, liep je als een domme koe je onder-
gang tegemoet. Ging je niet, was het korte uitstel even
beangstigend, want of je hoorde haar de trap op komen
en dan wist je niet waar je het zoeken moest - opgesloten
in je kamertje kon je geen kant meer op en haar klappen
zouden harder zijn want ze zou kwader zijn omdat zij
naar boven had moeten komen - of je hoopte dat ze die
moeite niet zou nemen, juist die hoop was een enge,
gevaarlijke gok die je bleef overpeinzen in de nauwe
seconden die je nog had.)
Ik smeek het jullie nu: geef al die gedachten in mijn
hoofd een tastbare uitweg, klem het doolhof af.

Hij wil het niet! Met Jos praten. Zijn bloedeigen dochter!
Haar vertellen wat er aan de hand is: dat ze niet meer
hier mag wonen, dat we moeten verhuizen en met we
bedoel ik zij en ik. Hij wil het niet zeggen, dus doet dat
niet. Zo simpel gaat dat. Dat is toch niet normaal. Ze
weet nog niets. Of toch wel? Ontvlucht ze ons daarom
vaker, is meer bij haar vriendinnetjes te vinden dan
hier?
Niets is een groot woord. Ze is lang niet achterlijk, mijn
dochter.

Lafbek, dat ik de boeman moet zijn.
'Dat ik jou verdriet doe vind ik al erg genoeg' zegt hij,

en dan komt het mooiste: hij kan het niet aan om haar ook verdriet te doen.

Mag ik het doen.

'Vrouwenzaken', noemde hij het. Dat schoot dus even verkeerd.

'Is dat zo Oskar? Vrouwenzaken? Wil je daar iets mee zeggen?'

Kromme zinnen, grove associatie, maar hij begreep wel wat ik bedoelde. En blijft nog steeds hardnekkig ontkennen dat hij een ander heeft. Hij wil vrij zijn. Kan het niet meer zo. Het benauwt hem. O. En waarom heb ik dat dan niet eerder gehoord? En 'if so', is scheiden werkelijk het toverwoord? Wie denkt hij dat hij is? Harry Potter?

LAFBEK. Dit is en blijft zijn schuld, hoe je het wendt of keert, hij is degene die niet meer wil, niet ik. Waarom moet ik het onze dochter dan vertellen?

Dat het al langer niet altijd goed gaat, ja, ze weet het wel, ik weet het ook, haar vader en ik, ik kan me er zo om schamen: de misselijke woorden die we uitbraken, de vuile stroom waarmee we elkaar lately onderkotsen. Ruzies, gemeen en scherp snijden de lucht aan scherven, benemen de adem en ineens, tot je ontsteltenis ben je het weer: een naar lucht happende bakvis.

Ik weet niet hoe het komt, ik hield en hou nog steeds van hem, ik denk dat hij al die beroerdigheid (onbewust?) uitlokt.

De ruimte die zich destijds aan onze verliefdheid aanpaste, zo graag ineenkromp als we samen waren, magnetisch werd zelfs, Oskar en ik werden naar elkaar toe getrokken als konden we er niets aan doen, de totale ruimte slechts gevuld wanneer wij zo dicht bij elkaar waren als fysiek maar kon. Nu worden we machteloos uit elkaar gedwongen in dezelfde ruimte, moedeloos tot twee negatieven veroordeeld.

Oskar ergert zich tegenwoordig al wanneer onze voeten

elkaar raken 's nachts, bliksemsnel trekt hij ze weg als een gemartelde beer z'n poot van een roodgloeiende plaat. Soms volgt een stuiptrekking. Tenminste, ik dacht altijd dat het dat was als Oskar mijn been opeens even venijnig hard raakte. Nu weet ik dat niet meer zo zeker.

Tijd is ook zo'n raar ding. Eens duurde het wachten op elkaar zo lang, de eerste afspraakjes, die heerlijke zenuwen, ruim 15 jaar geleden, twee jaar voor Jos werd geboren.
De zwangerschap, ook al zo'n eeuwigheid, wat waren we nieuwsgierig naar het ultieme product van onze liefde, naar wat alleen wij tweeën zo maken konden. En wat waren we gelukkig met het kleine bundeltje én met elkaar toen ze na een lange nacht van pijn en gekrijs eenmaal uit mijn lijf geperst was.
En die eerste kus! De kus waardoor we wisten: ik hoor bij jou en jij bij mij. Waar is dat nu? Dat gevoel? Die overtuiging?
Kuste je me maar weer, ik mis je warmte Oskar.

Het doet pijn als je je van me afkeert Oskar, dát je je van me afkeert Oskar. Is er werkelijk geen weg terug? Hij zegt van niet. Wil uit elkaar, niet tijdelijk maar definitief. Alleen wil hij wonen en wel zo snel mogelijk, waar komt die haast vandaan, hij voelt zich verstikt, kan het niet meer aan, en nu, sinds kort, gaat alles ineens zo snel. In grote haast verloopt mijn leven, vervalt ons geluk, tomeloos snel tuimel ik de afgrond in.
Snel, sneller, snelst. Wie is het eerste beneden. Ik ben de winnaar die ik niet wil zijn.

Hoe lang gaat het duren voor ik Jos zal vertellen wat ik moet vertellen?

DUS/ ofwel Inez vertelt Jos hoe het zit

Het kwam toch nog onverwachts, mijn verhaal.

Jos was witheet, compleet overstuur, vloekte alles bij elkaar, of ze cum laude was afgestudeerd bij de duivel zelf. Vurige vlekken haastten zich van haar hals naar haar gezicht, dat had ze van haar vader, fraai was het niet. Ineens viel ze stil, midden in haar scheldkanonnade, of ergens in haar iets op z'n plaats schokte, en ze keek naar me, ze zag me aan op zo'n griezelige manier dat ik de wereld uit wilde rennen.
Wist ik maar waarheen.

Daar bleek Oskar voor gezorgd te hebben.

FIJN/ ofwel het nieuwe appartement is een grote schok voor de arme rijke Inez

Moet dit mijn nieuwe huis worden? Dit is geen huis.
Dit is een hok, een kippenhok, een fietsenstalling! Een absurd lelijke, burgerlijke en krappe etage: kleine woonkamer met onfijn uitzicht op de overburen, schilderijen van eens hebben hun leven achtergelaten, exact is aan de donkere omlijsting te zien waar ze jaren gehangen moeten hebben, het verleden smerig tastbaar geworden. Een dooie mot ligt in de gang waar slechts een péértje hangt, twee armoedige slaapkamertjes waar niet eens een peertje hangt, maar lege fittingen aan een lang snoer uit het plafond steken, of de vorige bewoners (gruw, wie waren dat eigenlijk) zeggen wilden: 'Doe geen moeite het licht aan te doen, beter is het niets te zien.' Je kon je er ook aan ophangen, aan dat snoer.
Doffe ellende, je kan je kont niet keren hier, het grote tweepersoonsbed van Oskar en mij past er niet eens in, ik verstar; Oskar zal hier helemaal niet slapen, dat is precies waar het allemaal om begonnen is.

De buurvrouw aan de andere kant van de galerij wuift, mooi is ze, ook dat nog, steek mijn ogen maar uit nu ik op mijn onvoordeligst ben, ik zou de gordijnen dicht willen slaan, maar die hangen er verdomme niet.
Niks tuin, piepbalkonnetje, piepkeuken, pieplelijk goedkoop witbetegelde Gammaplee, het woord 'toilet' is hier echt niet op zijn plaats, nergens een bad te bekennen, slechts een aftandse douche, o kijk, hier hebben ze het gore groezelige gordijntje nou weer net wel laten hangen, heel fijn, dank u. Beton op de grond overal, zijn dat nou muizenkeutels of hagelslagjes daar, o wat ernstig, zoiets gun je je ergste vijand nog niet, nou ja dat weer wel, als Oskar ooit een vriendin krijgt, ik hoop dat ze nog erger zal meemaken dan dit, laten ze die teef maar wegmetselen achter een dikke vette muur, de smeerlap, hoe kan die rotzak mij dit... Ik keer me om door het gehoest dat al even aan de gang is, maar verergert. Kijk naar Jos die doet alsof. Die zal

mij niet laten merken dat ze verdriet heeft, ze verstopt haar tranen liever achter de een of andere aanval. Ik wil iets liefs zeggen, iets troostends, voor ik de woedende schittering in haar ogen herken opent zij haar mond:

'Hou je bek trut,' en ze stapt weg naar de grootste slaapkamer. Die is dus van haar.

Ze ramt de deur dicht, ik hoor haar op de grond ploffen.

Niet meer in Zuid. *In the middle of nowhere.*

Daar sta ik dan.

KEUZE/ ofwel Inez hoort eindelijk sorry

Hij is een man. De man die dit allemaal veroorzaakt heeft. Die doorgaat met zijn leven en het mijne heeft stilgezet. Rest mij iets dan haten?

Zijn stem klinkt.

'Maak het nou niet nog moeilijker dan het al is. Denk je dat ik het leuk vind?'

'Weet ik niet, zeg jij het maar.'

'Of je gaat in dat huis en ik geef je geld om het in te richten en genoeg om van te leven...'

'Of?'

'Of niet. En dan... Verdomme, sorry.'

Godzijdank. Een sorry. Op het laatste moment waar ik zo op gehoopt had. Zijn ogen. Míjn ogen. Ik ben onmiddellijk bereid hem te vergeven. – Mijn geleden pijn krijgt hij later wel op zijn bord. Nu val ik opgelucht in zijn armen en tuit mijn lippen. Kus. We kussen! God, wat was dat lang geleden, god wat kon hij dat goed, steeds heftiger draaien we om elkaar heen, we vallen haast op de grond, ik giechel; hij lacht; wij grijnzen verlangend. Ineens staan we aan elkaar te sjorren of ons leven ervan afhangt, onhandig als pubers. En dan. Zijn pik. Niks meer van een puber. Niet te missen. Al zou je willen. Ik wil het niet, want ik wil het. Hem. Helemaal. Als vanouds zijn staaf prachtig, trots, heerlijk groot en recht omhoog, de Kleine Os is wakker geworden uit z'n winterslaap en strekt zich naar me uit. Ik zak door m'n hoeven, sabbel en lebber als een net geboren kalf aan een op knappen staande uier. Ik zuig zoals ik nog nooit gezogen heb. Aan mij zal het niet liggen. Oscars mond hangt een beetje open. Hij kreunt. Genot. Puur genot. Goed zo jongen, kom maar bij mama.

'Sorry, maar dan wordt het erg moeilijk voor je. Ons huis staat op mijn naam. Ik hoef het je waarschijnlijk niet uit te leggen, maar alles staat op mijn naam. En je kunt er niet bij. Ik heb alles *afgeseald*.'

Niks goed. Goed fout. Het enige wat ik wegslik, is mijn naïeve stommiteit.

'Maar je kan daar wonen, voor nop, alleen gas, water en licht, de rest komt wel een keer. Of niet. En als je het een beetje leuk aankleedt binnen, ook dat betaal ik, dat beloof ik je, dan is er niks mis mee.'

Er was een heleboel mis. Met alles, tot en met zijn beloftes aan toe.

'Je kunt zelfs meubels meekrijgen.'

'Die passen er niet in.'

Hij blaast uit. Het teken. Hij heeft er genoeg van.

'Wees blij dat je érgens kunt wonen. Oké, het is dan wel niet in Zuid, maar wat wou je dan, bij mij om de hoek wonen? Dan lopen we elkaar om de haverklap tegen het lijf. Of dat zo makkelijk is.'

Niet huilen. Niet huilen. Niet huilen.

'Kom, stel je niet aan. De stad is bezaaid met die pandjes.'

Pándjes. Ik wou dat ik een pandje had om mee op z'n bek te slaan. Gehaast vult hij de stilte, hij weet van geen ophouden. Wat is dat nou, begint hij op mij te lijken en ik op hem?

'Jezus christus, je doet net of ik je op straat zet.'

Bull's-eye. Zo voelde het precies.

'Inez, driekwart van de bevolking woont in dat soort flats.'

Dat zal wel. Maar ik niet. O, ik kende ze wel, de goedkopere buurten in de stad waar grijs voorrang heeft boven groen, erdoorheen gereden had ik vaak genoeg op zoek naar sluiproutes als het overal weer eens potdicht zat, wegwerkzaamheden hier, riooltje verleggen daar, mijn rode Mini Coopertje schoot zo mooi op via die weggetjes waar je eigenlijk van mijn kant gekomen niet in mocht, maar wat moest je anders, van dat vaststaan kreeg je nog een hartverzakking. De maalstroom der gedachten trok me mee, mijn 'koetsje' was ik ook vast kwijt, net als mijn mooie huis, mijn mooie man, mijn fijne leven, mijn gemakkelijke vertrouwdheid, mijn naïeve vertrouwen, mijn geluk, mijn lachen, alles, alleen nog herinneringen, onzekerheden, vraagtekens, angsten.

Vaag hoorde ik Oskar nog iets zeggen.

Ik kon het niet meer omzetten in iets wat logisch klonk mijn brein leek op te geven paniek had al eerder bezit van me genomen werd nu overweldigend in de zenuwknoop in m'n maag ontstonden spontaan tentakels grote grijpgrage armen die mijn keel dichtsnoerden.

VERHUISD/ ofwel grote chaos

Binnen twee weken, het kunnen er ook drie geweest zijn of vijf of één, vraag me niet een eed erop te doen want ik was afwezig, mijn leven verliep zonder mij, blijkbaar kon dat want toen ik om me heen keek, bevond ik me werkelijk in het kutkrot.

We kwamen om in de bende, hoewel we slechts enkele grote dingen hadden meegekregen, of meegenomen, misschien paste het er niet in, ik weet het niet meer. Servies wel, bestek vergeten, make-upvoorraad en crèmepjes wel, mijn kleding niet of amper want zo ongeveer alles lag net sinds die afschuwelijke vrijdag die de rest van mijn leven als een noodklok inluidde, bij het Leger des Heils. Het moet meters aan zakken en dozen hebben gescheeld bij de verhuizing. Ondergoed en panty's wel, schoenen niet, kon niet – ik was nogal rigoureus geweest met mijn schenkingen aan het Goede Doel op Black Friday, *ja scherpe timing* – Jos' bed weer wel, ik op een oud matras, een nieuw bed moest er nog komen, we zouden al het grote nieuw kopen, het was er nog niet van gekomen. We leefden in het niets.

Hoop, gedachten, huilen, halve waanzin waren de beelden die ik, sommige vaag, andere scherp maar in flarden, nog voor me zag.

Oskars advocaat:

Een nieuwerwetse flitsscheiding. Oskar zou naast het appartement maandelijks de wettelijk verplichte alimentatie betalen, voor mij en voor Jos.

De verhuizing:

Grote mannen met oorbellen en giftige tatoeages waar ik geen oog voor had. Ik geloof, Jos wel. Maar dat moet ik me verbeeld hebben want dat kind is net dertien.

Lamgeslagen zwijgen en onderhuidse woede richting Oskar/ dagboekaantekeningen:

Bedankt Oskar, bedankt voor het nuken van mijn leven, het leven van je dochter, mij, een gedeelte van jou toch ook, dat kan toch niet anders.

Wij. Ons leven. Naar God. Ik zeg niks. Zwijg lamgeslagen. Te veel ruzies al. Ruzies die niet geholpen hebben,

behalve de leegheid te vergroten, alles verdwijnt in het
zwarte gat maar niets is in staat het te dichten.
Hoop:
Misschien als ik ga, ga zonder zeuren, gewoon ga, weg uit zijn
leven zoals hij uit het mijne, hij me dan zal missen, zal weten
wat hij weggooit. Jos. Jos gaat hij zeker missen. Hij moet haar
missen.
Doldraaien:
Hij moet mij missen. Hij moet ons missen. Moet-moet-moet.
Mammoet. Een mam die moet. Een man die moet. Hij moet.
Hopeloze gesprekken:
'Wees blij dat ik je niet op straat zet.'
'Wees blij dat ik jou niet op straat zet.'
'Kan niet.'
'Lul.'
'I-ne-hez.'
'Os-ka-har.'
Angst die blijvend rondsiddert in mijn lijf:
Hoe ik zonder deze man moet. Hij is zo dicht verweven met
mij en mijn leven dat hij mijn leven ís.
Miriam en Renske en mijn moeder:
Ze hielpen een uurtje dozen uitpakken. Maar ik wou het niet,
geen uurtje, geen minuutje, geen secondje dat gegraai in die
paar persoonlijke spulletjes die ik nog had, handen thuis graag,
nee en liggen laten ook dat krantenpapier van wat wel uitgepakt was, ik begon te janken vrees ik, uiteindelijk trof ik ons
zittend aan boven op de dozen. Het drietal vol goede raad, of
goedbedoelde raad.
Miriam: 'Inez, toe nou. Wat had je dan moeten doen? Bij hem
blijven? Bij iemand blijven die jou niet wil, dat kan niet. Dat is
vernederender en erger dan alles.'
O. Wie bepaalt dat?
De rede pleegde overspel, ik zou het waarschijnlijk ook zeggen
tegen ieder ander in mijn situatie: 'Hou je hoofd hoog', maar
nu kan het mij niet schelen wat vernederend is, of wat niet. *Ik
wil bij je blijven Oskar, ook al wil je mij niet. Verander mijn
leven niet kom terug kom terug.*

Maar mijn leven was veranderd en het zag er niet naar uit dat Oskar terugkwam.

Renske en Miriam waren nog een keer komen helpen, de eerste was een lieve meid maar vond 'mijn situatie' nu al nog maar net fijn. Zo ging dat: je kon intens meeleven met iemand die het rotter had dan jij, dat was zelfs een beetje lekker, maar niet te lang. Dan werd het saai, raakte de roddel eruit: zelfs de hypermoderne flitsscheiding deed het niet lang. Er zat slechts een beperkte houdbaarheid aan ellende, alleen voor jezelf leek er geen einde aan te komen. Miriam deed weliswaar haar best met me mee te huilen, dat was lief maar ondanks haar vertrokken gezicht rolden er geen tranen over haar wangen. Miriam huilde niet graag. Dan liep haar mascara uit.

Jos:

Of liever het ontbreken eraan. Ze was nergens te bekennen, soms stampte ze voorbij, het gezicht op onweer, ik bang voor haar donder.

Mijn moeder:

Die hield voet bij stuk, haar schuddende hoofd werd exemplarisch, dat ze er geen hernia van kreeg was een wonder: 'Kind, kind, kind, je had er meer moeten uitslepen.'

Ik wou nergens iets uitslepen. Ik wou uitslapen.

ERUIT/ ofwel levensmoeite en hoe je al trots kunt zijn op niets

Ik probeerde het met een mantra: 'Ik moet eruit. Ik moet uit bed. Ik moet het goede voorbeeld geven aan Jos.' Daar stopte het al. Het goede voorbeeld aan Jos? Ik weet niet of dat sowieso wel zal of nog kan helpen. Het serpent dat mijn dochter is zou haar weg weten in een slangenkuil. Ja, ik mag het niet denken, en al helemaal niet zeggen, maar ze is onuitstaanbaar. Je schrikt je dood soms: ineens stampen, gillen als een speenvarken, uit het niets, en vaker wel dan niet sinds we hier in dit krot wonen. Kan het haar amper kwalijk nemen maar opschieten doet het niet. *Eruit*. Ik moet eruit. Ik moet iets doen. Ik sla het dekbed open, het valt op de grond. Nu heb ik het koud. Maar ben te beroerd om op te staan. Ik moet, ik moet. Nee, wil niet. Koud. Rillingen. Ik probeer me uit bed te slepen. Moe. Rollen is misschien makkelijker, ja, dat is beter, ik kom o zo heerlijk zacht terecht op mijn zalig nog warme dekbedje. Ik trek het zo goed en zo kwaad als het gaat om me heen, mijn coconnetje dat me van de wereld afsluit. Ik doezel weg, laat de wereld de wereld. Ik blijf waar ik ben, zoek het allemaal maar uit. Ik doezel, doezel, ben bijna weg, *eek!* Er schoot iets langs me. Heb ik me nou vergist, of...

Dan kijk ik recht in de ogen van een muis, niet minder verstard dan ik loert het griezelige grijze monstertje terug. *Double eek!!* Ik heb het me niet verbeeld. Weg hier. Het smerige beest lijkt hetzelfde te denken want bij mijn eerste beweging al spurt hij ervandoor. We sporen elkaar aan in snelheid, hij is eerder dan ik en verdwijnt ik wil niet weten waar. Maar ik sta. Te tollen op mijn benen, moe, honger, schrik. Ik ben eruit. Dat heb ik toch mooi maar even gedaan.

LAM/ ofwel lamlendigheid

Jos naar school, een nieuwe school, dat moest toch al en had gelukkig niet met de verhuizing te maken, kon ze mij daar tenminste eens niet de schuld van geven, havo zou het waarschijnlijk worden volgend jaar, zonder ontbijt trapte de brugpieper haar fiets de straat uit, ontbijten wou ze niet, weg des te meer, waarom schreeuwt dat kind toch de hele tijd, denkt ze dat ik haar anders niet versta? Ik mis de nanny maar fijne Fernanda was met haar Spaanse hoofd handig genoeg om ineens álles te begrijpen (zo moesten ze de inburgeringscursussen ook maar eens aanpakken), en subiet haar koffers te pakken toen ze het hier had gezien, 'wegwezen' riepen haar ogen, slapen in de woonkamer leek dat verwende kreng niets, nou mij evenmin, ik wil helemaal niemand zien, Jos naar school zonder ook een lunch mee te nemen want die koopt ze wel bij de bakker die vlak bij school zit, zou ze ook zo naar hem schreeuwen? Ik dwaalde (voor zover je van dwalen kunt spreken bij drie kamers, een keuken en een kuthalletje), langs de dozen en de proppen papier, alleen en eenzaam door het nieuwe oude lelijke rothuis, *zouden Jos en ik het redden hier,* de woning mompelend gedag zeggend, groetend, des te vaker des te beter had ik wel eens gelezen, huizen schijnen gevoelig voor sferen te zijn, zo had je vrolijke huizen en sombere, ik groette me een ongeluk, iets is beter dan niets, wie weet helpt het om te doen of het allemaal maar best is, zo belandde ik achter Jos' zilverkleurige G4 Power Book, een cadeautje van haar vader, Oskar, mijn ex-man, toen ze wegging. Weg móést. Dit was niet uit liefde gegeven, dit was omkopen. Ik had de voogdij, hij wou die niet, het leven deugde niet: op mij was ze boos maar niet op hem.
Ze had het kreng aan laten staan, dat deed ze altijd en wat gaf het ook eigenlijk. We hadden andere dingen aan het hoofd dan het milieu op macroniveau, eerst onze eigen omgeving maar veiligstellen. Ik tikte in: Hoe staan we ervoor. Nee, is niks. Kan bondiger. Mijn leven? Beter.

MIJN LEVEN. Nee. **MIJN LEVEN**

Een kort maar overzichtelijk lijstje. Natuurlijk kreeg ik de keuze-vakjes niet mooi onder elkaar, ik vond het al heel wat dat ik de vierkantjes had gevonden, een computerster was ik niet en zou ik nooit worden. Weet ook niet hoe ik het kruisje nou in het vakje krijg. Stik. Dan maar ernaast. Nee wacht. Ik printte het uit. De keuzevakjes waren half verdwenen. Ook goed. Invullen met pen. Ligt hier toch. Korte gedachtekrabbeltjes erbij.

Dit A4'tje gaf de situatie van mijn leven weer.

Het zag er niet best uit.

MIJN LEVEN

	ja	nee	
man	☐	☒	*(dat lijkt me dus duidelijk)*
geld	☒	☒	*(ja maar voelt als nee. Is anders dan toen ik het zo uit mijn kistje kon halen. Plus we hebben hier minder luxe. Zeg maar geen.)*
werk	☐	☒	*(Nee. Waarom? Kan ook niet ik moet er niet aan denken, ik zou niet weten hoe en ben aldoor moe)*
tijd	☒	☐	*(Ja, maar ervaar het niet zo. Ik heb nergens zin in en de tijd glijdt voorbij, pijnlijke dagen rijgen zich aaneen tot een verstikkende ketting)*

OOIT/ ofwel mijmeringen

Dat was het dus, mijn leven.

Ik dacht aan hoe het wás. Toen. *Before*. Ooit. Eens.

Waar ik de energie vandaan haalde voor mijn werk, *wérk ja*, niet iedereen begrijpt dat het anno nu een hele weekbesteding is er actueel uit te blijven zien, zóveel onbegrip in de wereld. Nou ja, dat waren toch je vriendinnen niet, van dat soort jaloerse pruildozen moest je het niet hebben. Miriam en Renske, die wel. Wij waren helemaal getuned, wisten het beter dan wie ook, en waren er beter in dan wie dan ook.

Tennissen, de kapper (moest je toch twee tot drie uur non-stop onderhoudend zijn; de nieuwste roddels kennen, opnemen en verspreiden: 100% bijblijven is essentieel, onder de 95% lig je eruit, en onder de 90% kom je er niet meer in), 'PC'en' (Moeilijk! Eerst kiezen uit al die mooie dingen, dan uit- en aantrekken, en als ze het niet in jouw maat hadden, moest je het nog bestellen ook. En er weer achteraan bellen: een dag-taak. Die meisjes, onmogelijk, ze vergaten altijd wel iets. Er was ook de optie van iets kopen, tillen en dragen dat niet geheel 'Inez' was, dat was dus eigenlijk geen optie, net als niets kopen, dat was het allerergste want dan was je dag verloren. De *selling bitches* wisten dat maar al te goed, en ook dat je altijd weer bij hen terugkwam, waar moest je anders heen? Toch niet de Kalverstraat zeker, ik zie me al aankomen), botox, nog wat soortgelijke uitjes-voor-spuitjes, nagelstudio niet verge-ten (hop, weer een paar uur), Pilates, fitness, *you name it*. Nu? Ik zou er een moord voor doen, als ik de energie tenmin-ste had. 'Voordat' speelde als een heerlijke film aan me voorbij.

TOEN/ ofwel toen was geluk heel gewoon

Wij, de hartsvriendinnen Renske, Miriam en ik, waren driftig op zoek naar ons MGD'tje: ons Maandelijkse Goede Doel.
We sloegen wel eens een maandje over als we moesten skiën of zonvakantie hadden op de Seychellen, maar daar konden wij niets aan doen. Soms werden we bij verrassing meegenomen door ons mannetje, andere keren was een ontsnapping uit ons hectische leven zo noodzakelijk dat wij het reisbureau zelf maar bezochten. Verder mochten ook de schoolvakanties van de kinderen niet onderschat worden, natuurlijk moest je dan weg, wat moesten ze anders later op school zeggen? Dat ze niet op vakantie geweest waren? Klotekutje! Dat kon je die arme schapen toch niet aandoen? Bovendien waren al hun vriendjes en vriendinnetjes plus ouders met de noorderzon vertrokken naar de zuiderzon, dus als jij niet ging, zat je zelf ineens de hele dag met die blatende dingen opgescheept (godzijdank had ik er maar eentje). Moest je ze zelf bezighouden! Nou zeg, voor die ongein hadden we het te druk. Nog erger was het als onze Spaanse zo nodig naar haar familie moest. Geloof het of niet, dat scheen voor zo'n halve wilde echt noodzakelijk te zijn een paar keer per jaar, met een gemakzuchtig '¡Hola!' en 'Ciao!' liep alles in het honderd als jij voor de verandering eens had besloten thuis te blijven. Voilà, je moest boeken, of je wilde of niet.
Maar verder deelden we via het MGD'tje graag ons levensgeluk met de stakkers die het in dit leven slechter voor elkaar hadden gebokst dan wij. Of liever gezegd, die hun wilskracht nog niet hadden aangeboord. Want wilskracht, wij waren er allang achter, dát is de bouwsteen van de samenleving.

Praktisch als we waren, hadden we de MGD'tjes onderverdeeld in SGD'tjes en GGD'tjes:
'Slechte Goede Doelen' en 'Goede Goede Doelen'. Hier waren we erg trots op.
We streefden met grote voorkeur naar het laatste, vanzelfsprekend! Dan werden we na onze gulle gift in de krant genoemd.

Want 'doe goed en zie niet om', wat een lulkoek, wat had je aan dat eeuwenoude gezegde, daar schoot toch helemaal niemand iets mee op? Terwijl, een naambordje bij een museumzaal, concertgebouw of openbaar parkje, ja, daar droomden we van.

Zover was tot nu toe alleen Miriam gekomen (ook alleen maar door haar man), Miriam wie we het zeer gunden, zo verzekerden we haar en elkaar en onszelf met gulle glimlach keer op keer en om het hardst. Dat onze ware gevoelens overschreeuwd werden en we feitelijk slechte verliezers waren, diep in ons hart wisten we het alle drie. Maar dát hoefden we niet hardop te zeggen. Dat doen vriendinnen niet.

We noemden ons 'de Barbieclub': we waren mooi van buiten, en dan was er nog een fraaie verrassing op de koop toe. Wíj waren ook mooi van binnen. Dat bleek toch uit alles. Dat Renske maar met moeite de huishoudschool gehaald had vonden we een pre: iedereen kon alles bereiken, Als – Je – Maar – Wilde. Want ook zij als dommerdje had het maar mooi voor elkaar gekregen met de beste vis thuis te komen. Dat had ik vaker gezien, en je dommer voordoen dan je bent hoorde dan ook al snel tot mijn repertoire. Hoewel ik me met mijn havo een relatie in kon lullen als het moest. Zelfs woordeloos. Via pruillip, lach, en wapperende wimper greep ik mijn slachtoffer bij z'n lastige kladden en lulde hem zwijgend op z'n plek. Overigens was dat met Oskar niet aan de orde. Het was bij hem liefde op het eerste gezicht, van beide kanten, ik hoefde er niks voor te doen en niks voor te laten. Ik was daar altijd erg trots op en had het al wel duizend keer verteld aan iedereen die het horen en niet horen wilde.

In het nu veegde ik mijn tranen weg.

Daar raakte ik nog meer van slag. Ik zou de rest van mijn leven alleen zijn, in pure eenzaamheid slijten, zonder Oskar, zonder man, zonder *any* man, ik besefte het ineens haarscherp en kreeg van de weeromstuit pisrillen, bang huiverachtig kippenvel: ik kon me geen relatie meer in lullen. Onmogelijk.

Dat vermogen moest ik ergens onderweg zijn kwijtgeraakt.

Het was vervangen door die kloteangst.

Daarbij kwam, vreesde ik, dat ik raar genoeg ook nog eens helemaal geen zin meer had in lullen, de letterlijke dan. Er was echt iets goed mis met me. Was ik frigide geworden op de koop toe? Was dit een randverschijnsel of *Weg. Doe het jezelf niet aan. Terug. Waar was je?*

Goed Doel.

Maandelijks Goed Doel. Inmiddels had het nadenken ons de hele middag gekost, onze kostbare uurtjes opgelost, weggedronken (ode aan margarita's), dubbend over wat onze onverdeelde aandacht deze maand verdiende; uiteindelijk besloten we onze kledingkasten uit te ruimen.

Niet alleen werd dat hoog tijd (het was al zeker twee maanden geleden, ik liep de dag vóór onze beslissing tot mijn schrik in een broek die ik nota bene al dríé keer had aangehad, terwijl twee keer toch echt de max was. De blik van tennistut Judith – haar ogen leken net stuiterballen, zo hield ze alles en iedereen in de gaten – was me niet ontgaan. Ik schaamde me dood, maar wie was zij nou eigenlijk? Ze mocht dan wel meerdere keren per dag van kleding wisselen, dat was meer noodzaak dan goed gedrag. Haar nare zweetlucht bleef aan haar plakken als een vissenhuid aan de braadpan van mijn moeder).

Maar ook, en dat was nog wel de beste reden om onze kasten leeg te halen, scheen er volgens Renske een nieuw filiaal van Dress for Success te zijn opgezet in Amsterdam. De keten met als beschermvrouwe *Hillary Clinton*! Nou zeg! Daar zouden ze onze merkkleding wel weten te waarderen, ja, ze zouden er zeker happy mee zijn.

'Dress for Súck-Séx, wie zou daar niet blij mee zijn!'

We giebelden flauw: dezelfde Hillary Clinton.

We wisten er best iets van, van die keten. Ze had niet minder dan vijfenzeventig vestigingen wereldwijd. Was opgericht in New York, door een vrouw. Precies in ons straatje! Nog mooier: ze zijn zelfs bij *Oprah* geweest! Die misten we nooit, *dr. Phil* ook niet trouwens, gevolg was dat we elkaar enthousiast konden aanvullen: de vaak erg mooie kleding ging gratis en voor niks de deur uit. Ja, we vonden het een ge-wel-dig initiatief. Arme sloebers kregen kleren, als ze eindelijk eens gemotiveerd genoeg waren om ergens te gaan solliciteren. En van dit fraais kwam er nu een nieuwe vestiging in Amsterdam. Dat betekende met grote waarschijnlijkheid: Pers.

Een GGD'tje! We hadden er echt zin in.

NIETS/ ofwel rijke moeilijkheden

We reden heel Amsterdam-Zuid door met Miriams zilverkleurige Bentley, mijn schattige Mini Coopertje te *petit* voor al
onze tassen en zakken, Renskes 'asobak' (belachelijk, waar
komt al die jaloezie op zo'n topkar vandaan, laat je man
ervoor werken of ga zelf werken voor je geld, ja hoor, ik ben
best geëmancipeerd, iedereen mag doen wat hij wil als hij mij
er maar niet mee lastigvalt en ook mijn man er niet mee
opstookt) ofwel Renskes gele Hummer was qua *looks perfecto*
geweest voor dit ritje maar helaas kwam je daar niet overal
mee in.
Wij dus gedrieën in de Bentley, het leek wel een volksverhuizing.
Miriam, door het riante achterwerk van Renske nu tot passa-
gier in haar eigen auto veroordeeld, en door alle kledingzakken
ook nog eens op de *frontseat* naast mij gepropt, grinnikte
wraakzuchtig:
'Renske reed, zij had de dikste reet.'
De perfecte oneliner, het straalde gewoon van haar gezicht.
Ze zag zich al gequoot in de krant. *Damn!* Waarom had ik het
niet verzonnen? Ik kon haar wel slaan. Niet dat ik die bewegings-
ruimte had. Alles was bezet met GGD-bagage.
Zo tuften we de Maasstraat af, de Maasstraat op, heel de rivieren-
buurt uiteindelijk, maar het was onvindbaar.
Geen *Dress for Suck-Sex*. Ik vond het al een rare plek eigenlijk,
zo ver uit het centrum. Zwervers gingen echt niet zoveel moeite
doen. Die gasten hadden er helemaal geen verstand van wat
voor items in hun bezit zouden komen, dat ze maar krap achter de laatste mode zouden aanhobbelen. Miriam was ineens
ontzet: stel dat de verre locatie juist opzet was van de bedrijfs-
leidster? Dat dat wijf de boel besodemieterde? Het was me
meteen duidelijk waar ze op doelde.
'Die slibkut! Die wíl natuurlijk dat die arme stakkers niet
komen. Kan ze zelf een beetje onze dure merkkleding opstrijken.'
'Voel je 'm?'
We voelden 'm. Alle drie. Zelfs Renske. We konden de vermel-
dingen in de pers wel op onze strak getrainde buikjes schrijven.

Maar Renske begon toch te twijfelen. Ze had namelijk gelezen dat bij andere verre filialen de armelui soms wel helemaal vanuit het andere eind van de stad kwamen ge-lo-pen. 'Écht! Omdat ze geen tramkaartje konden betalen.' 'Aanstelleritis', zou mijn hardvochtige moeder zeggen, 'moeten ze hun geld maar niet verspillen aan drugs'. Ik haatte het als ik haar gelijk moest geven. Maar, bedacht ik, het was misschien juist slim om de franchise zo ver weg te plaatsen en wel om een heel andere reden: een fikse wandeling was goed voor de belabberde conditie van de zwervers. Miriam knikte. 'Ze hebben altijd van die magere spillebeentjes en armpjes! Foeilelijk. Je zou zo'n afvaller in dienst moeten nemen, dan ga je toch acuut aan de diarree.' We lachten.

Allemaal leuk, maar waar zat het filiaal nou? Renske dacht na, dat duurde even, ze ging er zelfs langzamer van rijden, dat deed ze altijd, zij en de weg: een levensgevaarlijke combinatie. Het Renaultje achter ons waardeerde haar minderen van vaart in ieder geval ook niet, aan het goedkope getoeter van dat armetierige misbaksel te horen. Ineens schoten Mir en ik met een ruk naar voren en slaakten van de weeromstuit een bijpassend kreetje. Het was Renske natuurlijk weer, die even fanatiek als plotseling het gaspedaal had ingetrapt. En wel onder de magistrale woorden:
'Nee, ik weet het zeker, ik heb het zelf gelezen: "in Zuid, aan de overkant van de Maas komt een nieuwe vestiging." '
Miriam en ik wisselden een snelle blik. Wat had Rens daar gezegd?
'Aan de overkant van de Máás?'
Renske knikte. God, wat kon die dom zijn. Miriam sloeg haar ogen ten hemel.
'De Máás is bij Rot-ter-dam! Ze openen een tweede vestiging in Rotterdam, in plaats van eentje in Amsterdam.'
'O. Echt? Denk je?'
We knikten. Renske baalde giechelend.
'Shit. Ik dacht dat ze Maasstráát bedoelden. Dat ze "straat" gewoon vergeten waren af te drukken. Of dat de inkt op was.'

Ook wij schoten in de lach. Niet te geloven dat mens. We reden al een uur rondjes, en blijkbaar voor niks.

'Wat moeten we nou met al die zakken?'

Renske keek achterom, dat had ze beter niet kunnen doen, crisis, we hielden onze adem in toen ze naar binnen stuurde. Op een paaltje af. Daar had je het al. Het kraste als een oude kraai met bronchitis. Renske keek geschrokken naar Miriam.

'Sorry, sorry, sorry...'

De verwachte uitval bleef uit. Sterker nog: Miriam grijnsde.

Hè? *Qué pasa?*

'Ik wou *Mister Bent* toch al laten overspuiten. In goudkleur.'

Opgelucht besprongen we haar plannetje.

'Kan je meteen de spiegeltjes laten pimpen.'

'Briljant!'

'Briljanten zijn wel heel duur hoor,' zei Renske.

Gewoon geen aandacht aan besteden. Miriam stootte me aan, ook alweer bij een ander onderwerp, namelijk de bagagebelt.

'Ik ga het niet allemaal weer uitpakken.'

'Matchend met je mobieltje!'

Hier zat nog iemand te dromen over de blingbling.

'Rens, we hebben het over de zakken.'

'O. Eh... Nou, ik ga echt niet helemaal naar Rotterdam rijden.'

'*No way*. Straks zitten we vast in een file.'

'Dat bedoel ik.'

'Het is nog vrijdag ook!'

Ik schrok zelf ook van mijn duit in het zakje: straks moesten we onze vaste kappersafspraak bij Harry nog annuleren! Alles prima, maar dat ging echt niet.

We besloten onze kleding dan maar bij het Leger des Heils af te leveren. Dat hadden we vaker gedaan, niet in deze enorme hoeveelheden weliswaar, we hadden echt uitgepakt met inpakken, we wilden niet voor elkaar onderdoen (en wilden natuurlijk ook stiekem allemaal het grootste stukje in de krant).

Nu slikten we even. Voor ons betekende de wijziging 'geen pers'. Geen GGD'tje dus. *Major Bummer.*

Toen keken we elkaar triomfantelijk aan, en we knipoogden edelmoedig, we zouden het toch maar weer mooi lappen, ons MGD'tje!

Een medewerkster van het Leger des Heils met vettig haar en dito huid, met name neus en voorhoofd, helaas weer een typisch gevalletje van onzuivere T-zone, daar viel toch echt wel iets aan te doen tegenwoordig, al die gemakzucht, ze sjorde de vuilniszakken uit de auto. Zo verdween, wat werkte die lelijke eend toch traag (waar sorteerden ze die mensen eigenlijk op, sloomheid, luiheid en lelijkheid?), uiteindelijk ook de tas met mijn peperdure Cavalli-mantel in het gebouw. Deed het afscheid me iets? Welnee. Mijn kasten waren rigoureus en werkelijk tot op de bodem leeggehaald, nu kon ik die weer heerlijk aanvullen. (We hadden geen winkelexcuus nodig maar het was fijn er eentje bij de hand te hebben.) Ja, we móésten morgen shoppen, er zat niks anders op. De Barbieclubleden hadden maar een drukbezet leven.

NIET/ ofwel gedachte aan scheiding

En toen kwam het S-woord in mijn leven.

Op *Black Friday, Fucking Friday*, Vreselijke Vrijdag schoof ik verdoofd mijn kasten in de walk-in closet open. De leegheid was overweldigend. Aanvullen? Vol kopen, ging dat nog? Oskar wilde van me af.
Scheiden.

'Ben je gelukkig?'
Had ik dat maar nooit gevraagd. Daar was alle ellende mee begonnen. Want Oskar keek me aan, en voor het eerst zei hij 'nee'.

Zou hij gelukkig zijn nu?

III. Je moet toch wat

Je hoeft er de deur niet voor uit. De boys komen bij je langs. Italiaans, met een grote variatie. Warm. Je hoeft er niets voor te doen. Alleen maar uitpakken, al liggend naar binnen schuiven en doorgaan tot je verzadigd bent.

Pizza's! Ook leuk zijn de aanvullingen, de mooiste las ik op een Wikipediasite, die lijst ken ik uit mijn hoofd, soms weet ik het beter dan die klunzen van 'De Pizzaboer', die ik dan ook lekker kan uitkankeren ('Weet je wat jullie zijn? Pizzaprutsers!').

In het rijk der Pizza's ben ik koningin.

- Pizza Calzone (dubbelgevouwen pizza, met tomaat, kaas, ham, champignons en ui erin)
- Pizza ai Funghi (tomaat, kaas, champignons)
- Pizza Hawaï (tomaat, ham, kaas, ananas) (genoemd naar het gelijknamige eiland, waar ananas een voedselspecialiteit is. Deze pizza is in de 70er jaren in Nederland ontstaan, toen het in de mode raakte om in allerlei traditionele gerechten ananas te verwerken. In Italië komt de Pizza Hawaï niet voor.) (missen die even wat)
- Pizza Margherita (tomaat, kaas) (genoemd naar koningin Margaretha van Italië.) (Ik als Pizzakoningin voel me erg aan haar verwant.)
- Pizza Quattro Stagioni (4 jaargetijden) (tomaat, kaas, ham, champignons, salami, artisjokken)
- Pizza Salami (met salami.) ('t is niet waar)
- Pizza Pepperoni (met pepers) (nee, echt?)
- Pizza Frutti di Mare (zeevruchten)

Dan bestaan er ook nog: 'dikke korst', 'dunne korst' en 'extra krokante korst'. We eten het zo vaak, je zou er zelf een korst van krijgen.

Maar een voordeel weer aan bellen en bestellen: geen ruzie (wat dat betreft) met Jos. Ik hoef niet eens open te doen. Ze rent als een speer naar de deur, fanatiek als wat, of ze iedere avond weer acuut beslist aan atletiek te gaan doen. Die gaat nog een keer languit, wedden?

Het enige wat tegen de Italiaanse voedingsbron pleit, is het zwaar vallende aperitief: dom irritant gelach op de gang.

ERG/ ofwel het is zo

Toppunt van kinderachtigheid? Ikke.
Want nu ik het zo nalees, dat stukje over het gegiebel van
dochterlief en pizzaboy (die overigens zelf wel iets weg heeft
van een Frutti di Mare): oeps.
Ik hoop niet dat iemand dat ooit leest.
Toppunt van eerlijkheid? Ik.
Want het is niet anders: ik ben niet blij of vrolijk dus mag nie-
mand dat zijn. Zelfs mijn kind niet. Ik kan er niks aan doen,
het stoort me gewoon.
Heel erg.

IV. Hoe het begon

De foto van onze trouwdag staart me aan vanaf mijn nieuwe nachtkastje (een onuitgepakte doos, ik heb het nog niet kunnen opbrengen, ook niet onpraktisch, ik trek mijn panty's gewoon uit een gat dat aan de snippers eromheen te zien, de muis in het karton moet hebben geboord). Sick, die foto misschien, maar ik kan er geen afscheid van nemen, ik staar voor de zoveelste avond hardnekkig terug.

Zo gelukkig als we waren. Heel licht lila was onze kleding, 'paars', hield Oskar vol, de tot de taille mijn vormen benadrukkende jurk, vlak onder mijn heupen liep hij uit in weelderig kant met een sleep van hier tot Tokio. Waar ik natuurlijk over struikelen moest toen ik zo elegant en prinsesselijk mogelijk het lange kerkgangpad op liep. Oskar en zijn beste vriend/getuige André moesten zo lachen dat Oskars zenuwen die nog 1000 keer erger waren dan die van mij, wegvielen met mijn val. Ik zag het toen ik vol schaamte en ongemak - want kon je op een erger moment struikelen, nee toch zeker - probeerde op te krabbelen. De bruidsmeisjes en jonkers waren gemiddeld niet ouder dan vier, ze wisten niet wat ze met dat geschrokken mens op de grond aan moesten en gingen erbij liggen. Mijn opstaan werd naast de meters kant die mijn benen probeerden te wurgen bemoeilijkt door de wurmende kinderlijfjes. Mijn twee blonde neefjes, de zoontjes van mijn zus in München, tweetalig zijn die opdonders, die vonden het dus bovendien een goed idee verstoppertje te gaan spelen onder mijn jurk. Toen Marga ze eindelijk bij hun lurven had en onder mijn jurk vandaan wist te slepen, begónnen ze een partij te blèren. Nederlands of Duits, blèren klinkt in alle talen hetzelfde: niet om aan te horen. En al helemaal niet in een nagalmende kerk. Oskar en ik, we keken elkaar aan en kregen de slappe lach. Zo begon ons huwelijk.

We zeiden altijd tegen elkaar dat de valpartij en het gedoe eromheen, en juist ons lachen hierom, aangaf dat wij samen alles aankonden.
Maar misschien was dit een verkeerde interpretatie geweest en was het andersom.
Was het juist een teken dat ik viél. Het ongeluk zich in feite aan het begin van ons huwelijk al aandiende.
En het lachen dat het allemaal maar een joke was.

Het beeld verdrinkt in mijn ogen. We zijn zo gelukkig geweest. Het kan toch niet voorbij zijn?
Ik kijk naar mezelf. Naar die vrouw van toen.

Ze was zo gelukkig, zo verliefd op hém, haar Oskar, als ze nog nooit op een ander geweest was. Hij was de ware, de enige, ze wist het zeker.

DE ANDER

Ze was gelukkig, zo verliefd op hém, haar Oskar, als ze nog
nooit op een ander geweest was. Hij was de ware, de enige, ze
wist het zeker.

Ze was de ander. Ze was Judith.
Inez wist niet eens van haar bestaan. Die wist alleen dat Oskar
wilde scheiden. Dat vond hij voldoende. Hij wilde Inez niet
meer pijn doen dan nodig. Die zou helemaal uitfreaken als ze
hoorde van Judith, en dat ze al praktisch bij hem woonde. En
Inez was volgens Oskar al zo labiel. Bovendien vond hij dat
Inez er niks mee te maken had, met zijn nieuwe leven.
Judith vond dat een beetje raar, maar hij zou het wel weten.
En wist zij veel wat dat wijf allemaal zou aanrichten.
Levensgevaarlijk kon zoiets zijn. Je hoorde soms de engste dingen.

Judith wreef over haar buik. Inez wist dus ook niet van de
zwangerschap. Wist niet dat Oskar opnieuw vader zou worden.
Daarover te zwijgen, kon Judith zich maar al te goed voorstellen. Om zoiets mee te maken als ex-vrouw, dat zou haar ook
killen. Maar ze mocht zich er geen zorgen om maken, dat was
niet goed voor het kind ('denk licht, denk lucht, denk roze',
had ze meteen de eerste keer al geleerd op zwangerschapsyoga).
Ze voelde zich desondanks wel schuldig over de hele situatie.
Aan de andere kant kon ze er niets aan doen, vond ze. Oskar
had in eerste instantie niet gezegd dat hij getrouwd was. Tegen
de tijd dat hij het wel zei, was ze zo verliefd dat er geen weg
terug was.
Ze had het nog geprobeerd, de weg terug. Die bracht verdriet.
En erger nog, het was eigenlijk verraad. Want als je voelde dat
je maar één keer in je leven jouw grote liefde zou ontmoeten...
(Van dat gegeven was Judith overtuigd. Met de zekerheid dat
de zon iedere volgende morgen licht zou geven, zo wist Judith
dat Oskar haar grote liefde was.) Kon ze hem, mocht ze hem
laten gaan? Dat was onrecht doen aan de liefde, en daarmee
aan het leven.

Bovendien: hoe kon ze hem laten gaan, in de wetenschap dat hij bij zijn vrouw niet gelukkig was? Dat dat wijf altijd zat te zieken en te zeiken over niets en over alles en dat hij haar toch had verlaten, ook al was hij Judith nooit tegengekomen? Dat had Oskar zelf gezegd. En waarom zou hij daarover liegen? Daar schoot hij niks mee op, zij niet, niemand niet. Bovendien hadden ze afgesproken nooit tegen elkaar te zullen liegen.

Judith bedacht dat ze haar relatie wel begonnen was met een leugenaar. Maar dat hij tegen dat wijf van een Inez had gelogen, betekende niet dat hij ook tegen haar zou liegen. Hij was door dat mens in een hoek gedrongen, en dat mocht je nooit doen. Mensonwaardig was dat, een ander je wil opleggen. Als de liefde niet groot genoeg was, niet allesomvattend, dan moest je opstappen. Dat was je de ander en jezelf verplicht. Anders was het tijdsverspilling. Levensverspilling.

Judith kietelde nu haar buik. 'Blanca' leek haar wel wat. Als het een meisje was tenminste. Als het een jongetje werd, mocht Oskar het zeggen. Hij wou graag een jongetje. Haar maakte het niet uit.
Als het maar gezond was.

Het zou mooi worden: zij, Oskar, en hun liefdesbaby. Dat had ze altijd al een mooi woord gevonden.
De timing was misschien niet best. Het was beter geweest als Oskar eerst was gescheiden, ze dan een langere periode met z'n tweetjes geweest waren, en dan pas een baby. Maar zo was het nu eenmaal niet. Het was een ongelukje, en ongelukken laten zich niet timen.
Het moest zo zijn, verzekerde Judith zichzelf, terwijl ze een rood kroeshaartje van haar nog platte buik haalde en voor zich in de lucht hield. Anders had het net zo goed wel eeuwen kunnen duren voor Oskar echt de stap gezet had dat mens te verlaten. Want leuk of makkelijk was zoiets natuurlijk toch nooit. Dus, ja, zo was het goed. Ze liet het kroeshaartje los en blies het weg.

Judith sloot haar ogen. Het haartje dwarrelde spiraalsgewijs
naar de grond.

ZEG MAAR DAG/ ofwel Inez hoort iets raars

Oskar keek geschrokken naar de bende om zich heen, ik voelde me klein worden. Het enige wat ik had gekocht om het hier op te leuken was zo ongeveer een bankje, en twee stoelen met bijpassend tafeltje. Ik wist bovendien niet eens of het schattig was, mooi, leuk of modern, ik was mijn richting voor alles kwijtgeraakt.

Iets kopen, in dit geval meubels, maar feitelijk ook al het andere, was sinds ik hier woonde een hele opgave, in de zin van onderneming, van je bed uitkomen, wassen, aankleden, eten, geen hap door je keel krijgen, laten staan, misschien later nog eens proberen, je jas zoeken, die niet vinden, janken, de jas van Jos maar aandoen, de deur uit gaan, een halve wereldreis maken naar dat wat eens op de hoek zat, in dit geval mijn favoriete interieurshop. De winkel ingaan. En de winkel weer uitgaan, ik kon het niet aan die lui onder ogen te komen en ging nu zelfs jankend over straat. Doodop was ik ervan, ik had mezelf naar het huis dat niet mijn thuis was moeten slepen en de fijnheid van elders toch iets, in dit geval meubels, te hebben aangekocht, bleek het helaas niet voor me te doen.

Er moest nog van alles gebeuren en komen. Er lag zelfs nog niks op de grond, geen tapijt, geen planken, de betonnen basisvloer even kaal als het plafond. Je kon het gewoon omkeren zoals even grondig ook met mijn leven was gebeurd.

Van de twintigduizend euro voor de inrichting was ongeveer een kwart over, ik hield het zo nauw niet bij. Ik verwachtte dat Oskar het zou aanvullen, zo was het altijd gegaan, ik had er niet eens over nagedacht. Maar nu hoorde ik van de krent dat hij dat niet van plan was! Twintig mille leek hem genoeg voor vijfenzestig vierkante meter.

'Je kon toch ook naar Ikea. Had je het hier drie keer van kunnen inrichten,' zei hij.

– Ikea. *Moi?*

'Kijk nou niet als Miss Piggy, dat heb ik nou wel vaak genoeg gezien. Ik ken trouwens hele volksstammen die bij Ikea inkopen.'

'Wie dan? Ik ken er zelfs niet eentje.'

Daar had hij mooi geen antwoord op.

'Nou, Oskar, wie dan?'

'Gewoon. Op de zaak.'

'Welnee. Op de zaak kopen ze maar raak. Van jouw geld.'

'Daar kan je niet over meepraten, je bent er in geen jaar geweest.'

Dat klopte. Ik had geen band met die mensen. Het enige wat me van de zaak interesseerde, was dat er geld vandaan kwam.

'In ieder geval, Inez, het is nu anders, dat begrijp je toch wel. We zijn gescheiden, je moet er niet op rekenen dat je op dezelfde voet verder kunt gaan.'

'Miss Piggy' stond op het punt te gaan meppen. Kermit kwaakte maar net op tijd:

'Laat maar, ik zal er over nadenken of en waar ik nog wat bijspring.'

Zo kende ik hem weer. Hij gaf me nu echter alleen maar vierduizend alimentatie. 'Niks zwart en alles handje-contantje', ja, dat had hij van z'n vader, ook zo'n selfmade man. Aandelenhandel. Ik had nog iets meegekregen dat zij precies op het juiste moment uit de internetzeepbel gesprongen waren, dat scheen heel goed te zijn, die *jump*, wat een gezeur zeg, als die twee eenmaal begonnen. Dat was het enige lichtpuntje in mijn huidige leven: ik hoefde die naar sigaren stinkende ouwe knar nooit meer te zien.

Hun erin geramde gezinsleus 'alles handje-contantje' was de mijne wel geworden, mijn tieten vóór het shoppen altijd een paar maten groter dan erna. Mijn cups fraai bol, ook mijn tepels zwollen als de biljetten er fijn en soms venijnig scherp langs schuurden. Het is prettig geld uit te geven, vooral als je er de fysieke ervaring mee houdt, de briefjes aanraken, het is als het strelen van... geld. En nu had het motto ineens nog een voordeel: ik zag Oskar. Vreugde, maar ook pijn, ja, geluk, verdriet en geluk streden om voorrang, ik wist niet wat ik ermee aan moest, keerde me om en stak de flappen in mijn zielig lege met eeuwenoude krassen beschadigde antieke geldkistje.

Flits:

Mijn vierentwintigste verjaardag, ik pakte Oskars cadeautje, het kistje, uit. 'Vanaf nu,' zei hij zo lief, 'hoef jij je hele leven nooit meer om geld te vragen. Er zal hier,' hij tikte op het houten bakje, ik opende het – en o wat een heerlijke verrassing, het zat tot de rand toe gevuld met mooie paarse biljetten – 'altijd genoeg in zitten om te kunnen doen en laten wat je wilt. Dat geeft je vrijheid.' Ik kuste hem in dankbare liefde: 'Ik hou van je,' hij kuste mij: 'Ik altijd van jou, de rest van je leven. Of in ieder geval de rest van míjn leven,' grapte hij, doelend op zijn langere bestaan op aarde, die de kans op een eerder verlaten ervan statistisch gezien vergrootte.

Terug:

Een heel leven heeft niet voor iedereen dezelfde waarde. Ik zette het kistje met een hardere klap op tafel dan nodig was. Oskar schrok op, ongemakkelijk schoten zijn handen uit z'n zakken, hij was al niet op zijn plek tussen de chaos, een pilaar te midden van de her en der ontsproten papierproppen, onuitgepakte dozen, die inmiddels dienden als tafel, kastje en nachtkastje (onze trouwfoto had ik snel onder mijn kussen gelegd, ik schaamde me ervoor. Misschien had ik haar moeten laten staan, had Oskar geweten hoezeer ik hem miste, zou hij beseffen dat hij mij ook miste. Nee, in die kuil was ik al eerder gevallen: 'Ga, hij moet je gaan missen. Ruzies, smeken, praten, niks, alles wat je doet of niet doet, niks kan het redden als hij er niet voor open staat, als hij het niet wil.' Dat was ook een slecht advies geweest, dat stemmetje in me, of van Miriam, dat weet ik niet meer. Want hij miste helemaal niemand, vroeg zelfs amper naar Jos).

Ik volgde Oskars trieste blik over de ravage, het was voor niemand makkelijk. Maar voor mij het minst, dat moge duidelijk zijn. Ik kreeg er een prop van in mijn keel. *Niets laten merken. Geef hem niks. Laat hem geen voldoening proeven.*

'Vierduizend euri's. Inpakken en wegwezen,' de pijn in mijn hals wegwerkend probeerde ik geforceerd glimlachend de situatie te verlichten. Het werkte. Oskar lachte. Eindelijk lachte hij weer, met mij, om mij. Zijn stem: 'Inpakken en wegwezen, je slaat de spijker op zijn kop.'

?

Oskar vertelde nonchalant dat hij binnenkort een tijdje niet bereikbaar was, hij ging 'even weg'. Mijn maag keerde zich om. Die nonchalance.

'Alleen?'

'Ja,' zei hij.

Mijn hoofd kantelde. Hij herkende op zijn beurt mijn zoeken naar de waarheid en verhardde.

'Dat gaat je trouwens niks aan.'

Ik werd bleek na mijn vondst. Ik wist hoe ik eruitzag, dit viel niet te verbloemen met Shiseido, Kanebo of wat voor exotisch o-merk dan ook, mijn stem schamperde:

'Jij gaat alleen op vakantie.'

Oskar keek weg. Hij had er al weer genoeg van. Genoeg van mij met m'n gezeur.

'Het is wel met iemand, maar het stelt niks voor. Ik wil gewoon even weg.'

Béng! Of ik knock-out ging. Iemand is vrouw. Maar hij moest verdriet hebben, net als ik. Weg? Dat wou ik ook. Waarom gingen we niet samen, zoals we vijftien jaar lang gedaan hadden? De vraag stierf op mijn lippen. *Weg. Ja, laat mij maar oplossen in het niets.* Genoeg bedsletjes die hun luie reet wel even lekker in het warme zand wilden parkeren, terwijl Jos en ik onze kont hier niet konden keren. *Wie?* Wie zou ze zijn, die trut die mijn man meenam? Wie? Wie?

Ik bleef achter.

Alleen? Welnee, Huismuis Harry (zo had ik hem inmiddels genoemd, je moet toch wat) hield me gezelschap. Ik zag hem niet maar hoorde hem knagen en knagen.

Muizenissen.

VUILE SMERIGE ETTERIGE ROT KLOOTZAK

Smerige klootzak! Een griet van een jaar of 25!

*Een vriend en vriendin van een vriend van Renske
hadden hen gezien. Ja, Rens brengt altijd de leukste
roddels, ik had haar even niet meer gesproken lately,
maar dit nieuwtje was blijkbaar hot genoeg om me
voor te bellen. En volgens Renske, maar dat had ze
weer van iemand anders, is dat wijf Oskars
SECRETARESSE ! ! ! ! Hier voldoet 'klotekutje' niet
meer, dit is een zwaar Godverdegodverdegodverdekut!*

*Een secretaresse van 25! Vleesgeworden cliché! Mag ik
even kotsen, dank u.*

*Die achterbakse kipkut werkt er nog maar kort, een
halfjaartje, zoiets. Hij heeft het met mij nooit over een
nieuwe secretaresse gehad. Nee dat begrijp ik nu ook.
Er viel meer op z'n plek.
Of je zand door je vingers liet glippen. Al vallend en
rollend werd het een hoopje. Dat hoopje was ik. Geen
aarde meer onder mijn voeten, de aarde was ik.
Oskar had me sinds een lente en zomer niet meer uitgenodigd voor de gebruikelijke bedrijfsborrel, ik was
blij geweest dat hij mij eindelijk ook eens begreep, ik
had geen tijd en zin daar mooi weer te spelen, je moest
hoofdzaken wel van bijzaken onderscheiden vond ik.
En al die pruildozen daar wilden zo graag zelf Oskars
eerste zijn, vertel mij wat nieuws, ik had hun blikken
gezien en hun stiekeme achteraffe geroddel, nee, zij
hadden geen behoefte aan mij en ik niet aan hen. Ik
zag in hen geen gevaar, Oskar zou zichzelf en mij
nooit zo verlagen door met personeel te gaan rommelen.
Mis.
Ik dacht verdomme echt dat hij me begreep door me na*

al die jaren vrijaf te geven. Maar waar ik dus dacht dat we naar elkaar toe groeiden, stak hij z'n wortel in een ander kanaal.

Smiechterige smegmasmeerlap. Vrouwen kunnen baarmoederhalskanker krijgen van een pik. Ik hoop dat hij haar dat geeft.

Hier heeft u mijn man en de kanker, twee voor de prijs van één. Hartelijk gefeliciteerd, of moet ik zeggen gecondoleerd, mevrouw De Hoer?

'Overwerken', de hufter. Hoe vaak had-ie dat niet gezegd de laatste maanden? Vaker dan ik me kan herinneren. Maar hij had altijd zulke goede verhalen als hij thuiskwam, die moesten wel waar zijn, zo hard kan niemand liegen. Dus wel. Hij wel.

Glashard, snoeihard. Broeihard. Als ik het kantoor binnen was gelopen en hij zou bóven óp dat mokkel hebben gelegen, zou hij nog ontkend hebben, de gladjakker. Wat had ik hem slecht gekend.

Beter dat ik haar nooit tegenkom. Teringteef. Schimmelkut. Met haar vijfentwintig jaar kan ze de hele wereld krijgen, maar nee, die vuile slet pakt mijn man.

Afgelopen. Uit. Finito. Mijn leven is mijn leven niet meer en zal het nooit meer worden.

Ze waren nog niet helemaal klaar geweest met me daarboven zeker, de put kon en moest nog nét even dieper, de wanden grauwer en mijn woede bozer.

Ze hadden hun zin.

AANVAL/ ofwel Inez neemt wraak

Mijn autootje stond strategisch voor mijn oude huis geparkeerd; ik hield wacht. – Ze moest toch eens naar buiten komen, het monster. Het duurde en duurde. Ik wachtte en wachtte. Ik viel bijna in slaap. Ho, daar kwam ik niet voor. Ik stapte uit de auto, sloot hem niet af, het zou toch maar even duren. Ik wou haar alleen maar zien. Zien op wie Oskar verliefd was geworden. Zien voor wie hij mij aan de kant had gezet. Ik belde aan, wat kon mij het schelen. Er was niemand. Barst. Dan doen we het anders.

Ik liep Oskars zaak binnen. Misschien zat die trut hier. Waarschijnlijk zelfs. De medewerkers die me wel kenden zwegen geschrokken toen ze me zagen, zwegen naar beste kunnen, als je daar een prijs voor kon krijgen hadden zij hem binnen, 'De Zwijgprijs', stelletje hufters, ze zwegen nu net zo hardnekkig als ze mij al een halfjaar lang bewust de waarheid hadden verzwegen. Niemand van hen had mij gebeld. Eén begon nu te bellen, vast naar Oskar, om hem te waarschuwen dat ik hier was. Verderop, achter Oskars deur, begon inderdaad een telefoon over te gaan, ik liep door naar zijn kantoor, het kreng bleef irritant rinkelen, maar ik was kalmer dan ik ooit geweest was. Ik opende de deur. Het hardnekkige, doordringende geluid viel als bij toverslag weg.

Boven op Oskar lag een vrouw, rood haar. Raar, dacht ik nog, Oskar houdt toch niet van rood haar, haar gezicht zag ik niet maar het was 'r, de vrouw die mijn Oskar gestolen had, het leek of ik viel maar ik stond nog steeds, ik ging door het lint. Krijste, een hand, een briefopener, scherp, een gil, hals, steek, telefoongerinkel, bloed, geschrokken hoofden in de deuropening, telefoongerinkel, Oskar, bloed over haar gezicht, op de grond, dood, telefoongerinkel, telefoongerinkel ik werd wakker telefoongerinkel.

ERUIT/ ofwel Inez krijgt een telefoontje

'...Hallo.'

'Hallo?'

'Ja hallo.'

'Hallo...'

Hier had ik dus echt geen zin in na mijn moordende nachtmerrie, het zweet droop nog van me af, ik had het ijskoud.

'Ja, over het hallo zijn we het nu wel eens, maar met wie heb ik het net op een akkoordje gegooid?'

'Mevrouw Van Santen, de klassenlerares van Jos.'

'O.' *Jezus er zou toch niks ergs zijn.* 'Hoezo? Ik ben haar moeder. Wat is er aan de hand?'

'Nou, ik zal het u maar meteen vertellen.'

Een nieuwe ril over mijn vel.

Nu krijgen we het. Ze heeft een ongeluk gehad, is onder de tram gekomen met haar fiets, op dat rotstuk waar ze tegenwoordig langs moet fietsen, die kruising tussen de Rozengracht en de Bilderdijkstraat. Ze ligt in coma. Misschien is ze al dood.

Mijn meisje, mijn kleine meisje, mijn mooie dochter niet ouder dan...

'Jos is tijdens de wiskundeles gaan zíngen.'

'Wat?'

'Ja, ze begon ineens bladerbladerbladerbla...'

Gaap.

'U meent het niet! Wat vré-se-lijk.'

'Hotseknotseflotseknots...'

'M-m.'

'Hubbietubbieteletub...'

'Ja.'

'O-o, a-a...'

'Ja, ik begrijp het. Ik zal een hartig woordje met haar spreken, daar kunt u van op aan. Dag, mevrouw Fazanten.'

'Van Santen.'

Ga m'n dochter lesgeven.

Jos was de klas uit gestuurd. Ze wilde niet meer ophouden met zingen. Ik vond het een joke. Wees blij dat ze zingt. Dat had ik haar nog nooit horen doen.

Het hartige woordje verviel tot een heel klein woordje. Ik had er ook maar erg weinig zin in. Waarom moest ik de ruzie in huis halen voor iets wat ze op school deed. Laten ze dat kind daar onder handen nemen.
Jos was zelfs niet geïnteresseerd in mijn gekrompen woordje. Ze keek weg, liep weg, weg van mij, ach dat deed iedereen tegenwoordig, naar haar kamer.
Ik betrok daarop de mijne, maar waarom was de vraag. Slapen deed ik toch niet. Althans niet 's nachts. Ik had andere zaken aan mijn hoofd.

V. Shakespeare. In vijven. School. Raar.
Waarom nu? Waarom niet?

- -- -

N A C H T

De dag verraadt de nacht.
Ook hij's niet vrij

van zonde. Zon is maan
Maan is zon.

Hun spel wordt gespeeld,
aan mij on-
bekend
de regels.

VERRAAD/ ofwel Oskar vertelt de waarheid

Ik had hem gelokt. Dat het ineens slecht gaat met Jos op school, dat we heel even met elkaar moeten praten, 'heel even maar, nee echt, heel even, en graag voor je op vakantie gaat.' (Slim, prees ik mezelf, nu dacht hij dat ik zijn smerige wiptrip al geaccepteerd had, dat het daar nooit over kon gaan. Mis, mis, mis.)

Ik bevind me op het scherp van de snede, Oskar bungelt er zo'n beetje naast, nog niet op de hoogte van wat er in de lucht hangt. Hoe kan zij nou iets weten, moet hij denken, de arrogante hufter, ik zie het aan zijn smoel.

'Heb je een vriendin?' vraag ik dan, recht op de man af, als ik de deur achter hem heb dichtgedaan.

Zeg het niet, zeg het niet, laat het niet waar zijn.

Ik wil het niet horen.

'Allejezus. Ik heb toch al duizend keer gezegd dat ik gewoon alleen wil zijn, en dat die vakantie niks voorstelt. Blijf je doorzeuren?'

Ik moet het horen.

'Blijkbaar.'

'Je verlaagt jezelf.'

'Ík verlaag mezelf?'

Hij knikt, doet of-ie het niet kan aanzien, de vernedering die ik me op de hals haal, en wil al gaan.

'Jij schijnt anders al een halfjaartje zo'n leuke secretaresse te hebben.'

Ik zie het hem denken: fúck.

Verdomme ik heb beet. Het is waar.

'Inez, hoe kóm je aan die onzin?' zegt hij. 'Van je vriendinnen zeker, die kleppen staan nooit stil. Ik heb het altijd al gezegd: niet luisteren naar wat eruit komt.'

Zo makkelijk kom je dit keer niet van me af mannetje.

'Je bent gezien. Vaak. En niet alleen door mijn vriendinnen. Dus. Hoe heet ze?'

'Er is geen "ze".'

'Doe niet of ik achterlijk ben.'

'Gedraag je dan ook niet achterlijk. Voor de allerlaatste keer: het stelt helemaal niks voor.'
Zal hij dat ook over mij gezegd hebben, tegen haar?
'Oskar, wees verdomme tenminste één keer eerlijk tegen me. De hele wereld weet het. Moet je me nog meer voor schut zetten?'
'Wat is dit? Een kruisverhoor? Moest ik daarvoor komen? Ik dacht dat dit over zou Jos gaan. Maar niet natuurlijk. Je gebruikt, mísbruikt mijn kostbare tijd. Tijd die ik nodig heb om geld te verdienen.'
'Om met een of ander wijf van op vakantie te gaan.'
'Om jou van te kunnen onderhouden.'
'Ja, die ken ik al. En blijf bij het onderwerp. Zeg het gewoon. De waarheid. Is dat nou zo vreselijk moeilijk?'
Blijkbaar. Want er komt niks. Hij wil gaan. Dat dacht ik dus niet. Ik, twintig centimeter kleiner, 31 kilo lichter, tegenwoordig waarschijnlijk eerder 34 kilo, ga onze afmetingen ontkennend, pal voor hem staan.
'Dat is wel het minste wat je kan doen. Na alles. Ik vind dat ik er recht op heb. Iedereen vindt dat ik er recht op heb.'
'Ik heb niks te maken met "iedereen".'
Het werkt niet. Hij wil langs me heen.
'Zelfs André vindt dat je het eerlijk moet zeggen.'
Hij keek me aan, heel even.
'Luister, Oskar, ik moet dit ook kunnen afsluiten. Dat lukt niet als jij zit te liegen.'
Net of zijn gezicht verschoof.
Aha. Gevoelig voor 'afsluiten', zie ik.
'Os, ik wil ook door met mijn leven. Dat begrijp je toch wel?'
Hij strijkt door z'n haar, kijkt naar de grond, daar gaat hij, ik zie het gebeuren, recht voor m'n ogen. Hij capituleert. Ik win.
'Ik heb een vriendin en ze heet Judith. Zo goed?'
Ik verlies.
Alles is weg. Het antwoord, zijn toegeven, mijn hoop op restjes zelfs vervliegt, dit is erger dan erg, de smiecht had zijn geheimzinnigheid niet eens vol kunnen houden, het was hem toch ontsnapt, hij had een vriendin. Als een pingpongbal kaatst haar naam op de grond: 'Ju-dith, Ju-dith', ketst en stuitert en

brutaalt het recht tussen ons in, het gemene ongrijpbare groeit uit tot een voetbal, ik wil er hard tegen schoppen maar Iets In Mij Bevriest. Judith. Ze heet Judith. De voetbal wordt een luchtballon, hoog en machtig zweeft zij weg voor ik haar kan lekprikken. Ook Oskar weet even niet wat te zeggen. Onze blikken stamelen, hij herstelt zich eerder dan ik.

Ik ben mijn man kwijt. Heb mijn mooie huis verlaten.
Heb ik moeten verlaten voor een ander.
Het ultieme bedrog.

Gevreesd had ik het, gehoord had ik het, maar nu ze een naam had werd ze pas echt werkelijkheid voor me, of haar naam haar bestaansrecht leek te geven. Maar waarom moest dat het recht op mijn bestaan zijn? Waarom deze misselijke ruil? Als oud stinkend vuil was ik buiten gezet. Het nieuwe meubilair enthousiast verwelkomd.
Afgedankt. En ik kon geen kant op, had nooit een kant op gekund. Vanaf het moment dat hij besloten had langer in haar ogen te kijken dan noodzakelijk, er iets gevonden had dat hij niet eens had moeten zoeken, er meer dan een flirt van gemaakt had, niet gestopt was, haar gekust had, op haar lippen haar hals *niet verder denken*, waren mijn wegen doorsneden.
Het ei in mijn keel barstte open. Het rotte wit deed me kokhalzen, de schaal sneed in mijn stembanden, rauw schold ik z'n huid vol, gele haat kolkte over hem heen. Dat we helemaal niet uit elkaar waren omdat hij zo nodig vrij moest zijn. Dat we uit elkaar waren omdat hij, de vieze vuile klootzak, zich had laten vangen door een ander.
Hij begreep er niks meer van, of deed volleerd alsof:
'Wat wil je nou? Je wou het toch weten, nou zeg ik het en is het weer niet goed. Zit je weer te zeiken.'
'Logisch dat ik zit te zeiken als jij de boel godverdomme de hele tijd bij elkaar zit te liegen.'
Ik volgde hem op de voet, de deur uit, door het smalle gangetje van het gemeenschappelijke trappenhuis, waar het laaghangende lampje tegen mijn kop knalde omdat hij het een slinger gaf die

ik niet meer kon ontwijken, ik voelde het niet, want verweet hem, beet hem toe:

'Geen therapie, hè? Daar was je het type niet voor, hè? Nee, nou weet ik waarom niet. Zíj is zeker jouw therapie, vieze onbetrouwbare rothufter.'

Ik kon niet meer stoppen, schold hem na nog op straat:
'Wat voor type ben je eigenlijk wel, hè? Het kloterigste type! Het fuck-you-val-dood-type!' Twee meisjes bleven staan om te giechelen.
'Zien jullie hem? Ja, kijk maar goed naar die klootzak! Die... Die koningsklojo! Dat soort moet je níét hebben! Als je zoiets ziet, zo'n laffe slappe eikel, moet je de andere kant op rennen, zo hard je kunt. Ga vast maar trainen want de wereld zit er vol mee.'

Ik vloekte me een ongeluk en was nog niet klaar toen hij zijn auto al was in gevlucht en allang in vliegende vaart was weggereden.

SPEURTOCHT/ ofwel Judith slaat bij Inez in als een bom

Ik was blind geweest. Het groepje dat in boerka en met bedekte ogen langs m'n raam liep zag meer dan ik.
Judith. Judith. Judith. Hoeveel kende ik er? Drie. Eentje zat bij mij op de lagere school. Een mager scharminkel met sproeten. Nooit meer gezien. Eén later op jazzballet. Verhuisd naar Limburg. En de laatste, was die stinkstok van de tennisclub. Die zou het toch niet zijn? Nee, met die bolle kikkerogen, dat kon niet. Daar kon geen mens lang tegenaan kijken. Dus Oskar al helemaal niet.
Judith. Rotnaam. Bijbelse naam. *Toch?*
Ik tikte het in, merkwaardig werkwaardig zat ik ineens te googelen. Ook weer niet zo onlogisch. Te lui en woest ook om het anders op te zoeken, zelfs om een boek op te pakken en te openen, ik zou het eerder door het raam flikkeren, laat staan ervoor naar een winkel te moeten gaan, het te kopen en eerst heen te lopen, ja die is leuk, ik dacht het dus niet, de G4 staat er toch, aan als altijd, dat scheelt weer een handeling, Jos – van haar had ik het googlekunstje gestolen – was ook de energiekste niet, intikken, aanklikken, een luie bezigheid, een contradictie, net iets voor mij en mijn dochter.
Kijk, daar was ze al, zijzelf niet welkom hier had ik haar naamgenote virtueel opgeroepen:

- <u>Judit,</u>

vaak ook geschreven als Judith, is een vrouw uit het gelijkna-mige deuterocanieke bijbelboek. Het is daarmee onderdeel van de Septuagint en wordt door protestanten en Joden als apocrief gezien.
(Hoop moeilijke woorden. Lastig wijf zeker.)

- De naam Judit betekent 'de vrouw uit Judea'.
(Familie van Judas misschien? Ook zo'n vuile verrader.)

- De naamdag van Judit is 17 augustus.
(Dat wijf heeft een naamdag!
Judit is trouwens minder mooi dan Judith. Hoe zou je het schrijven?
Hoe zou ze eigenlijk van haar achternaam heten?)

- Het verhaal over Judit is een van de weinige uit de bijbel waar de macht van de vrouw die van de man overstijgt.
(Ze heeft hem behekst. Kan niet anders.)

En daar was het dan, het bijbelse verhaal:
De stad Betulia wordt belegerd door generaal Holofernes, zijn enorme leger lijkt onoverwinnelijk. De stedelingen raken uitge-hongerd. De zeer mooie, slimme en dappere weduwe Judit sluipt 's nachts het legerkamp van de vijand binnen. Ze verleidt Holofernes om met haar de liefde te bedrijven.
Als hij slaapt, onthoofdt zij hem met zijn eigen zwaard.
Judit stopt het hoofd in een zak en gaat terug naar Betulia, waar ze het hoofd triomfantelijk toont aan haar stadgenoten. Door deze actie wordt het beleg opgeheven en Betulia bevrijd.
(Slim. Zeer mooi. Dapper. Trut.
Onthoofding. Oskar mag wel oppassen. Eigen schuld. Hak zijn kop er maar vanaf, en je eigen kop erbij, rotwijf.)

Veel beroemde kunstenaars zijn geïnspireerd door het verhaal van Judith.
(Ja, natuurlijk. Waarom niet. Wie zou er geen interesse hebben in Judith? Mijn man in ieder geval wel.)

Caravaggio heeft haar geschilderd, evenals Botticelli, en Michelangelo wiens werk nog steeds in de Sixtijnse kapel te bewonderen is.
(Toe maar, toe maar, het houdt niet op.)

Allooi beeldde in ca. 1610 Judith af, met het hoofd van Holofernes in haar linkerhand.
(Wat is dat nou voor onzinnig detail: 'in haar linkerhand'?!)

Ook Mozart vond inspiratie bij het verhaal van Judit en schreef de dramatische opera Betulia Liberata.

Ik haat opera's.
Ik haat Judith, met of zonder h.
Ik haat Oskar.
Ik haat alles.

VI.

Slechts stilte aan de andere kant

Mijn mobiel ging.
Ik nam op: niets.
Ik hing op.

Mijn mobiel ging.
'k Nam weer op. Niets.
Ik hing nogmaals op.

Mijn mobiel ging,
bleef dat zo. Ik
nam op: niets. Drie keer

is scheepsrecht,
ik vloekte, hing op
en zette hem

uit.

(Ò, lelijk, lelijk.)

VOICEMAIL/ ofwel Inez hoort iets raars, maar kan haar vinger er niet op leggen

Later belde ik mijn voicemail: het was Oskar. *De lul. Hij had gewacht tot ik niet meer zou opnemen.* Een sluwe verbanning uit zijn leven: niet spreken, wel inspreken.

Zijn stem meldde dat hij het rot vond, maar ja, het was nu eenmaal zo. Er zou per koerier twaalfduizend euro naar me toe komen, alimentatie voor meerdere maanden tegelijk. Hoefden we elkaar voorlopig niet lastig te vallen. *Tuurlijk joh. Hak het er maar in. Kan jou het schelen.*

Ook (hij klonk wat besmuikt) zei hij dat hij met Judith een wat langere vakantie wilde boeken nu het nog kon. Wat bedoelde hij met 'nu het nog kon', ik luisterde het berichtje af en af en nogmaals af maar kon het niet vaststellen; moest hij werken, of had het 'typ-typje' een 'kut-klusje' dat niet 'wachten-wachten' kon? Of dacht hij dat ik zou doordraaien, in het gekkenhuis zou raken binnenkort? Ver zat hij er niet vanaf, klauwende handen met witte knokkels om de telefoon, ik wou hem en hen en de hoorn het liefst versplinteren.

Oskar meldde verder dat hij niet wilde dat ik te kort kwam. (Financieel bedoelde hij natuurlijk. Op ieder ander gebied heerste alleen maar schaarste, niemand die dat beter wist dan hij.) *Pijnscheut.* Zorgzaam was hij altijd geweest; 'Pap de Flappentap' noemde Jos hem vroeger zelfs liefdevol plagend als hij geld uit zijn borstzak tevoorschijn toverde. Pap de Flappentap, dat vond hij leuk, hij was gek op dat soort namen en titels, alleen daarom al las hij bergen Suske en Wiske's stuk, *Suske & Wiske en De TitaToom, Suske & Wiske en De Snikkende Sirene, Suske & Wiske en De Kleppende Klipper, De Brullende Berg, De Snorrende Snor,* hij had Jos en mij ook met die oranje gevallen aangestoken, maar mijn week- en maandbladenverslaving had ik nooit losgelaten. Mij noemden ze dan ook 'De Bladenkoningin'. Voor Oskar betekende zijn koosnaam echter meer dan een paar woorden. Het gaf hem per titel de hoofdrol in ons leven: zonder hem was er niks. En toen Jos voor vaderdag een keer een tekening maakte die er niet uitzag, maar wel 'Pap de Flappentap' voorstelde, was dat hele-maal kat in 't bakkie, hij glunderde van trots.

Mijn gedachten raakten me zoals een dartpijltje exact het rode hart trof. Hij zou nu ook voor die Judith dat kutmokkel zo zijn, en god moge het verhoeden, uiteindelijk alleen voor haar. Ik hoorde als laatste op mijn voicemail dat het voor Jos ook beter was dat ik van Judith wist, zij moesten elkaar toch een keer ontmoeten. *Hoezo? Van wie moet dat?* Niet van mij in ieder geval. Dat wijf komt niet bij mijn kind in de buurt.

Ik moest Jos een kus van hem geven, *oeps, nou ja, wat is dat nu weer, helemaal vergeten, tsja, mijn kortetermijngeheugen werkt op 't moment nou eenmaal niet best, krijg je ervan, Os.*

Ik belde hem terug. Natuurlijk had de klootzak nog steeds zijn voicemail aan, ik had niet anders verwacht maar werd deson-danks furieus. Ik had hem en zijn punaisedel hautain een fijne vakantie willen wensen, maar hield het nu niet meer en schold zijn berichtenservice vol.

En nog een keer.

En nog een keer.

Nogmaals.

Weer.

Ik kon niet meer stoppen, het kon me niet schelen wat die klootzak straks allemaal zou horen, voelen, denken, ik ging door met mijn tirade en stopte er pas mee toen ik een halfuur later geen verbinding meer kreeg. Het apparaat was blijkbaar net zo gestoord geworden als ik.

Mijn woede was niet gestild.

Van mij kon hij verzuipen. Met haar erbij. Een verdrinking had ik wel eens bij *Baantjer* gezien dacht ik, of bij *CSI Miami:* naar adem happen terwijl de longen vollopen, de blaasjes knappen zoals alles in mij geknapt was.

Geknapt, gekraakt, kapot.

Mijn oude trouwe brave Net vertelde dat verdrinking vroeger een doodstraf was. Kan ik me iets bij voorstellen.

Er waren zelfs verschillende manieren:
- De veroordeelde in een ton met water stoppen, waarna de ton werd dichtgespijkerd. (Heftig!)
- Of ze werden in het water gegooid, bijvoorbeeld in een met gewichten verzwaarde zak.
(Beetje cliché.)

Ha! En deze dan:
Na de Spaanse inname van Haarlem tijdens de Tachtigjarige Oorlog werden burgers met de rug aan elkaar vastgebonden en vervolgens in het Spaarne gegooid.
(Voor die arme burgers heel zielig, voor mijn stel leek het me uitermate geschikt.)

In de Lex Frisionum, een Friese wet uit de achtste eeuw, stond de verdrinkingsdood als straf voor het stelen van een heilig voorwerp uit een kerk of tempel: wie in een heiligdom inbreekt en daar een van de heilige voorwerpen wegneemt (soortgelijke situatie, kan niet anders zeggen), wordt naar de zee gevoerd, en op het zand, dat door de vloed bedekt wordt, worden zijn oren gekloofd, en wordt hij gecastreerd en ten offer gebracht aan de god, wiens tempel hij onteerde.

Goedemiddag!
En nu wachten op vloed?
Ja, al met al leek het me voor Oskar en Paperclip een toepasselijke straf. Misschien wel de beste.
Hun oren, waarin ze elkaar lieve woordjes hadden toegefluisterd: aan gort. Verscheurend pijn zou het doen maar ze zouden geen kant op kunnen, ze zaten vast, en dan kwam fase twee. Bloed zou uit daar waar eens zijn pik zat druipen, háár zouden ze ook onder handen nemen, weg die tieten, weg die doos. En dan ten offer gebracht aan mij, wier tempel onteerd werd. Ik zou ze geen blik waardig achten, hoogstens lachen, verachtelijk lachen, en schoppen tegen hun verwrongen lijven. *Doe normaal.* Ik schrok van mijn eigen gedachten. *Ja, van wiens gedachten moet je anders schrikken, trut.*

Natuurlijk, mijn doodstraffen waren fantasie, ik had me laten gaan. Maar toch. Ik had haar ook de kanker al toegewenst. *Niet waar*. Dat was in het algemeen bedoeld, toen ik nog niet wist wie ze was, het was zeg maar gericht aan alle vrouwen die een man wegrukken uit zijn gezin. Meer symbolisch bedoeld. *Echt?* Nee, ik weet het niet, iets in mij, vreesde ik, meende er werkelijk wat van, wenste hun echt wel een beetje iets naars toe. Spit in haar rug als ze bijvoorbeeld een wijntje voor hem uit de koelkast haalde. Dat ze niet meer omhoog kon komen. Moest rondlopen als een stroeve in elkaar gelazerde klapstoel. Geen beweging meer in te krijgen. Zoiets. En dat hij haar dan moest verzorgen en ze knetterende ruzie kregen. Dat het op hun eerste vakantiedag al over raakte.

Ik besefte nog iets. Dit deed het met je als je vertrouwen beschaamd werd, zo wraakzuchtig ging je denken als er tegen je gelogen werd op de meest misselijke manier, op de meest verscheurende wijze die honderden, duizenden, miljoenen vrouwen voor mij al meegemaakt hadden.
Zouden zij anderen nog vertrouwen? Zouden zij weer een leven krijgen?

Het benauwde me.
Hoe kon ik iemand ooit nog vertrouwen?
Het stemmetje in mijn hoofd had het ondertussen uitermate naar zijn zin, vierde feest ten koste van mij: 'Kan ik ooit nog iemand vertrouwen? Kan ik ooit nog iemand vertrouwen? Kan ik ooit nog..?'
Ik moest luisteren, maar een antwoord kwam er niet.

PIJNLIJK/ ofwel Inez voelt zich minder dan min

Het was nog erger. De vernedering. De afgang. Anderen hadden
het geweten. En hadden gelogen. André. Ik had het zelf aan
Oskars reactie gezien. En ik had het nog zo aan Dré gevraagd,
één van die eerste zenuwachtige avonden uit een lange reeks.
De bewuste avond doemde voor me op: ik moest André spreken,
als iemand iets wist, was hij het. Maar hij nam niet op, nergens.
Dan zat hij op z'n werk. Dat was balen want ik had de uitslag
acuut nodig. Ik belde hem toch maar bij de politie. Ja, zo was
het gegaan, zo was het exact gegaan. En hij had na het uitspreken
van mijn stamelende angst letterlijk gezegd:
'Nee. Geen vriendin.'
Ik had nog gevraagd:
'Echt niet?'
Waarop hij zei:
'Noop.'
Hij had het zelfs gezworen.
'Zweer je het?'
'M-m.'
'Godzijdank,' zei ik daarop. 'Ik had het niet kunnen verdragen
als... Nu is er misschien nog... Nou ja, gelukkig. Bedankt.'
'Niks te danken.'

Ik had hem nog bedankt ook.
Ellende. Schaamte. En Woede.
Die klootzak was zelf ook gescheiden, misschien was onze hele
rotscheiding André's schuld wel. Wou die lekker met een andere gescheiden vent net als vroeger voor mijn komst, de bloeme-
tjes buiten zetten. En hij was natuurlijk stikjaloers op Oskars
successen. André was tenslotte zelf maar een politieagentje. Ik
besloot hem te bellen, dit keer nam hij wel meteen op, dit keer
kwam ik wel meteen tot de akelige kern.
'Je wist het allang, hè?'
'Wat?'
'Ach hou toch op. Mooi werk voor een politieagent. Een beetje
zitten liegen.'

'Ik? Hoezo? Ik heb niet gelogen.'
'Ik weet het al, André. Hij heeft het toegegeven.'
'...Gévédé, wat een piemel. Hij had het gevraagd, gesmeekt praktisch. Inez, hij is mijn makker. Ik moest wel.'
'Nee. Weet je wat jij moest? Het aan mij vertellen. Als jij het me verteld had, had ik het nog kunnen redden.'
'Geloof me maar, ik kon geen kant op.'
'Onzin. Wie wisten het nog meer?'
'Niemand volgens mij. Tenminste niet dat ik weet, ja, misschien op z'n werk, omdat zij... Inez, ik weet het niet en ik ga er niet meer tussenin zitten. Hè, verdomme. De lul.'
'Hoor wie het zegt.'
Dat waren de laatste woorden tegen hem, die eens ook mijn vriend was.

tien kleine negertjes die dansten in de regen eentje viel er in een plas toen waren het er nog maar negen negen kleine negertjes aftellen die gingen saam op jacht eentje trapte gewoon een kwestie op een leeuw toen waren het er nog maar acht acht kleine van aftellen negertjes die stonden toen te beven eentje ging van 't beven dood tien kleine negertjes dat was toch al eerder toen waren het er nog maar zeven zeven kleine begonnen negertjes die dronken waar maak uit een fles eentje ik kroop toen me door de hals toen waren het er nog maar druk om zes zes kleine druk om vijf druk om vier druk om drie twee...

IN DE WAR

Jos weet niet meer wat ze moet. Ze doet haar handen over haar oren, wil, kan haar moeder niet meer horen janken.

'Ta pie movoe,' zegt ze wiebelend op haar bed zacht als een bezwering voor zich uit, harder, zachter, mee met de golven van haar moeder. 'Ta pie movoe, ta pie movoe.'

Even lijkt dat nog te helpen ook, en in zo'n kort stil poosje haalt Jos beide handen weg en sms't snel naar haar vader:

je hoef mij niet te bellen als je echt n vriendin hebt. dat vind ik heel gemeen van je pap

Natuurlijk wil Jos ook weer wel van haar vader horen. Onwijs graag zelfs. Maar ze is ook boos. Woedend. Vet *pissed off.* Juist omdat ze niks hoort. En hij een vriendin heeft. En zo. Dus. Het maakt haar gek. Ze wordt gestoord van die tegenstrijdigheden. Smijt haar telefoontje weg. Hij smakt met een klap op de grond. Doet-ie het nog? Snel testen. Straks belt haar vader en hoort ze het niet. Hij doet het nog. Maakt niks uit. Haar vader belt toch niet. Jos schopt hard, keihard tegen haar bed. Haar stomme jankende moeder hoort het niet eens.

WAKKER/ ofwel tekenen van grote onrust

É.
Altijd als ik over É. droomde, dan was er iets mis; met mij, m'n gevoel, met m'n leven. Dat ik nu vaak over haar droomde was te verwachten, maar daarom niet minder rot. Ik verlangde wanhopig naar rustige nachten, nachten zonder het spookbeeld van É.

É. was m'n beste vriendin vroeger, zo tussen m'n zestiende en achttiende. Ze had prachtig dik, haast zwart haar, machtig mooi in boblijn – lang ook wel, maar dan waren het meer pijpenkrullen en op de een of andere manier niet zo'n indrukwekkende bos. Voor de rest een hard gezicht, dunne lippen, wat dikkig, vettig lijf, korte forse benen in verhouding tot de rest van haar lichaam, ze was niet echt mooi, ik mocht haar graag.
É. was iemand die deed of ze je beste vriendin was, maar uiteindelijk achterbaks bleek en te vertrouwen als een valse hond. Dat leerde ik helaas door schade en schande, beetje bij beetje, steekje na steekje.
É. en ik gingen 'uit huis', op kamers dus, en we hadden elkaar beloofd te zoeken naar een gezamenlijke etage. We spraken er al opgetogen maanden over, we konden de kosten delen, iets groters krijgen dan ieder apart zou lukken, ook makkelijker iets krijgen dan ieder afzonderlijk, maar vooral: het was gezellig. Vlak voor onze speurtocht kreeg ik een mooie, lieve kaart waarop stond dat ze er erg veel zin in had. Ik was ontroerd. Tot mijn verbijstering hoorde ik een paar dagen later van m'n klasgenoten een heel ander verhaal.
É. had achter mijn rug om gezegd er niet over te peinzen met mij samen te gaan wonen. Haar exacte woorden waren volgens hen geweest:
'Met Ien? Tss. Ik vind 'r niet eens leuk.'
Dit deed zeer zeer. (De afkorting Ien kan ik sindsdien niet meer horen.) Ik begreep er geen snars van, waarom al die enthousiaste maanden, waarom die beloftes, de afspraken, het kaartje? Ik durfde haar er echter niet op aan te spreken, ik schaamde me

dat ze me blijkbaar niet leuk vond. Toen ik het uiteindelijk toch deed – het gebeurde had zich rottig naar binnen geboord als een roestige spijker, de wonde was niet dichtgegaan maar aan het etteren geslagen, het bleef pijn doen en mijn aandacht vragen, ik moest er wel over beginnen – toen zei ze met een glimlach dat ze zoiets 'nooit, ik zweer nooit' over mij gezegd had. Maar ze stond daarin geheel alleen en het grootste bewijs voor haar gemene leugen was: ze had inderdaad een eenpersoons- kamer gevonden en was stiekem bezig er al in te trekken.

Ook dat ondervond ik later. Nadat ik een toevallig aanbod voor een leuke kleine kamer, voor enkel mij alleen, had afgezegd.

É. Er was altijd wat, ik raakte spullen kwijt als zij was langs geweest, van mijn lievelingstrui tot mijn hipste oorbellen, ik snapte daar niets van, het verband tussen de twee gegevens legde ik niet, of wou ik niet leggen. Haar ervan verdenken kon ik niet. Ik kon niet geloven dat mijn vriendin zoiets zou doen. Tot het uiteindelijk niet meer te ontkennen viel.

Want ik betrapte haar. In de stad. Met míjn topje aan. Ze ont- kende glashard. Ik begon te twijfelen, misschien had zij inder- daad ook wel zo'n hesje, en zat dat gaatje bij mij niet aan de andere kant? Ze kreeg me zover dat ik me schuldig voelde en mijn excuus aanbood. (Vanaf dat moment naaide ik rode herkenningsdraadjes in mijn kleding. Dan was het te bewijzen: of zij had gelijk en ik was inderdaad gek, of ik had gelijk en zij loog.) Vreselijk, de paniek, dat nare gevoel zo te twijfelen, of ik voortijdig dementeerde, ik haatte het, het gebrek een ander noch blijkbaar mezelf te kunnen vertrouwen.

É. ging ineens van school, ik zag haar nooit meer.

(Behalve in mijn dromen dus.) Later, zelfs jaren later nog, ver- telden weet ik veel hoeveel verschillende mensen dat ook zij ontdekt hadden dat mijn vriendin een dievegge was, en een pathologisch leugenaar bovendien. Ja, fijne vrienden zocht ik uit, altijd al. Ze liegen, stelen, of laten je in de steek.

Ik wil niet meer dromen over É.

Ik wil niet meer onzeker zijn; niet meer naast de dagelijkse spoken ook nog eens door nachtelijke demonen in mijn gezicht geslingerd krijgen dat het slecht met me gaat; niet meer de angst hebben nooit meer iemand te kunnen vertrouwen.

Het was te slopend, ik had nergens aandacht voor, ook niet voor Jos, ik hoopte maar dat de verschillende nanny's die we in de loop der tijd hadden gehad, op de een of andere manier een bodempje gelegd hadden, dat mijn dochter 'oké' was, dat ze redelijk door hen was ingebed, dat het goed zou aflopen met haar. Ik had al mijn kracht nodig voor mezelf, vroeger om 'bij te blijven', nu om te 'blijven'. Hoe moest ik het in godsnaam allemaal bolwerken in mijn eentje.

Ik moest me verzetten, vechten, hoe precies wist ik niet, ik bad tot wie er maar naar luisteren wilde – *zouden die gasten net als ik wakker liggen nu of sliepen ze nooit? Of hadden ze afgevaardigden die altijd klaarstonden om te luisteren, een soort dubbelsinterklazen?* – ik bad, tot God, Mohammed, Allah, alle goden, profeten, iedereen die iets kon doen, ook degene die ik niet kende of van wie ik zelfs nooit gehoord had, om mij kracht te geven.

Iemand van hen moest me toch horen? Ik hoopte dat geen van hen beledigd zou zijn om dit breed verspreide bezoek annex verzoek.

Maar bedacht toen dat degene die niet bestond, het ook niet zou horen. Dus van zijn/haar/hun eventuele wraak was ik af. Voor de zekerheid moest ik nog wel even tot de overgeblevene(n) bidden om me te vergeven als ik de verkeerde God dan wel goden had aangeroepen, dat was dom van mij, ik wist niet beter. En, mezelf enigszins geruststellend, de grootste onder hen zou mijn verkeerd gerichte boodschap, mijn blunder, misstap, vergissing, onkunde toch wel vergeven? Daar was hij de grootste voor.

Wat de kleinere er dan van vonden, deed er niet meer toe, want die hadden minder macht dus konden en zouden mij waarschijnlijk niet wreken. Het kan nog raar lopen wat er zo allemaal door je hoofd gaat 's nachts. Bovendien was ik ook maar praktisch een leek. Uiteindelijk kwam ik hier op uit: 'Alsjeblieft, grootste onder de groten, hoor mijn SOS, vergeef me als ik u beledigd heb, ik zal het nooit meer doen, maar geef

me alstublieft mijn nachten terug en de kracht niet meer bang
te zijn en weer wat vertrouwen te hebben. Ik smeek het u. Bij
voorbaat dank. Inez.'

BEZOEK/ ofwel Inez vecht tegen haar angsten

Dat ik opendeed was een vergissing, ik liet bijna niemand toe in mijn lelijke vesting, waarom zou ik? Maar mijn hart sloeg over: dit is Oskar, ik weet niet waarom ik het dacht, maar ik dacht het. Dat ik hem, de man die geen Oskar was, toestond met me te praten was dus al heel wat, maar zijn eerlijke ogen waren bovendien zo mooi helblauw.
'Het kost u niks, maar levert u veel op.'
Nou vooruit, laat maar horen dan. Onder het mom van meer vertrouwen hebben. – Maar ik vroeg voor de zekerheid toch maar wel even om legitimatie. Hij toonde, totaal zonder er moeilijk over te doen, een pasje en het bonnenblokje van zijn verzekeringsbedrijf. Ik herkende inderdaad vaag het logo. *TRUTJE.* Ja, kinderachtig dat ik überhaupt iets gevraagd had. Typisch ik weer. Ik kon toch ook gewoon even onbezwaard luisteren naar deze fijne meneer die volgens zijn kaartje en woorden Kees Hengstman heette.
'Als u wilt, mevrouw, mijn paspoort ligt in de auto. Ik kan het zo voor u halen.'
TRUT. 'Nee, nee, dat hoeft niet. Echt niet.'
Ik liet hem binnen. Eén seconde bedacht ik nog: zal ik zijn telefoonnummer checken? Het ging wat ver, maar toch. Dat ik dat zou bellen, en als hij opnam, dan moest ik echt kappen met me van alles in m'n hoofd te halen. Precies op dat moment ging zijn mobiel, hij nam op, en zei 'met Kees'.
TRUT! Ik schaamde me dat ik weer eens vol wantrouwen had gezeten. Altijd maar moeilijk doen.
Wat had ik nou met mezelf afgesproken?

GENOEG/ ofwel Inez is zichzelf kotsbeu

Dat is dus beleggen, zo doet Oskar dat.
En ik maar denken dat hij zich uit de naad werkt. Heb ik feitelijk voor niks mijn hele huwelijk een beetje het dankbare vrouwtje uitgehangen. Ha! Nu heb ik zijn trucje door. Meneer Hengstman heeft het fantastisch uitgelegd. Wat een giller.
Je hoeft alleen maar het geld z'n werk te laten doen.

Kees Hengstman (Dekhengst, schiet het door mijn hoofd, zou hij een goeie dekhengst zijn?), ik mag hem bij z'n voornaam noemen, Kees dus, geeft me rustig de tijd m'n gedachten te vormen of ik wel of niet bij hem wil 'instappen'. Dat is nog eens respectvol. Ik kijk in zijn staalblauwe ogen, ik krijg er de rillingen van. Tril-rillingen. De leuke. Ik aarzel nog een heel klein beetje. Kan ik hem echt vertrouwen? *Hou op.* Ja, dat bewijs was al geleverd, bovendien kijkt hij niet weg als onze blikken elkaar kruisen, maar terug, dus niet zeuren, kappen met bang zijn! Kotsbeu ben ik mezelf en mijn nervositeiten, mijn angst voor mensen, mannen in het bijzonder, als ik zo doorga heb ik straks helemaal nergens vertrouwen meer in. Wat een zwaktebod. Buurman Nagib die me nota bene had geholpen de bodem in mijn nieuwe bed te plaatsen, had ik ook al schuin aangekeken. Als hij alleen maar insinueerde dat hij iets van me zou willen, zou ik hem recht in zijn kruis trappen, ik was er helemaal klaar voor. Hij wou niks. Alleen maar geld. *Wie zou mij ook willen.* Buurmans wasmachine was kapot en zijn nieuwe hond aan de diarree, geen goeie combi nee, het beest schijnt alles onder te schijten, het liefst op bed. Dat verzin je toch niet. Ik had me in ieder geval alweer druk gemaakt om niks. Het was gewoon een goede buurman, die tweede- of derde generatie Turk sprak zelfs plat Amsterdams. *Niet iedereen is slecht, Inez.*
Kees haalt zijn schouders op.
'Vertrouwen is het *keyword*.'
Bingo. We zitten helemaal op één lijn, Kees en ik, of hij mijn gedachten kan raden, exact weet waar ik de laatste tijd allemaal doorheen ben gegaan, of hij weet wat ik nodig heb, net

een levensechte tv-serie, waarin hij als levensreddende ER-arts *slash* held klaarstaat met de zuurstof waar ik dringend behoefte aan heb, het zacht doch vol in mijn mond wil blazen met die mooie kuslippen van hem. En het klinkt zo mooi bovendien: ik geef hem vijfentwintighonderd euro en krijg in een paar weken het dubbele terug. Gegarandeerd. Door Kees zelf.

'U moet het helemaal zelf weten. Als u het niet doet, er staan genoeg anderen in de rij. Te tráppelen.'

Nou ja! Het maakt hem niet eens uit, hij heeft cliënten genoeg, hij wil zelfs al weggaan. *Ho! Niet opstaan, Keessepees. Dat wil ik niet!* Geen ander die met mijn geld gaat strijken! Ik grijp hem vast.

'Ik doe het.'

Blauwoogje glimlacht: 'Het hoeft niet, hoor. U moet het zelf weten. Maak ik gewoon een ander happy.'

Niks een ander happy. Ik wil happy. Ik glimlach terug.

'Weet u het zeker? Als u twijfelt kan ik m'n werk niet goed doen. Het moet wel van twee kanten komen.'

Op zo'n man kan je bouwen. Of ik het zeker weet, met hem in één bootje?

Vijfduizend euro, zonder dat ik er iets voor hoef te doen, alleen maar te wachten. Ik kan heel goed wachten, ik doe de hele dag niets anders en dan wist ik niet eens waarop. Nu wel. Mijn leven had weer een doel. En dan Oskar! Die zal me met andere ogen zien. Trots zijn dat ik mijn eigen geld verdiend heb. Net als dat rotkreng van hem doet, die valse komkommerkiller, ik denk niet dat zij zich ooit heeft beziggehouden met een MGD'tje, nee, haar Doel was mijn man geweest. Maar nu kon ik terugslaan. Als Oskar merkt dat ik het ook kan, werken, geld verdienen, wie weet kan dan alles nog worden teruggedraaid. Mijn gedachten razen rond. Wat als ik nou meer geef? Wat als ik nou... Ik raak opgetogen. Wat als ik nou de hele poet uit het kistje..? In totaal nog zo'n dertien-, veertienduizend euro. Ik had een bed gekocht, ik geloof duur, daar zou Oskar wel weer op mopperen maar het was zíjn schuld dat ik het nodig had. En hij kon toch moeilijk van me verwachten dat ik op de grond bleef maffen, ik was steeds bang dat Huismuis Harry piepend en wel tussen de lakens zou springen. Ik ben wel eenzaam, maar liever geen muis in mijn poes. *Terug op aarde, mayday, mayday!* Als ik dat dus doe, stel, de hele poet, dan sleep ik over een paar weken lachend de jackpot binnen... Kan ik zelfs met Jos op vakantie, misschien trekt die dan ook weer wat bij. Slaat ze hier nog aan het zingen, in plaats van tijdens de wiskundeles. En als we terugkomen van ons snoepreisje, is er nog plenty! Oskar zal niet weten wat hij hoort, zo goed als ik alles heb opgelost.

Ik kijk naar Blauwoog, loop naar het kistje, en open het. De gestreken flappen liggen er zo mooi bij, zo intens vredig, als in een op maat gemaakt bedje. *Een klein doodskistje.* Tsjemig, ik kan dit toch moeilijk zomaar meegeven. Ik keer me om. Kees knipoogt, laat zijn ongewoon prachtig helblauwe kijker even verdwijnen en geeft hem dan weer aan me terug. De vroege morgenzon zet een aureool om zijn hoofd. En dan... Dan voel ik dat ik terugknipoog. Het is goed zo. Ik overhandig hem de volle mep. Weg met de angsten.

Slik.

'Zullen we vanaf nu dan maar "je" tegen elkaar zeggen?' giechel ik.

Zijn ogen worden zo mogelijk nog blauwer.

Ik had het nog in me! Ik had het nog helemaal in me.

GOEIE BUUR/ ofwel een pijnlijke kennismaking

Met tassen vol kleding, mooie laarzen en tutteltjes om mijn
nog altijd lege kasten te vullen, als een volgeladen olifant kom
ik aansjouwen (geeft niks, binnenkort weer een zalig autootje
onder mijn kontje). Zelfs een paar lichte zilverkleurige schoentjes
op de kop getikt voor als ik met Jos op vakantie wil. *Je hebt
het verdiend.* Inderdaad. Mezelf terecht lekker verwend, een
goede deal mag ook wel eens gevierd worden.
Vanavond als Kees me komt halen om er een heerlijk avondje
van te maken, wil ik er top uitzien. Balen dat hij meteen weg
moest, maar des te spannender is het nu. Die smalle gevoelige
lippen van hem... Voor mij geen dikke lippen, geen vette volle
vleeslappen waarin je hele gezicht verdwijnt, nee, George
Clooney-lippen! Dunne natte gladde lippen, die kunnen je
lichaam beroeren of ze je niet beroeren, amper beroeren, je
kippenvel bezorgen als een licht plagend veertje, ja, je laten
huiveren, oh ja, en met gemeen schrapende, wild bijtende tanden
dicht en gevaarlijk aan de oppervlakte om je oh ja, ja, helemaal
aan gort... Poeh, sta ik even te soppen. Wat een geildweil. Ik
kan niet anders zeggen: ik heb een man meer gemist dan ik
dacht. Dit wordt een leuk feestje vanavond. Ik moet alleen Jos
nog even lozen. Hoewel... Misschien gaan we wel naar zijn
huis, ja, dat is zelfs nog beter, ik wil wel weten hoe hij woont,
leuk, een nachtje in Haarlem. Ik was er één keer eerder geweest,
nou ja twee keer dus, bij Rob Peetoom waar ik een metamor-
fose kreeg, ook erg leuk, super. Maar Oskar vond het niks,
rood haar. ('Je lijkt wel een wandelende wortel.' 'Nou ja zeg.
Kan het even minder. En het is niet eens oranje, het is rood.'
'Goed, dan lijk je een rooie biet. Wat jij wilt. Maar kan het er
weer af? Wijfie, vrouwtje van me?') Van hem moest ik blijven
zoals ik was, de dag erop zat ik dus weer bij Rob, maar nu om
alles ongedaan te maken. – Niet dat dát me geholpen heeft uiteindelijk. *Niet zeuren.* Ik weet nog dat ik blij was weer thuis te
zijn, na mijn *undo*. Haarlem was leuk, lief, schattig, pittoresk
en *cute*, volgens een of ander onderzoek woonden er in dat
stadje zelfs de gelukkigste mensen van Nederland, maar naar

mijn standaard was het toch lichtelijk ingedut. Vergeleken met waar ik nu zit is echter alles een vooruitgang, klotekutje, de hemel op aarde; Haarlem gráág. En na vanavond kan ik mooi tegen Oskar zeggen: 'Jij bent niet de enige die een ander heeft gehad.' Hij zou niet weten wat hij hoorde, hi, hi, we zouden quitte staan, hij zou balen en me terug willen, hij had vast verwacht dat ik in mijn zielige eentje eeuwenlang op hem zou zitten wachten, nou mooi niet. Waarom had ik hier niet eerder aan gedacht, vuur met vuur bestrijden en niet met een laffe tranenplas, *life goes on*, ik kom er weer helemaal bovenop, há, ik ben er al bovenop. Ik had na mijn voorschot aan De Helblauwe Dekhengst gelukkig nog een stuk of tien briefjes van vijftig en honderd uit m'n broek, oude bh, dagboek en sloop weten te vissen. Dit keer met kleinere tietjes dan ik gewoon was op stap. Zoiets is meteen te merken: toch minder succes bij bouwvakkers dan anders. Op de terugweg was mijn voorgevel tot normale, dat wil zeggen mijn eigen grootte teruggekeerd, het gegroet en gefluit nam evenredig af, ik was letterlijk en figuurlijk niet veel meer waard. Ach, bouwvakkers... Ik had met Miriam en Renske eindelijk weer eens een ouderwets fijne middag gehad. Echt weer de meiden onder elkaar. God, wat was funshoppen toch heerlijk. En meteen, heel handig, even m'n stokoude creditcard die ik eigenlijk nooit gebruikte tot op de bodem leeggetrokken, roetsj, linea recta naar de limiet gescheurd. Vol het hart, leeg mijn card, ah, ik zal mijn moeder bellen, dan kan zij ook meteen bij Kees terecht, als dank stopt ze me vast wel iets toe, niet dat ze daar happig op is, zeker niet, maar als ik haar aan wat *dinero* help, helpt zij mij ook wel die paar weekjes de winter door. Het is tenslotte alleen maar tot Kees over de brug komt. Intens tevreden over mijn gedachten, plannen, moed, nieuwe leven, ik voel, weet zeker dat ik Oskar terug kan krijgen, en anders maar niet, wie weet kies ik zelf niet eens voor hem, maar voor Kees, bijna zingend open ik de deur en wil naar binnen gaan. Dan word ik gestoord.

'Is die gek ook bij jou geweest?'

Pardon? Achter mij de mooie overkantbuurvrouw. Geef mij

maar een verre vriend. Zelfs haar stem was mooi. Toedeledoki en de mazzel, ik wilde haar zien noch horen. Bovendien had ik geen gek gezien, ik was de hele middag weggeweest. Ik schudde mijn hoofd en sloot de deur al.

'Mooi. Oplichter, met die enge staalblauwe ogen van hem,' hoor ik nog net. Ergens rinkelt een alarmbelletje. Kippenvel vliegt over mijn armen of het zelf vleugels heeft. Nee, ze kan mijn Kees niet bedoelen. De deur die al praktisch dicht was, gaat toch op een kier.

'Wat?'

Mooie Buuf die ook al was doorgelopen, keert zich om.

'Hè?'

Ik vroeg wat ze zei over die oplichter met blauwe ogen. Ze was happig.

'O, die. Mooie praatjes, anders niks. Als het zo fantastisch is als hij allemaal beweert, waarom moet-ie dan lopen leuren langs de deuren? Kan jij me daar een antwoord op geven?'

'Nou...'

'Om wildvreemden te laten delen in zijn succes?'

Zo klonk het inderdaad een stuk minder goed.

'Te laten meegenieten? Ja, van zijn leugens zeker.'

Ik werd ongemakkelijk.

'Leugens?'

De overkantbuurvrouw wist het zeker, ze ratelde ervan: 'Als hij twintig tot vijftig procent maakt in een paar weken tijd, dan heeft-ie helemaal niemand nodig. Mij niet, jou niet, niemand niet.'

O.

Hij kon volgens Mooie Buuf in dat geval net zo goed van de bank lenen, dat 'uitzetten' en dan werd hij zelf stinkend rijk. Dat ging mijn pet te boven. In wiskunde was ik nooit goed geweest.

'Hè?' zei ik dan ook.

Ze wuifde mijn onkennis weg.

'Het klópt niet, neem dat maar van mij aan. En áls het al waar is: waar winnaars zijn, zijn verliezers. Reken maar uit wie dat zijn. Niet hij of zijn vriendjes. Nee, de mensen die het nou net niet kunnen missen. Jij. Ik. Dat soort mensen.'

Ik voelde me naar.

'Het is zo duidelijk als twee keer twee vier is: die man is een oplichter.'

Ik werd misselijk.

'Valse beloftes, piramidespelletje hier, piramidespelletje daar. Hufters. Sla een willekeurige krant open en bingo.'

Ik had de kranten al even niet meer ingekeken. Deed ik nooit overigens. Ik las net voor het eerst de inpakproppen in mijn huis, uit verveling. En die waren oud.

Blijkbaar was ik groen geworden.

'Gaat het?'

Het ging niet.

HELP/ ofwel Inez is bedrogen

Verdomme, verdomme, verdomme!
Ik had het nog zo gedacht toen ik het adres las, er had zelfs een
frisse golf van paranoia de kop opgestoken, maar ik had de zee
niet willen zien.
Fucking verdomme!

Kees Hengstman
Oude Haringenstraat 34
7940 H.P.
Haarlem.
Mobiel: 06 53727890

Die puntjes achter de postcodeletters, dat vond ik raar. Die
staan er toch nooit, of wel? Nee, ik dacht het niet. Maar ja,
zo'n bonnenboekje, daar kom je niet zomaar aan. Het moest
dus wel kloppen. Trouwens, besefte ik, misschien schreef ik het
zelf altijd wel fout, hoorden die puntjes daar gewoon. Zijn de
letters misschien wel afkortingen van het een of ander, maar
dat ik dat niet wist. Of niet zeker wist. Da's nog eens dom, had
ik gedacht. Maar dát was pas dom. En nog debieler was dat ik
hem heel even nog had willen bellen, maar zijn mobiel ging
over, en hij nam op met 'Kees'. Dat had me gerustgesteld! Ik
was een idioot geweest.
De Oude Haringenstraat in Haarlem bestond niet. De postcode
ook niet, tenminste niet in Haarlem. 7940, dan zat je Meppel.
– *Of all fucking places*. Kortom, zijn hele adres klopte niet, met
of zonder klotepuntjes. Evenmin als zijn klotetelefoonnummer.
Dat had de overbuurvrouw uitgezocht – ze informeerde me bij
tijd en wijle, terwijl ik misselijk van de zenuwen mijn lelijke wc
onderkotste. Geloofd had ik zijn blauwe ogen, zie nu groen,
zonder rooie rotcent, een pikzwart gat waar zelfs een enkele
witte bladzijde me niet was gegund, niks gouden toekomst,
geen vrolijk gele, oranje kleuren voor mij, nee, bruin als stront.
Kakbruin. Poepbruin. Kan het bijna ruiken. *Je hangt ook boven
de pleepot*. Kokhalzend kruip ik weg. Ergens klinkt een stem.

De stem die onheil aankondigde, de mooie stem die me verteld had wat ik niet wilde horen, misschien ook weer wel waarom had ik anders de voordeur weer opengedaan toen ze tegen me sprak, die zangerige maar niet overdreven stem die nu galmde: 'We moeten de politie bellen.'

Ik schudde mijn hoofd. Het geld kon me niet eens schelen. Ik was bedrogen, wéér bedrogen. Door Oskar, door iedereen die dat had geweten maar had gezwegen, door André die had gelogen, door mijn vriendinnen die me toch praktisch in de steek lieten sinds ik niet chic meer was, en nu door Kees, als hij al zo heette. Moest ik dat aan de politie gaan vertellen? Het juridisch laten optekenen dat ik een sukkel ben? En dit over duizend jaar nog is na te slaan ook? Bedrogen. Blauwoog had mij een blauwtje laten lopen. Hij had mij helemaal niet gewild, was totaal niet in mij geïnteresseerd. Waar had ik dat idee vandaan gehaald? Wat deed ik zo vreselijk fout, wat was er zo mis aan mij dat niemand mij wou? Ben ik werkelijk zo afgrijselijk? Ga weg, Mooie Buuf, druip af, laat me alleen. Maar ze hoorde mijn gedachten niet, de mooie overkantbuurvrouw die ineens de touwtjes van mijn leven in handen leek te hebben, draaide het volgende telefoonnummer al.

'Met Debbie Dubbel.'

Dubbel heette ze. Debbie Dubbel, haast als Debbie Dutch, die pornoster.

Debbie Dubbel.

Een dubbeltje op zijn kant.

Ik lig dubbel.

94

IN GESPREK/ ofwel Inez zakt steeds dieper in de stront

'Kan ik alsjeblieft, alsjeblieft wat lenen mam?'
'Sorry, hoor, maar van de week heb je nog een smak geld van Oskar gekregen, en nu is dat weg?'
'Dat heb ik net uitgelegd.'
'Maar ik begrijp het niet.'
'Mam, alsjeblieft.'
'Ik vind het gewoon heel dom. Heel onverantwoordelijk ook. Wat moet Oskar wel niet denken?'
' "Wel niet" hoort niet achter elkaar en Oskar denkt niks, want die weet niks.'
Stilte.
'Mam?'
'Sorry, maar ik weet even niet wat ik moet zeggen.'
'Leen me gewoon wat.'
'Ga eerst maar met Oskar praten. Het is zijn geld.'
'Het is míjn geld.'
'Ga toch maar met hem praten. Hij komt het toch wel te weten en hij kan het beter missen dan ik.'
'Ma-ham!'
'Doe nou maar. Dat is gewoon het allerbeste. Kun je het anders niet van Renske lenen?'
'Die is op vakantie.'
'O. En van Miriam?'
'Die is ook op vakantie, met Renske.'
'Nou, zie je wel, je moet het aan Oskar vertellen. Dat zei ik toch al, dat is het allerbeste. Dag, schat.'
Klik.
Klikkerdeklikkerdeklikkerdeklik. Oskar heeft een pik.
Mijn moeder is dik. Niet goed snik ben ik.

ZEER/ ofwel Oskar geeft niks meer

'Je hebt verdomme WÁT?!'
Mijn oren tuiten. Oskar kijkt me verbluft aan. Hij wordt al rood ook, shit daar gaan we. Snel probeer ik hem te kalmeren.
'Ja, ik wou het je niet vertellen omdat ik wist dat je zo zou reageren, maar...'
Hij onderbreekt me en somt op, op zijn vingers mijn fouten aftellend of ik een kind ben.
'Eén: je wou het niet vertellen. Twéé: je jaagt mijn geld erdoorheen. Dríé: vergokt víjf-tien-dui-zend euro.'
Ik onderbreek hem, heel zachtjes: 'Veertien.'
'Hou je mond. Víér: geld dat voor Jos bestemd is, en... en...'
Hij stopt met tellen, zijn handen wapperen onmachtig in de lucht, hij komt niet uit zijn woorden, nu wordt hij nog roder bovendien, dit is mis.
'Allejezus Inez, wat ben jij een waardeloos stom rund. Niet te filmen. Nog stommer dan ik dacht.'
Mieren-zijn-grote-dieren.
'Ik heb het helemaal gehad met jou. Ik had jaren geleden al van je moeten scheiden.'
Zeer. Pijn. Au. Dood. Verderf. Rotting.
Ik vecht tegen de tranen die hij niet mag zien.
'Hou op met dat gejank. Godverdomme, ik had niet eens met je moeten trouwen.'
Dit doet zo zeer dat ik niet weet wat te zeggen.
'Je wou het niet zeggen. Prima. Ik zal jou wel wat zeggen. Ik wil het allemaal niet eens meer horen. Je lost het maar op. Zonder mij. Ik trek mijn handen hiervan af. Helemaal. De volle honderd procent. Ik ben op vakantie, je zoekt het maar uit, ga jij maar liggen bakken in je eigen sores.'
Ik krijg niet eens tijd om 'Maar wat moet ik nu doen? Waar moet ik nu van leven? En Jos dan?' te zeggen. Hij stormt weg. Jos heeft het van geen vreemde.

'Kom terug,' schreeuw ik, maar ik hoor niets, m'n lippen vormen geluidloze woorden. Mijn piepende huismuis maakt meer lawaai.

WEER BEZOEK/ ofwel Inez heeft weer bezoek

Debbie Dubbel, wéér in huis, het is niet meer tegen te houden, niks is meer tegen te houden, misschien moet ik het gewoon allemaal maar accepteren, knikt.

'Blauwoog heeft je getild.'

Rub it in.

Debbie Dubbel houdt haar hoofd schuin.

'Uiteindelijk ben je er om twee redenen in gestapt.'

Het zal wel. Wie had haar wat gevraagd? Ik niet volgens mij. En wie zegt dat zij te vertrouwen is, De Mooie, wat zit er achter die aardige glimlach, hoeveel mannen heeft zij met die *smile* veroverd, gestolen van getrouwde vrouwen, ja, strijk je haar maar achter je oren, doe je dat zo, kijk je ze dan verleidelijk aan, ze smelten en denken nog maar aan één ding, hun harde pik die in jouw lijf moet, jouw lijf met je mooie borsten die niet hangen omdat geen kind eraan gezoogd heeft nog, zijn ze trouwens wel echt die krengen, ben jij wel echt, Debbie Dubbel, jij die mijn ramp blijkbaar ongevraagd ontleedt, kort samenvat alsof ik en mijn leven een uittreksel voor de middelbare school zijn. Shit, hoe gaat het eigenlijk met Jos op school? Ik had niks meer gehoord sinds ze de klas uit was gestuurd, en er ook niet meer aan gedacht, geen nieuws, goed nieuws, ik zeg maar zo ik zeg maar niks. Debbie Dubbel continueerde, ze dacht zeker dat ik aandachtig zat te luisteren.

'Ja. Twee. De eerste is hebzucht. En de tweede is gemakzucht.'

Ineens openden mijn oren zich inderdaad: tegen mijn wil ontvouwden hebzucht en gemakzucht zich als rozen met venijnige doornen. Hebzucht en Gemakzucht. Als een donzig wattenstokje waarmee je voorzichtig zachtjes in je oor pulkt maar waaruit opeens, *auch*, met een venijnige pijnscheut, het gemene plastic staafje hard doorschiet, scherp tegen dat gevoelige stukje in je gehoorgangetje. Maar met het terughalen van het lastige en nu ook kapotte werktuig was een toefje, een propje aan bruinig oorsmeer verwijderd: ik wou het misschien niet toegeven, maar mooie Debbie Dubbel had de kern te pakken.

Hebzucht en Gemakzucht.

Ik wist het.
Zij wist het.
'Afijn. Nou moet je er weer uit zien te komen.'
'Hoe?'
Ik wist het niet.
Zij wist het niet.

'Mm. Misschien wel drie.'
?
'Drie redenen. Waarom je bent ingestapt.'
Wat nou weer? Kon het nog erger, moest ik nog meer afgaan?
Was ze nou nog niet klaar?
'Hoop.'
Ik keek haar aan. Aarzelde.
'Hoop. Maar... hoop is niet slecht, toch?'
'Lijkt me niet,' zei ze.
Het leek mij ook niet.
Ik bood Debbie koffie aan. Ze grijnsde.
'Lijkt me beter dat ik jou wat aanbied. Gezien je financiële situatie.'
We schoten in de lach, en ik kon er niet meer mee ophouden.

NIX

Jos krast in haar geruite wiskundeschriftje, slordig en klein,
met donkerblauwe maar door het harde drukken haast zwarte
pen, onder $a^2 + b^2 = c^2$:

$stik^2 + hel^2 = ik^2$

zing wanneer ik wil zing wat ik wil sterf ik wil die
nieuwe D&G spijkerbroek uit de etalage haat
iedereen kut school kut alles papa waarom hoor ik
nix van je allemaal mijn schuld

Ze krast steeds harder, zo hard dat het papier er stuk van gaat.
Ineens pakt ze het schrift en smijt het dwars door het lokaal.
Ja hoor daar had je het al. Ze werd er weer uit gestuurd door
dat wiskundewijf. Het interesseerde Jos geen moer. Helemaal
geen ene kutmoer.

VII. WOEST

Ik gaf Jos de cadeautjes die ik (gelukkig, zo dacht ik)
nog net van mijn bijeengeraapte geld gekocht had,
omkoperij om wat ik voor haar in petto had te verzach-
ten, ja, ja, opvoedkundig knudde, wat moest ik anders?
Maar blij was ze niet met de presentjes, onverschillig
wel. Ik had het moeten weten: ze is gewend te krijgen,
ook dat waar ze niet eens om vraagt.
Toen vertelde ik haar dat dit wel even het laatste was
omdat we voorlopig krap bij kas zitten. Dat gaf wel een
emotie. De gebruikelijke. Sommige mensen hebben duizend gezichten, Jos heeft er naast onverschillig nog
maar één. Boos.
Ze freakte pas echt toen ze weg wou om een D&G spijkerbroek te kopen waar ze haar oog op had laten vallen
maar bleek dat dat feest niet doorging. Dat ze zelfs
geen nagellak kon kopen. Of een ordinair patatje.
Eerst keek ze weg. En toen begon het. Het zingen. Hard,
hees. Niet om aan te horen. Of ze haar longen met een
intens geweld uit haar lijf probeerde te persen. Crisis,
deed ze dat ook zo op school? Ik zal eerlijk zijn: ik had
half verwacht een zangtalent te hebben gebaard, maar
dit was echt verschrikkelijk. Ze kan zo instappen bij het
rijtje pijnlijke Idols-afvallers, erger nog, tel al die
gedrochten bij elkaar op, dan krijg je Jos. Ik kan er niet
over uit. Die brulboei kan met alle gemak van de wereld,
in haar complete uppie, een kilometerslange file aan
ramptoerisme veroorzaken.
Wat een doffe ellende.

BIJSTAND/ ofwel echt geen geld hebben

'Néé, nee, nee, nee, nee-hee. Geen sprake van.'
Ik had volgens die knakker achter de balie geen recht op bijstand. Mijn ex-man diende mij te onderhouden, huwelijkse voorwaarden of niet, als vrouw met kind had je recht op alimentatie en als hij dat niet deed, de man in kwestie, dat was natuurlijk een schande maar kwam echt wel vaker voor, nou, in dat niet zeldzame geval dus kon ik beter naar de rechter stappen.

Alles beter, bezwoer hij me, dan het ellenlange pad bewandelen dat zeker van hot naar her zou lopen en waarschijnlijk ook van kastje naar de muur, met de blijvende grote vraag of mijn smeekbede ooit beloond zou worden.

Die kans achtte knakkemans kleiner dan klein.

Echt, ik kon beter proberen met mijn man te praten. Ex-man ja. O wacht even, als die al geld gegeven had, hoeveel was dat? Wat? Zo'n veertienduizend euro? Ja, dan was ik helemaal klaar hier. Met zo'n bedrag zou ik zeker niets krijgen van de bijstand, want indien meer dan een x bedrag bezit, dan sowieso geen recht op bijstand, je moest eerst het y bedrag, die veertienduizend euro dus, 'opeten' tot eerdergenoemd x bedrag.

Dat ik wel honger had, maar die veertienduizend euro dus niet meer, ja, daar kon hij ook niks aan doen. Een bijstandstrekker in wording was nu eenmaal verplicht om een z bedrag over zoveel tijd uit te smeren en als je dat niet deed, dan was er dus weer iets met een a bedrag. Mijn oren tuitten (kwam het hele alfabet langs of hoe zat dat?), kon er dan echt niemand helpen? Knakkers leunde voorover. Soms hadden ze mensen doorverwezen naar Alcides, een welzijnsorganisatie in Zuid-Oost.

Aha, gloorde er daar dan toch nog iets van hoop?

Hij bewoog zich van me af op een manier die hij subtiel achtte, kneep zijn ogen samen. Volgens hem hielpen ze je daar met geld omgaan, leerden ze je 'budgetteren'. Hij sprak het woord ironisch uit, maar ik zag het probleem niet. Al moest ik budgetteren tot ik een ons woog. Als er eerst maar geld *in the pocket* kwam.

'Mevrouwtje...,' hij vingerde driftig ergens bij zijn karige kont en legde dezelfde hand daarna op de balie tussen ons in en vervolgde zijn verhaal. Al het geld van de mensen die bij Alcides stonden ingeschreven, kwam binnen op één rekening, en daar werd vervolgens iedereen van uitbetaald. *Zal mij een worst wezen, geld is geld, en geld heb ik nodig. Kom op man. Waar moet ik wezen? Zeg maar. Zeg het maar.* Zijn ogen waren inmiddels spleetjes, hij boog vertrouwelijk fluisterend, lispelend haast, weer voorover, de adder in het gras kroop er slijmerig uit, maar daar was hij: Alcides was failliet verklaard. Op de fles gegaan. Naar de haaien.

Totale en wanhopige verbluffing aan mijn kant.

Had ik een nummertje getrokken, anderhalf uur zitten wachten, om dan een uur naar onzin te staan luisteren? Dat ik na een heel verhaal toch niet bij hem moest zijn wegens het alfabet, waar ik dan wel heen kon, maar dan toch weer niet? Wat was dit hier voor lijpenkast? Ik staarde hem waarschijnlijk aan of ik zijn kop van zijn romp wou rukken, hetgeen waar was.

'Nou, nou,' drukte hij me op mijn hart, 'die arme mensen bij Alcides hebben het anders slechter dan u hoor, mevrouwtje.'

Dank u, meneertje.

Hij wou nog één dingetje weten. Ik was zo stom om nog te antwoorden ook.

'Verloren aan een piramidespel, zei u? Aha!'

Had ik Afdeling Gokverslaafden al geprobeerd?

DUS NIET/ ofwel de zoveelste sollicitatie omdat Inez en Jos toch moeten eten

Doodziek werd ik ervan: deur in, 'd'r uit', deur uit. Mijn haar zat ook al niet, was ik nou maar naar Harry gegaan toen ik nog pleuro's had, de te oude extensions kriebelden, ze klitten vast als de problemen aan mijn hoofd. Mijn nagels zagen er niet uit, afknippen kan niet met gelnagels, vijlen duurt uren, m'n spuiten zijn uitgewerkt, verdomme ik had er helemaal gerestaureerd uit kunnen zien, ik durfde momenteel sowieso al niemand meer onder ogen te komen, kreeg je dit er nog bij: kloteposters, klotebeleid, klotealles. 'Ben jij 16 jaar? Dan kun je bij ons terecht achter de kassa!' Mwah, ik ben maar een jaartje of 21 ouder. Eénentwintig!
Ik ben een lijk. Dood, beschimmeld. Leg mij maar in het koelvak bij de oude kazen.

De volgende poster schreeuwde me toe, in de meest afgrijselijke kleuren bood hij me werk aan. Als ik 15 was! Ja dan kon ik terecht als vakkenvuller. Vijftien? Dat kan ik me niet eens meer herinneren!
Nee. Ik geef niet op. Ik ben zevenendertig, maar heb ook zevenendertig jaar ervaring. Op naar het meisje achter de kassa.
'Hallo. Bij wie moet je zijn als je hier wilt werken?'
Ze had mijn dochter kunnen zijn met haar wegkijkende blik, wat is dat toch met die tieners tegenwoordig, het lijkt wel een besmettelijke ziekte dat wegkijken (of ze voelen dat ik van een ander soort ben, hun blik niet waardig), ze steekt een mager vingertje uit met een ringetje dóór de nagel heen en gebaart vaag naar een balie verderop. Het ringetje flabbert op en neer.

De jongeman achter de balie waar ik naartoe ben laat ik het voor het gemak maar zeggen, 'gewezen', heet volgens zijn glanzend witte naambordje Dirk. Ik vraag netjes of ik bij Albert Heijn kan komen werken.
'Als wat?'
'Maakt me niet uit.'

'We zitten vol.'

Pardon?

'Waarom vraag je dan "als wat"?'

'Weet niet.'

'Wéét niet?'

Hij haalt zijn schouders op en kijkt dommig uit z'n ogen. Ik wil hem door elkaar rammelen, de lulhannes.

'Zo, jij bent een hele aanwinst voor de zaak hier, als je het mij vraagt.'

Daar gaan zijn schouders weer, hop, omhoog die hele handel.

'Ik vraag het niet.'

Dirk wendt zich af. *Het broekie wendt zich af.*

'Nou Dirk, met die voornaam is het een wonder dat jíj hier wel aangenomen bent,' sis ik.

Hij keert zich om.

'Hoezo?'

'Dirk bij Albert Heijn, dat gaat toch niet, Dirk. Jij had bij Dirk van den Broek moeten gaan werken, Dír-rek.'

Hij kijkt me aan of ik gek geworden ben.

Ik geloof dat ik me ook zo voel. Hoe kan ik me verlagen tot zo'n dialoog, ik lijk zelf wel een puber.

Op mijn weg naar buiten passeren er twee springerige huppel-kutjes. Ik kijk achterom. Ze gaan naar Dirk. Hij ziet hen en grijnst zijn beugelbekkie bloot. Hij pakt twee formulieren van onder de balie en ik weet het zeker. De grietjes kapen met hun leeftijd vrolijk giebelend mijn baantje voor m'n neus weg. Geef me puisten voor m'n rimpels.

Ik strompel naar huis. Alwaar ik mijn kop stoot tegen het ganglampje. Hel. Ik zit midden in de hel.

MIJN LEVEN

	ja	nee	
man	☐	☒	*(dat lijkt me dus duidelijk)*
geld	☐	☒	*(nee nee en nog eens nee. En dat is niet mijn schuld maar de schuld van mijn kloteleven.)*
werk	☐	☒	*(zie maar eens aan werk te komen als bejaarde. Voor de vorm noemen ze je nog 'middelbare vrouw', maar ook al ben je 20, dan denken ze volgens mij al dat je een oud lijk bent, ik kan ze in mijn geval niet eens ongelijk geven. In no time ben ik jaren verouderd: mijn spuitjes uitgewerkt en de groeven in mijn gezicht even diep als de leegte in mijn portemonnee.)*
tijd	☐	☐	*(Niet eens zin om deze vraag te beantwoorden)*

STOP/ ofwel Jos' smeekbede krijgt geen gehoor

Jos eiste nieuwe spullen, kleding, oorbellen, een People of the Labyrinth-riem, highlights bij Harry, hoogstnoodzakelijke items voor een meisje van dertien. Het kon niet. Ik probeerde het leuk, iets als:
'In plaats van *shop till you drop*, doen we een shopstop.'
Ze vergat godzijdank te 'zingen', maar lachen deed ze ook niet. Sterker, het huis was te klein, werd kleiner dan het toch al was, het schrompelde per krappe seconde: als een opgezwollen ding, een hulk, puilde ze uit haar voegen, en uit de voegen van dit enge huis. Hoe, alsjeblieft, ik smeek hoe dit gevaarte te doen smelten tot ze weer normaal was? De Hulk kon je ontroeren, kalmeren met een nestje jonge vogeltjes. Heb ik niet. In mijn ooghoek slechts een kleine grijze muis die nog naar mijn homoseksuele ex-kapper genoemd is bovendien. Dat wat net nog mijn dochter was, wilde gouden kastelen, ik had hoogstens luchtkastelen. Ik zou ze graag voor haar bouwen. Met haar bouwen. Maar ik kon het vergeten. Mijn dochter geloofde net zomin als ik nog in sprookjes. En toch is dat wel de schuld van een heks.
Ja, het is allemaal haar schuld.
En 'haar' is niet mijn dochter.
Haar? Hét.
Hoe intens slecht moet je zijn, als je je geluk wilt bouwen op andermans verdriet? Moet iemand 'het' dat niet eens gaan vertellen?

VIII. SPRAKELOOS

Ik belde naar de zaak, ik deed dat nooit alleen in geval van nood. 'Geval van nood' bleek niet te zijn een tot halverwege afgescheurde nagel, en ook niet desastreus verkeerd gepermanent haar, en ook niet de vraag naar welk restaurant we 's avonds zouden gaan. Dit had Oskar me in de loop der jaren nadrukkelijk duidelijk gemaakt. Ik vond het erg kinderachtig, had me er met de grootst mogelijke moeite aan gehouden, maar het schikken naar zijn wensen had ons leven veraangenaamd. Want hij op zijn beurt had het minder en minder over zijn werk.

Er werd opgenomen. Natuurlijk werd er opgenomen, er werd altijd opgenomen. Al was het midden in de nacht. Maar niet door haar. Nee, natuurlijk niet. Mevrouwtje zou de telefoon een beetje opnemen, tss, daar was ze natuurlijk te goed voor. Of ze was al weg met Oskar, hoe snel had ze zich niet mijn vakanties toegeëigend. De heks.
Nerveus vroeg ik naar Judith, maar zei niet wie ik was. Ik wachtte en wou al bijna ophangen, toen hoorde ik: 'Hallo?'
Wat nou hallo? Kon die prutkut haar vergiftigende naam niet uit haar eigen strot krijgen? Zo nam je toch de telefoon niet op: 'Hallo'?! Ik werd nog kwader dan ik al was op die trut, zo kwaad, ik schold haar uit voor kankerhoer en of ze ervan genoot een getrouwde man af te pikken, weg te halen, zijn gezin te slopen.
Ze gooide de hoorn erop. Nadat ze gezegd had dat ik nog ordinairder was dan ze al dacht, en nog ongelofelijk onverantwoordelijk met Oskars geld ook, het zo maar weg te geven aan iemand die ik helemaal niet kende. Ik hapte naar adem. Wou haar net met een verse stoot van aantijgingen en verdedigingen van repliek dienen. Maar ik was te laat. In mijn inhalering om

eens goed van wal te kunnen steken kwam haar eind-
conclusie over mij. Die viel als een scherp mes op een
hakblok.
Ze begreep heel goed dat Oskar was opgestapt.

MOT/ ofwel Inez ziet het niet meer zitten

Was ik toch die mot.
Zag ik toch dat vlammetje licht.
Kon ik toch vliegen.
Kon ik toch sterven.
Korte hevige pijn, weg, verdwijnen, verdwenen.

JAS/ ofwel hopeloze spijt en heimwee

Ik liep maar wou niet lopen. Kende niemand en wou niemand kennen. Stelletje losers. Dat was de stemming. En toen, ineens, zag ik iemand in mijn Cavalli-mantel. Ik herkende hem vanwege het kleine rode naadje. Ooit gold deze actie als bewijs wel of niet gestolen te zijn, later diende mijn eigen kleine geheimpje een ander doel: zo zou ik weten wie mijn kleren kreeg nadat ik ze had weggedaan en weer tegenkwam (eigenlijk was dit brandmerk bij een echte Cavalli niet nodig, er waren maar drie exemplaren van in heel Nederland dus moest hij haast wel van mij zijn als ik hem tegenkwam, maar ach, het was een leuk werkje, dat naaien, het maakte je zo verantwoordelijk, het gaf je een glimp van ouderwets huisvrouwenwerk). Heerlijk was het bovendien, vond ik, om toeval te koppelen aan slimheid, geweldig daardoor te kunnen weten wie het arm had, voor wie ik iets deed, ja, voor wie ik een engel was, een moderne Florence Nightingale waar door de ontvangende partij zo lang op gewacht was.

Een verrukkelijke rush joeg vroeger bij het zeldzame herzien van het strookje rood wild door mijn aderen, gouden vleugels leken uit mijn armen te groeien, een stralende krans omgaf me. Ik kon in het geval van zo'n onverwachts en sporadisch weerzien maar net de impuls bedwingen om op de ontvangende partij, wat een enorme geluksvogel was dat toch, af te stappen. Ik zag mijn kleren niet vaak helaas, het tweedehands bestaan aanschouwen was en bleef een kwestie van toeval.

Nu was het raak.

Maar het vervulde me allerminst met geluk, de verrukking bleef uit, niet ten dele maar geheel, sterker nog, in plaats daarvan ontstonden flitsen van haat. Voor mezelf, voor dat wijf in mijn jas, het Leger des Heils, Renske die op het idee was gekomen, nu niets van zich liet horen, evenmin als Miriam, mijn moeder juist weer met haar gezeur, mijn afkeer gold iedereen en alles, hoe had ik zo stom kunnen zijn, ik had de jas nooit maar dan ook nooit weg mogen geven. Zo goed als lege kledingkasten bezat ik, alleen wat ik gekocht had toen ik voor de laatste keer mijn creditcard leegslurpte.

Ik zag het rode sliertje raar genoeg eerder dan ik mijn soepele, zachte kledingstuk herkende. Het draadje was wat losgeraakt, leek zich naar me uit te strekken, te zeggen: 'jij, jij', tot mijn eigen schrik stak ik mijn hand uit en trok het minieme stukje stof ineens met een hebberig venijnig rukje los, of ik daarmee de hele jas als een breiwerk kon uithalen. De vrouw had er blijkbaar iets van gevoeld, ze keerde zich tenminste om, met een gezicht van 'wat was dat?'.
Ik had het rode gerafelde draadje in mijn handen en hield het omhoog.
'Dit stak uit uw prachtige jas.'
Ze wist niet goed wat ze ermee aan moest, moest ze 'dank je wel' zeggen wegens het compliment, of was ik een raar wijf, net zo raar als zij waarschijnlijk eens geweest was, voordat ze dit bezit vergaard had. Overdreven gehaast, in een soort maffe hink-stap-sprong vluchtte ze ervandoor, merkwaardig mummelend: 'Ik moet weg. Weg.'
Ze was nog steeds raar, mijn jas diende slechts als dekmantel, als zacht harig schild, was een carnavalesk pak.
Mijn haat verdween, werd een vochtige kleffe brij, als tegen een kopje thee gesmolten hagelslag, er restte een gevoel dat ik niet kan omschrijven, het lag tussen de wereld van spijt, melancholie, pijn, eenzaamheid.

Snel was ze, het mens, zo rap, mij ontbrak de tijd mijn jas nog even, nog heel even maar, aan te raken.
Toen wist ik het. NOOIT zou ik het Leger des Heils nog bezoeken. Niet om te geven (ik had niks meer), maar zeker ook niet om te nemen. Geen tweedehandsjes voor mij en mijn dochter. Dat kleine takje, nauwelijks een takje te noemen nog, een twijgje, een strohalm, een stuk riet: dat kleine beetje zelfrespect is voor mij en blijft voor mij. Dat zou ik me nooit laten afnemen.

IX.

___

Moe. Telefoon gaat. Moet opnemen.

Was 'Fazanten'. Heb opgehangen. Even niet. Nu niet.
Nooit niet. Kan die rottige schutter die (volgens relaas
halfvergane bovenbuurvrouwtje dat ik helaas niet kon
ontwijken) dat immens zielige dominomusje zo vals
neerschoot, niet even per ongeluk expres op Fazanten
richten met haar zingzanggezeik?

En kan die rothond niet even stoppen met janken? Als je
zo'n beest niet aankunt, moet je m niet nemen, lijkt me
doodsimpel. Als ik me beter voel ga ik buurman Nagib
of Nabib dat maar eens zeggen.

DRUK/ ofwel uitgebuit worden

'Druk, druk, druk', tegen die onverzettelijke bezige woorden van hen, die daardoor op de een of andere manier recht op mijn tijd dachten te hebben (Waarom? Omdat ik toch de hele dag in mijn bed lig te rotten? Klopt. Heerlijk. Het enige wat me op de been houdt. Omdat ik zeeën van tijd heb? Maak ik zelf wel uit. Omdat ik me volgens in ieder geval minimaal mijn moeder gedraag als een tiener? 'Liever een tiener dan een oud wijf, mam', had ik natuurlijk moeten zeggen, maar ja, ik zei weer eens niets), ik had er uiteindelijk weer eens niet tegenop gekund. Ik had me voor de zoveelste keer uit m'n heerlijke smoezelige bedje gesleept, mijn interne smeekbede – laat mij toch leven vanuit horizontale positie, het komt me aangenamer voor vanuit mijn bed – werd niet gehoord, ook al het andere niet, míjn woorden bleken zeker verzettelijk, zonder problemen zelfs, tegenwerpingen, oef en puf, vloek en vlucht, niks, niets had mogen baten, en mijn schuldgevoel of angst er niet meer bij te horen, nergens meer bij te horen, helemaal niets of niemand meer te hebben overwon nipt van mijn beddelijkheid.

Zo had ik reeds Miriams kids Moes en Annetje al enkele keren van school gehaald, onlangs wegens een ouderlijk 'druk, druk, druk' zelfs voor mijn moeder boodschapjes gedaan, en moeders daarmee volgens haar eigen woorden 'geweldig uit de brand geholpen'. Ja ja zal wel zonnebrand zeker, nu stond ik voor het eerst in mijn leven ramen te lappen. Pardon? Ja inderdaad. Ramen te lappen. En niet eens mijn eigen ramen, nee die van Miriam. Hoe had ze me zover gekregen? Een vriendinnelijk 'druk, druk, druk'.
Ik was wel een beetje in opstand gekomen, het leek verdorie wel of iedereen tegen mij samenspande, maar het was een laffe poging, ik voelde de magerte ervan al toen ik eraan begon. Volgens Miriam was het juist goed als ik iets ondernam. Daar zette ik stiekem al mijn vraagtekens bij. En dan ook nog haar ramen? Ongevraagd toch argumenten te over: Miriams werkster was ziek, en het moest toch echt gebeuren anders werd

Tom boos, die hield er niet van als hij niet naar buiten kon kijken, ik van alle mensen moest toch weten hoe het was als het niet lekker draaide thuis. Hier was iemand haarfijn op de hoogte van de juiste knopjes en hoe ze in te rammen. Toch was ze nog niet helemaal klaar: als ik zo lief was, kon zij nog even de rapportjes van Moes en Annetje zoeken en ondertekenen, ze deden het zo goed op school, alleen negens en tienen. 'Geweldig, hè?' Ik knikte. *Rapporttijd? Jos had me niks laten zien. Gemakzucht of was het ook op dat gebied mis?* Ik dacht dat Fazanten weer over het 'zingen' had ingesproken, maar vroeg me nu af of ik haar niet te snel had gewist. Miriam ratelde verder, ze moest ze echt vandaag meegeven, en ze zou me o zo dankbaar zijn.

En, en, en.

Dus, dus, dus.

Dom, dom, dom.

Want even later stond ik te zemen als een gek en haar zag ik niet meer.

MERCI/ ofwel er moet actie komen

'Merci'?

Is dat al wat ze zegt? Nadat ik me in mijn eentje wezenloos heb lopen schrobben op die rotramen van haar, ik had er verdomme lamme armen van. Dat het resultaat niet meer dan redelijk was, okay. Hoe kon ik nou weten dat er spiritus in die emmer moest in plaats van afwasmiddel? Dat hoorde ik pas toen ik klaar was. Tipje van de werkster van de buren, die ook de ramen stond te lappen. Hè, gezellig.

'Merci'?

Had ik daarvoor voor lul gestaan in mijn oude buurtje?

'Merci'?

Ho, stop, wacht even, mijn kwartje, of rottig twintig eurocentmuntje, hoe noem je dat kolerekreng of is daar nou nog steeds geen naam voor, in ieder geval wat het dan ook was, het viel, rolde en zocht voorzichtig zijn plekje: Miriam die altijd over iedereen roddelt, eigenlijk nooit echt aardig was behalve tegen ons, haar vriendinnen van de Barbieclub, die haar bijna aanbaden. Hoe hautainer zij was tegen anderen, des te uitverkorener wij ons voelden, en des te meer iedereen haar vriendin wou zijn. Miriam, die bij ons hoort omdat we praktisch allemaal hetzelfde zijn, wij van het kliekje, ons kliekje, mijn kliekje, gaat zij nu onaardig tegenover mij doen?

Dit kon niet waar zijn. Ik voelde me bleek wegtrekken.

'Ben je niet lekker, Ien?'

Ik haatte het als mensen me Ien noemden. Dat wist ze toch? Ik had haar toch verteld dat verraadster É. dat vroeger deed, dat ik de afkorting die mijn 'vriendin' bezigde altijd als kooswoordje had opgevat, maar later als vijandelijk en misselijkmakend denigrerend, en dat het me nog steeds kon doen huiveren, dat 'Ien'?

Ze pakte mijn jas en hielp me erin. Als je niet beter wist, zou het attent lijken.

'Ga lekker naar huis, naar je bed. Goed dat je eruit bent gekomen, we zien elkaar snel. Ik bel je.'

Voor ik het wist had ze me de gang uit gewerkt en stond ik op straat.

Ik was naar buiten gemanoeuvreerd!

Ik fietste steeds harder. Woest werd ik. Waarom had ik mijn mond niet opengetrokken? Waarom had ik me de pleuris gewerkt en genoegen genomen met een Frans 'dankjewel'? Was 'merci' meer waard omdat het exotischer klonk of zo? Waarom pikte ik dit?
'Nou, nog niet helemaal klaar, zie ik. Geeft niet hoor, je kunt niet van iedereen alles verwachten, en al helemaal niet als die in een dipje zit. Arme schat. Ik ben blij voor je dat je er toch even uit bent gekomen. En merci.'
Dom, dom, dom.
Ik had moeten zeggen hoe ik me uitgesloofd had, dat ik keihard gewerkt had, en dan een vernietigende klap uitdelen, iets als: 'Dat wil ik jou nog wel eens zien doen.' Of gewoonweg: 'Dan doe je het volgende keer toch lekker zelf?'
Dan zou ze met haar mooie mond vol tanden staan, want tegenwerpingen kende ze niet, niet in haar gezicht.

Een triljoen mogelijke, steeds snediger wordende antwoorden borrelden op. Waarom wist ik altijd precies wat ik zeggen moest, als ik al weg was en mijn kans verkeken?
Os had gelijk. Ik ben een stomme koe.

Ik kon er niet van slapen. De wekker duwde de nacht te snel vooruit, straks was hij voorbij en ik morgen weer een wrak. Het moest afgelopen zijn. Uit. *Gebruik je kop dan ook.*
Goed. Hoe wordt waardering uitgedrukt? In geld. Uitstekend. Prima. De volgende keer dat ik iets voor iemand deed, zou het hun kosten. Bovendien zat ik op zwart zaad en hadden zij genoeg. Dus waar hebben we het over?
In mijn bed verzamelde ik moed en sloeg mijn hoofdkussen tot moes. Ik had moeten zeggen:
'Je ramen lappen? Heb je geen werkster meer?'
Dan zou zij iets zeggen als:
'Natuurlijk wel. Iedereen heeft toch een werkster. Maar de mijne is op vakantie. En ik vraag je niet om mijn hele huis schoon te

maken. Ik bied je aan mijn ramen te lappen, zodat je er even uit bent. Dan zet ik een lekker kopje thee voor je, doe jij even de ramen, en je zult zien dat het ook nog meditatief werkt. Je gaat er helderder van zien.'

Net wat voor haar. Verdomme. Als ze dat gezegd had hè, dat hele verhaal van 'Natuurlijk wel. Iedereen heeft toch een werkster. Maar de mijne is op vakantie. En ik vraag je niet om mijn hele huis schoon te maken. Ik bied je aan mijn ramen te lappen, zodat je er even uit bent. Dan zet ik een lekker kopje thee voor je, doe jij even de ramen, en je zult zien dat het ook nog meditatief werkt. Je gaat er helderder van zien', had ik moeten zeggen: 'Wat aardig van je. Ja hoor, ik wil best je ramen lappen. Dan geef je mij gewoon het geld dat je anders aan je werkster had moeten geven. Jij blij, ik blij.'

En voor ze dan ook maar iets kon terugzeggen, haar mond alleen maar ópening, moest ik haar al afbekken, maar met een glimlach om mijn lippen:

'Lieverd, dat zou je me toch aangeboden hebben, ik weet hoe je me waardeert, je bent altijd zo eerlijk en lief, goed voor anderen, ja, ik vind het heel attent van je dat je me wilt betalen. Ik zal jouw ramen lappen voor het geld dat je anders je werkster geeft.'

Dát had ik moeten zeggen. Maar dat had ik niet gedaan.

Ik draaide me om. Ik overdacht het laatste nog een keer: 'Ik zal jouw ramen lappen voor het geld dat je anders je werkster geeft.'

Dat was eigenlijk ook zwak. Waarom moest ik mijn prijs koppelen aan iemand anders? Waarom maakte ik me zo afhankelijk van alles en iedereen? Wat was dat in mij?

M'n hersenen wisten van geen ophouden, ik kreeg ze niet stil, het rad draaide oncontroleerbaar door ik werd nog gek zo, dit kon zo niet langer doorgaan. Ik was het mezelf verplicht. Er moest iets veranderen. Als iemand me ooit nog iets vroeg, ja, honderd procent zeker weten, zou ik er geld voor vragen. Het moest vanaf nu anders lopen. Voortaan zou ik zeggen:

'Ik wil het wel doen. Voor € 10,– per uur.'

Alle tegenwerpingen ten spijt, ik zou blijven volhouden:

'Ik wil het wel voor je doen. Voor € 10,– per uur.'
Ja, dat klonk zelfs beter. Ik wil het wel 'voor je' doen. Dan zou het meteen helder zijn dat ik iets voor haar deed, en niet andersom. Zo moest het gaan. Zo zou het gaan.

'Ik wil het wel voor je doen. Voor € 10,– per uur.'
Dat durf ik zeker. Ik ben verdomme zévenendértig.
Ik zag me helemaal standvastig staan en het uurloon vragen.
Nee, niet vragen. Gewoon zeggen. Dat was mijn beslissing na al het nachtelijk gewoel, en daar zou ik me aan houden.

'Ik wil het wel voor je doen. Voor € 10,– per uur.'
Ik was er helemaal klaar voor.

IK/ ofwel Inez' assertiviteit

Standvastig stond ik voor haar. Superzeker. Precies volgens de mentale repetitie. Daar ging ik:
'Ik wil het best wel doen hoor. Ik haal Annetje en Moes wel van school. Net als eergisteren. En vorige week.'
'Wat is er, vind je het niet leuk?'
'Jawel, hartstikke leuk, maar...'
'Gelukkig, ze zijn ook stapeldol op jou. Nou, dat is dan geregeld.'
Ik krijg een rotsmaak in mijn mond.
'Wat eh, eh, wat als je mij, ik bedoel, ja het is misschien stom dat ik erover begin, maar stel nou dat je, alleen maar stel dat hè, nou zo dus, ik denk dat ik het misschien wel fijn zou vinden, maar alleen als jij het ook wilt, anders echt niet hoor, en als je het gevoel hebt "dat wil ik niet" of "dat moet ik niet doen", nou dan moet je het ook niet doen, het is maar een voorstel of eigenlijk dat niet eens, meer een gedachte, nee zelfs dat eigenlijk niet, eerder een impuls, want ik heb er helemaal niet over nagedacht hoor, waarom zou ik, maar ik dacht dus...'
Ze keek me aan.
Ik zweeg.
Zweette.
Ik ging.
Weer.
Dus, dus, dus.
Dom, dom, dom.

OMVER/ ofwel van het een komt het ander

De joelende meute stormt naar buiten, allemaal witte kinder-
tjes, niet normaal die stroom, ik was door mijn verhuizing
haast vergeten dat dat bestond. Een hond ontsnapt zijn bezige
bazinnetje, snel stap ik op de riem, denk net: nou dat doe ik
goed, als dat beest nogmaals rukt en ik onverwachts snel languit ga.
Ik lig languit op het schoolplein. Languit lig ik op het schoolplein. Op het schoolplein lig ik languit.
Het doet zeer. Het ziet er vast leuk uit, naast het hoge geblaf in
mijn oor hoor ik tenminste van alle kanten lachen. Dan maar
doen of er niks is, met ook een lach veeg ik nog zittend mijn
broek af, de lus is aan mijn voet blijven haken, in ieder geval
kan de hond er niet vandoor, en ach, dat hij aan mijn voet
blijft rukken of hij mijn been van m'n romp wil scheiden, een
kleinigheid.
'Gaat het?'
Ik kijk op, recht in het enigszins bezorgde gezicht van:
'Annegien' (zo had ik eergisteren afgeluisterd), de moeder van
'Kareltje' (zo had ik eergisteren afgeluisterd). Wie noemt zijn
kind nou 'Kareltje', denk ik vandaag boos, dat stamt toch uit
achttienhonderdtien, maar ach, met een naam als 'Annegien'
weet je waarschijnlijk niet beter. Ik stuntel omhoog, ze pakt de
hond over en aait het dier.
'Bedankt.'
Ik knik. Haar Kareltje is erbij gekomen, Annetje aait de hond
en Moes moet plassen. Kareltje kijkt me aan.
'Hij mag altijd los op het schoolplein.'
Ik adem rustig in en uit. Ik had dat kreng dus gewoon kunnen
laten lopen, *kijk, daar gaat hij al,* dan was ik niet languit
gegaan, had niet voor lul gelegen, was mijn been niet uit de
kom gerukt, waar bemoei ik me ook mee. In en rustig uit.
Annegien kijkt verontschuldigend.
'Toch bedankt. Jij kon het ook niet weten. En als hij níét los
mocht lopen: je hebt in ieder geval een snel reactievermogen.'
Ze glimlacht aardig en vertrekt. De hond schiet als een pijl uit

een boog terug naar mij en blijft nog even plakken. Ineens keert Annegien zich om.

'Wat doe je?'

Ik ben even stil. Wat bedoelt ze? Ik doe toch niks raars, heb niet eens hun nog opspringende hond stiekem geknepen, tenminste niet zichtbaar. (Ik heb wel onmiddellijk spijt van mijn kinderachtige gegniep maar hij heeft me even tevoren voor joker gezet en hoeft nu niet aan te komen met een partijtje slijmen.)

Annegien glimlacht.

'Ik bedoel, ja dat is misschien een rare vraag, maar, eh, wat is je vak, waar werk je, wat doe je?'

Het ongemak wil nog niet opstappen, ik haal mijn schouders op maar het glijdt er niet vanaf.

'Niks. Ik ben net ge... eh...' Ik werp een snelle schuine blik op mijn trouwring, ik heb er nog geen afstand van kunnen doen, ik krijg het mijn bek niet uit, het S-woord. Moes beslist me te helpen: 'Ze is geschéíden!' schalt zijn hoge stem keihard over het schoolplein. *Snók, snók, snók,* alle hoofden in één ruk eensgezind mijn kant op. Medelijdende koppen, nijdige koppen die ik herken als 'van mijn man blijf je af', en één kop die schaamtevol tussen de schouders probeert te verdwijnen – de mijne.

'Moes, dat hoef je niet zo te...'

'Ik heb het zelf gehoord. Van mama. Je bent ge-schei-den!'

Hij begint een liedje te zingen: 'Van scheiden komt lijden.' Het blijkt ook nog te rijmen op 'meiden' en 'zeiden', Moes heeft het hele rijmwoordenboek in zijn hoofd zitten. Zelfs 'jaargetijden' komt eraan te pas. Hij zit dan ook al in groep zes. Dat weten wij nu óók allemaal.

'Goed, hè,' glundert hij.

Annegien schenkt geen aandacht aan zijn non-talent. Dat is tenminste aardig.

'Dit is misschien een beetje raar,' zegt ze, 'ik bedoel, we kennen elkaar niet, maar wil jij morgen Friemel uitlaten? Ik moet zelf weg en vind het zo zielig als hij z'n behoeften zo lang moet ophouden. Hè, Friemel.'

Ze aait hem.

Friemel? Wie noemt z'n hond nou 'Friemel', denk ik. Nou ja, met een naam als 'Annegien' weet je waarschijnlijk niet...
'Ik geef je er veertig euro voor, is dat genoeg?'

Al noemt ze het beest Hortensia, het zal mij een worst wezen.

SPIRAAL/ ofwel Inez' assertiviteit 2

I did it! Misschien door het positieve gevoel op het schoolplein van net, door die boost, of doordat er voor de tweede keer een hond op m'n pad kwam, dat lelijke blafbeest van de buurman én Friemel, of ik moest leren van me af te bijten, ik weet niet, maar ineens heb ik de stoute schoenen aangetrokken. Annetje en Moes naar mamma Miriam gebracht, en... gezegd dat ik er geld voor wou. Nou ja, gezegd? Half grappend gemompeld dat ik het erg op prijs zou stellen als iemand eens het spreekwoord *'put your money where your mouth is'* zou waarmaken. De repliek!
'Ja, dat ik daar niet eerder aan gedacht heb, zo krap als jij tegenwoordig zit.'
Beledigend, meelevend, leugenachtig of de waarheid, het interesseert me niet: ik kreeg het! Vijfentwintig euro. Vroeger zou ik het niet eens gemist hebben als ik het, met een nulletje erachter zelfs, verloren had.

Natuurlijk moet ik er iets verstandigs mee doen. Ik sta in C1000, braaf de prijzenoorlog volgend, en staar naar gezonde groenten en fruit. Is dat hoe ik dit moet vieren? Zal Jos daar blij mee zijn? Dacht het niet. Die wil alleen maar pizza. Ze neemt hiervan hoogstens een pietserig beetje en smaken zal het haar niet. We leren net een beetje langs elkaar heen te leven, dat mag ik niet verknallen. Ik wil juist een klein feestje voor ons! Bovendien krijg ik morgen veertig euro voor Friemel. Drie seconden later sta ik in het plezierpad.

THUIS/ ofwel niet iedereen is trots

'Kijk,' opgetogen wapper ik met de chipszak voor Jos' gezicht, 'zelf verdiend.'
Met onbewogen gezicht trekt ze de zak uit mijn handen en verdwijnt ermee. Naar-haar-ka-mer. Ik haat die plek inmiddels.
Dit gaat te ver ook, besef ik. Dit asociale gedrag, hier moet ik iets van zeggen. Ik loop haar achterna naar haar ka-mer, twee hele stappen wel, en zwaai haar deur open.
'Zeggen we geen dank je wel.'
Ze mompelt iets onverstaanbaars terwijl ze op bed ploft en de zak openscheurt. Ze irriteert me, vergalt het beetje plezier dat ik net weer in mijn lijf had. *Kom op. Je niet laten kisten.* Een vleugje hoop perst zich uit één van de krochten van mijn lijf.
'Wil je niet weten hoe ik het verdiend heb?'
'Mweeh.'
Rotgriet.
Haar gezicht maalt de chips zonder me aan te kijken. Onmacht grijpt me naar de keel. Ineens herinner ik me iets.
'Hoe zit het eigenlijk met je rapport?'
'Goe.'
'Waar is-ie dan.'
'Wee-nie.'
Het kreng haalt het bloed onder mijn nagels vandaan. Ik sta op het punt de krakende zak af te pakken. *Nee.* Mijn hand bevriest. Vreet maar leeg klein monster. Ik laat het me niet afnemen, dat verse vleugje vreugde dat alweer op de terugweg is. Ik dwing de nagels in mijn vel, mezelf voor haar onzichtbaar tegenhoudend, zwijg zeer volwassen en sluit de deur achter me, heel rustig, heel zachtjes, en heel knap.
Dan graai ik onbeheerst een hele grote dikke vette reep uit de tas vol lekkers, breek hem open en hap er ongegeneerd zo'n groot stuk af als maar in m'n mond past. Niemand ziet me toch.
Ik ben immers alleen.
De reep verdwijnt al snel in zijn geheel in mijn maag.

Ik eet hem op.
In mijn eentje.
Alleen.
Zo.
Opperdepop.
Het is genoeg maar niet genoeg. Ik zit vol maar ben leeg. Rijp en groen, van alles wat. Ik open de tas, snoep en snaai door en door en nog meer door. Tot ik bijna uit elkaar knal. En moet kotsen. Kotsen van mezelf. Van alles.

STAPPEN/ ofwel Inez rent haast naar de Barbieclub

'Straks PC'en?' had Miriam gevraagd door de telefoon. 'Renske komt ook.' Ik keek in mijn portemonnee, dat sloeg eigenlijk nergens op: van de veertig voor Friemel kon niet veel meer over zijn, inderdaad dat klopte, tsjemig, minder nog dan ik dacht zelfs. Hoe kon dat nou weer? Het gat in mijn hand was blijkbaar groter dan groot, straks had ik geen hand meer over. Zelfs als ik mijn uiterste best deed streng op te letten, glipte het behendig tussen mijn vingers door. Geld moet stromen, nou dat deed het bij mij. Alleen de verkeerde kant op.
Toch wou ik mee met de Barbies.
Miriams werkster én haar Poolse waren eergisteren, dezelfde dag nog dat ik gevraagd had wat ik niet durfde te vragen, teruggekeerd. Of ze het roken, via de een of andere enge kosmische band die wij niet bezaten of nooit bezeten hadden.
Ik had het beter niet kunnen doen, dat vragen om beloning. Misschien maakte het ook niet uit. Er was al eerder iets verschoven in onze driehoek. Miriam en Renske gaven al niet veel sjoege meer sinds ik 'Zuid' had verlaten en gewoon langsgaan een hele opgave bleek. Voor mij ook, ik vond het een bevalling, een wereldreis. Maar ik had het moeilijk, zij niet.
Doet er niet toe. Ik moet iets leuks doen, alsjeblieft iets leuks. Ik moest ertussenuit, het mezelf steeds maar opsluiten, ik leek wel een mol, ik moest de paar gangen die ik nog had benutten voordat werkelijk alles instortte en ik zou stikken. *Ja, eruit!* De Barbies zouden me vast opvrolijken. 'Leuk,' zei ik dus op Miriams vraag mee te gaan PC'en.

LOPEN/ ofwel het loopt anders dan verwacht

Shoppend, zij passend en ik kijkend, voor het eerst deze rolverdeling die me overigens helemaal niet beviel.

Renske had haar dikke kont in een leren broek gehesen waarin haar reet glanzend uitpuilde. Ze keek achterom, via de spiegel naar mij.

'En?'

'Leuk.'

'Geen dikke kont?'

'Hoe kom je daar nou bij?'

Had zij een dik achterwerk, kwam het mijne beter uit.

Eerlijkheid duurt geen tijd. *Waar komt dat nou weer vandaan?* In ieder geval, een leugentje om (eigen) bestwil kon nooit kwaad. Renske grijnsde.

'Maakt toch niet uit. Mijn man valt op dikke konten.'

Puke.

Winkelen was vermoeiend, puffend en hijgend werd er door hen tweeduizend euro afgerekend, natuurlijk kregen ze als vaste klant nog tien procent korting – dat liep ik nu ook al mis – we verlieten het harde neonlicht en begroetten het daglicht.

Er woei een fris windje.

'Op naar Harry.'

Kapper. Dure kapper. Hele dure kapper. Je zou het aan zijn naam niet zeggen, maar hele, hele dure kapper. Ik slikte.

'Harry?'

'*Of course.* Het is vrijdag.'

Of course. Dat had ik moeten beseffen voor ik toezegde mee te gaan. Immers, in mijn betere leven was 'Vrijdag Kapdag'. Door de wekelijkse gang kregen wij het gevoel dat het weekend verwachtingsvol op ons lag te wachten, we deelden ons leven zo in dat we er zaterdag en zondag op ons best uitzagen (moeder zou de vreselijke uitdrukking gebruiken 'op je paasbest'). In ieder geval daagden we zo onze mannetjes uit deze twee dagen zo veel mogelijk bij ons te zijn. Om dit te kunnen laten

slagen, meenden wij, was een optische bevrediging essentieel.
– Dat het niet altijd werkte, daarvan was ik levend bewijs.
Sterker, bij mij was vrijdag nota bene de dag geweest dat het
misging, de dag dat ik een vraag stelde die ik nooit had moeten
stellen, de dag dat ik een antwoord kreeg dat niet gegeven had
mogen worden, de dag dat Vrijdag Kapdag veranderde in
Vrijdag Kutdag of anders *Fucking Friday*, Fatale Vrijdag,
Vreselijke Vrijdag, *Black Friday*, ga maar door, ik had inmid-
dels equivalenten of ik een verzameling aan het aanleggen was.
Na het fiasco van mijn leven had ik met pijn in mijn hart Harry
al vaker afgezegd. En na Kees was er helemaal geen sprake meer
van geweest. Er zat niets anders op dan de lijn te continueren.
Als anorexia: stug volhouden, al ging je er regelrecht aan
onderdoor.
'Sorry, maar ik kan niet mee. Ik heb er niet op gerekend.'
Ze keken me aan. Huh?
Ik verduidelijkte: 'Mijn portemonnee heeft er niet op gerekend.'
Blikwisselingen. Het ging hun wereld, die altijd de mijne was
geweest, te boven.
'Leen je toch van ons.'
Kon dat maar. Ik schudde mijn hoofd naar Renske.
'Ik heb al schulden genoeg.'
'Echt?'
Luisterden ze dan nooit?
'Ik kan het niet voor 2080 terugbetalen. En dan ben ik al dood.
Jullie ook overigens. Ik ben een slechte belegging. Geloof mij
maar, ik kan het weten.'
Blikken. Eén ding was duidelijk. We leerden een wet die we
niet kenden: winkelen is niet leuk als je niks kunt kopen.
'Welke kapper kun je je wel veroorloven?'
'Misschien die waar we wel eens langs lopen, weet je wel, op
weg naar...'
Ik kreeg mijn zin niet eens af. Want Renske kreeg haast een
toeval.
'Maar die ként mijn haar niet.'
Een kapper die je haar niet 'kent', is een ramp. Hij kan bij een
eerste kennismaking voor eeuwig je vrijdagse gang vergallen,

een nimmer voorbijgaande nerveus makende psychische schade aanrichten, nooit maar dan ook nooit mag je de verkooppraatjes van de nieuweling voor waar aannemen, je niet laten strikken door zijn mooie beloften; zijn producten zijn natúúrlijk een tig aantal keer beter dan al het andere wat er op heel de wereld te koop is *(not)*. Ook zo'n mooie: 'Je kapsel kan wel een opfrisser gebruiken.' Stink er nooit in, voor je het weet, is je haar naar de haaien. Je al wekenlang bestaande coupe waar je net zo tevreden over was, vóór je althans zo dom was een andere coiffeur op te zoeken, in één knip verdwenen, daarmee je oorspronkelijke zekerheid compleet geruïneerd.

Zo makkelijk was het van je glanzende goedverzorgde hoofddeksel een droge knapperige baal stro te maken. Ik had het zelf eens gehad, ik zal het nooit vergeten, het ene moment was ik nog prachtig, het andere een vogelverschrikker. Ik was in tranen uitgebarsten, ik had Oskar gebeld op de zaak, die was boos geworden want vond het geen noodgeval. Tot-ie me 's avonds zag. Ik heb de hele week met een pruik gelopen. Toen pas was de beledigde Harry in staat tijd te maken voor zijn overspelige cliënt.

'Je hoeft het niet terug te betalen. Ik trakteer.'

Dat was verleidelijk. En lief van Renske. Mijn haar dat in piekjes hing zou me dankbaar zijn, mijn extensions ook. Maar crisis, die medelijdende blik, en ook nog eens voor iets dankbaar moeten zijn, dat trok ik niet meer. Ik had genoeg aan mijn hoofd dat ik daarom ook schudde.

'Toe nou. Anders kunnen wij ook niet gaan.'

'Waarom niet?'

Miriam stelde die vraag, maar het klonk anders dan ik zelf had willen doen, ik wou het 'open' doen, zo van 'waarom niet, tuurlijk wel', bij haar klonken dezelfde woorden ineens als een regelrechte aanval op onze drie-eenheid. Maar hoe je het ook zei, ze had gelijk.

'Tuurlijk wel. Jullie gaan, en dan kom ik jullie straks ophalen.'

Dit was nog nooit gebeurd, ongemak hakte de lucht in stukken. Ik greep mijn brok, ik vermoed het grootste, en snelde ermee weg als een muis met een paarse korrel muizengif en de kat op haar hielen. Ik zou er later nog wel van peuzelen, eerst een veiliger haven zoeken. 'Veel plezier en de groetjes aan Harry.' Ik voelde dat ze me nakeken. Ik hoorde Miriam zelfs mijn kant op praten.

'Ze heeft gelijk. Wij hoeven ons plezier toch niet te laten vergallen omdat zij het niet kan betalen?'

'Ik vind het zielig.'

Sneller liep ik door, ik wist wel wat ze dachten en hoefde het niet ook nog eens te horen. Toch bleef dat me niet bespaard, mijn moeder had zich nodeloos zorgen gemaakt betreffende haar dochters oren, haar tekst 'niet in elkaars oren toeteren met die wc-rol, daar word je doof van. Jullie luisteren zo al slecht genoeg' was onzinnig. Dat bleek maar weer duidelijk toen ik, op enige afstand al, o zo duidelijk hoorde: 'Maar ik wou het bij Harry over ons MGD'tje hebben.'

Ze begrijpen het echt niet. Op de hoogste versnelling overgaand begon ik hardop te neuriën.

Twee uur tijd killen in het Vondelpark, ik begon met wat je goede moed kunt noemen. Tenslotte had ik het heft in eigen handen genomen en was godzijdank zelf afgetaaid. De moed zonk echter al snel in mijn chique hooggehakte laarzen, naast de lichte vakantieschoentjes die ik *merdedefuck* wel weg kon smijten (ik zag mezelf helemaal nooit meer op vakantie gaan), hadden de '*over the knees*' er op de laatste echte shopdag van Blauwoog zo fraai bij gestaan dat ik ze niet had kunnen laten liggen. Ik hing van blunders aan elkaar. Weliswaar waren ze mooi, maar zeker niet voor een wandeling geschikt. Bovendien had ik een pesthekel aan wandelen. Plus het was te koud nog om lekker buiten te zitten, en Vertigo was geen optie, ik wilde niemand tegenkomen. Bokkig liep ik door. In twee uur tijd kun je proefondervindelijk drie rondjes Vondelpark doen, om het water heen, de buitenkant van het park, misschien meer rondjes als je constant doorloopt, maar mijn arme voeten – waarop zich zo te voelen blaren vormden op mijn tenen die heel zieligjes werden samengeperst – o wat deden ze zeer, af en toe stond ik daarom stil, fingeerde ondertussen fanatiek een zeer belangrijk gesprek op mijn mobiel zodat vooral niemand maar kon denken dat ik zomaar in het park stilstond, misschien gek geworden was, nee, absoluut niet, met mij was niks aan de hand, prima zelfs, aldus sprak ik heel druk met niemand en liep rondjes en rondjes tot het vier uur was.

Twee derde van de club zou nú naar buiten komen, de armen vol glanzende tasjes die de nieuwe aankopen zouden beschermen maar vooral ook aankondigen, stralend, keuvelend, hun geblondeerde vers geknipte haar nú klaar om aan mij te tonen, verbaasd om zich heen kijkend waar ik bleef. Nú.
Eén derde ging nú naar huis.

LOW

Jos voelde zich low. Ze wou niet naar huis. Maar kon ook niet echt een andere kant op, want ze had door haar stomme moeder geen geld en daar schaamde ze zich voor. 'Biatch,' mompelde Jos. Iemand keek raar naar haar op. 'Biatch,' zei ze toen expres nog een keer, en harder ook. Traag fietste ze verder over de brug van het Vondelpark. Even dacht ze haar moeder onder haar in het park te zien lopen, maar dat kon niet. Die hield niet van wandelen, en al helemaal niet van wandelen in parken. Jos slingerde sloom over de Eerste Constantijn Huygens, dat was *weird*, op de kruising met de Overtoom zag ze haar vader. Haar hart begon er van te bonken. Ja, hij was het echt, hij zag haar ook, ze staken hun hand op. Even was Jos bang dat hij zou doorrijden, ze werd er warm van, maar zijn auto minderde al vaart. Ze praatten kort en ongemakkelijk op de hoek, haar vader moest ervandoor, ze stonden op een rotpunt, puur toeval dat ze elkaar net troffen, hij was net even terug van vakantie en ging morgen al weer weg, maar beloofde om daarna zeker te bellen en af te spreken. Het korte praatje leverde Jos 200 euro en een stomme partij tranen op die ze woest wegveegde terwijl ze de Bilderdijkstraat af karde. Ze sjeesde keihard, als een komeet richting de kruising met de Rozengracht, waar ze naar links moest. Ze kon ook afsnijden hier. Damnie, nou kon ze d'r niet langs. Dan maar over de stoep. 'Hé, lekkere chick,' hoort ze ineens. Jos kijkt om. Coole go... woow! Bijna knalt ze van haar fiets. Net op tijd gooit ze haar stuur om. *Dying shit* dat was op het randje. De gozer. Ze is recht voor hem uitgekomen. Hij lacht naar haar.
'Ff chillen?' vraagt hij.
Zou ze? Waarom niet. Ze had toch geen zin naar huis te gaan.

X.
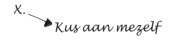
Kus aan mezelf

TELEFOON

Ik hoorde haar stem, zo fijn en zoet als alleen Barbie
Opperhoofd Miriam dat kon. Besloot niet terug te
bellen. Geen zin. Hun vertellen hoe ongelukkig ik ben?
Aan die mooie perfecte gezichten mijn ware gezicht
laten zien? Bullshit. Dat wilden ze helemaal niet.
Kunnen ze nu fijn over me roddelen.
Dat ik er slecht uitzie (klopt).
Je niet meer met me kunt lachen (klopt).
Voor de PC niet eens geld had (klopt).
Begrijpen deden ze dat toch niet.

Miriampje had het beter geregeld dan ik. Haar man
zal nooit van haar scheiden, dat kost hem bakken met
geld, wagonladingen zelfs.
En Renske zal überhaupt nooit scheiden, die twee zijn
om te kotsen zo gelukkig met elkaar. Nooit verwacht
dat ik daar jaloers op zou zijn. Zo kom je nog eens iets
over jezelf te weten.

XI.

Moe zo moe
Mooi zo mooi
Zonder kleren, toch 'n klerezooi

IETS/ ofwel Inez' leven is geen film

Er had iets moeten gebeuren. Hier. Op dit moment. Zo ging dat in de film, altijd kwam er iets op het goede moment. Maar er gebeurde niets. Oskar zat met Snolledrol alweer op een of ander ander eiland. Mijn tripjes waren van heel andere aard: ik liep tegenwoordig gewoon *any* winkel in om te kijken of ik daar iets kon doen, wat dan ook, de geldnood was niet te overzien, mijn moeder wou ik niet nog een keertje vragen, ze kwam toch maar sporadisch over de brug terwijl haar bemoeizucht dubbel zo hard steeg. Alleen van Debbie kon ik lenen, die had tenminste wel medelijden met mijn situatie, maar had het helaas zelf ook niet breed. Af en toe paste ik op Friemel, dat bracht wat binnen, al was het niet veel, alles was meegenomen. Zo maakt het ene beest het goed voor het andere: die steeds maar blaffende snerthond van buurmannie. Ondertussen liepen mijn pogingen om aan de bak te komen vaste prik op niets uit: ik was en bleef te oud. Ramp. Complete ramp. Ik zat niet in een film maar leefde mijn eigen nachtmerrie. En toen pas, later, te laat al haast, ik zag geen perspectief meer, geen opties, ik wist het niet meer, ik dacht: dan ga ik maar stelen, zo zou ik het vertellen op z'n mooist, in het echt had ik al gestolen, niet weinig ook, mijn kind moest eten – ik had het verkeerd gezien in mijn vroegere leven: verdriet en pech, daardoor gaan waarden en normen naar de haaien, het heeft niks met gebrek aan doorzettingsvermogen of wilskracht te maken – ik kreeg van alle zenuwen ondertussen helemaal geen hap meer door mijn keel, dat scheelde weer in uitgaven, maar niet in fysieke kracht noch aanzien; doodop ging ik zitten in een tramhokje, ik ging er zitten omdat ik wou zitten, liggen, sterven voor mijn part, toen zag ik die krant, kranten las ik nooit, wel de *Beaumonde*, de *Elle*, ook *Margriet*, *Libelle*, de *Linda*, het goede werd me van boven niet meer gegund, in ieder geval ik vond een krant die ik anders nooit gelezen zou hebben én waar ik nu *on top of that* geen geld voor had, de vicieuze cirkel even rond als mijn iris drukte zich hardvochtig op mijn netvlies; had je geen geld dan kon je geen krant kopen; kon je geen krant kopen dan kon je geen vacatures lezen; kon je geen vacatures lezen dan kreeg je geen werk; kreeg je geen werk dan had je geen geld; had je geen geld et cetera (het schijnt dat je in de bibliotheek gratis naar binnen kan, en daar gewoon lezen wat je wou, maar al die mensen die vóór jou aan je leesvoer zaten maakten je hapje er niet smakelijker op, aan ziektekiemen moest ik al helemaal niet denken, dan moest je naar de dokter, jezus was ik eigenlijk nog wel verzekerd, en Jos, als haar iets overkwam, met kracht dwong ik deze onzekere angstige stroom tot stilstaan, adem in en uit, in en uit, ik klauwde de vingers in mijn handen), tóén viel mijn oog op de advertentie.

Ze was voor mij geknipt, voor mij geschreven, voor mij geplaatst, voor mij was deze krant hier achtergelaten, het was de hand van God, van wie dan ook, ik zou hem grijpen, had hem al praktisch beet. Alles zou goed komen, ik zou gaan werken, zorgen dat ik Oskars geld terugverdiende, dan zou hij weer alimentatie betalen, en daarna kon ik weer in weelde leven. Met of zonder hem.

LAUW

Jos was alleen thuis, dat gebeurde niet vaak want meestal was haar moeder er, die dan trouwens altijd op bed lag. Soms keek haar ma tv, meestal die saaie dr. Phil. Daar kon Jos echt nix mee.

Jos dacht:

Aan Achmed, van wie ze door het raam net een glimp had opgevangen toen ze weer langs de wasserette fietste waar hij werkte. Onwijs lauw was hij. Ze was vóór vorige keer, toen hij haar had geroepen, nog nooit in een wasserette geweest, maar het was wel kicken om naar die draaiende trommels te kijken. Je vergat er alles door, had ze gemerkt. Dope.

'Hé, lekkere chick', had hij gezegd. Jos begon te slepen met wasgoed, bijna alles wat ze hadden, gelukkig, dacht ze voor het eerst, is 't veel maar niet onwijs veel. Achmed zou het wel cool vinden. En, bedacht Jos grijnzend, als ik nou één keer groot uitpak kan m'n moeder me mooi vet lang niks meer maken dat ik niks in huis doe.

Maar Achmed was er niet meer. En vanaf toen liep alles anders dan gepland.

Waardoor Jos nu denkt:

tyfusklotekankerkutzooi kankerdekanker

XII. 'T WAS GOED

*Had Jos eindelijk een keer geholpen, en nog wel hele-
maal uit zichzelf, ineens, als totale verrassing, de handen
uit haar mouwen gestoken en werkelijk al onze kleding
gewassen, wat was er aan de hand, wou ze lief zijn, wou
ze iets verhullen, moest ik wantrouwend zijn of sloeg ik
de plank mis, ik kreeg geen antwoord maar wel dit:*

*In de armoedige, kleine, ongezellige wassalon, ik heb
zelf nog nooit zo'n ding vanbinnen gezien, de werkster
regelde dat altijd zelf met wasserij Sneeuwwitje, afijn,
Jos had er onwijs gelachen, vertelde ze. Omdat ze alle
automaten expres bezet hield en iedereen daardoor
uren moest wachten. Ze had 'die gasten mooi ff 100%
gedist'. 'Gewat?' ... 'En toen?' vroeg ik onmiddellijk verder
zonder het eerste antwoord af te wachten, dat zou ik
toch niet krijgen en ik zag al dat er ander weer op
komst was.*
*'Die ouwe zeurzakken' op hun beurt lachten háár uit
toen ze de wasmachines leeghaalde, murmelde Jos.
Vervolgens stortte ze het resultaat van haar verrassing
voor me uit. Ik staarde verbijsterd naar onze kleren,
liever gezegd: onze 'kleuterkleren'.*
*Jos paste haar gezicht en lijf aan waar ik bij stond en
leek ongespeeld te slinken naar minimale proporties.
Ik had haar nog nooit zo klein gezien.*

*Ineens schoot een vroeger tafereel als een vuurpijl in
mijn hoofd - waar hadden mijn hersens dit opgeborgen
dat het zo toegankelijk was? - mijn moeder, haar
dochters, Marga en ik dus, en mams gezicht na onze
verrassing.*
*Mijn zus en ik hadden als lieve behulpzame kleintjes al
het glanzende meubilair in de woonkamer met VIM
behandeld, we wilden moeder verrassen, en zo
geschiedde het dat wij in alle vroegte aan de gang*

gingen. Dat wil zeggen: een flinke schrobpartij aangingen na een extra lange inweektijd in acht te hebben genomen. (We hadden de werkster zelf opschepperig tegen een collega horen kleppen hoe zij de gootsteen schoonmaakte. 'Als je dan toch aan de poets moet, is lékker intrekken met een pittig schuurmiddel als VIM het allerbeste. En,' zo had ze er betweterig aan toegevoegd, 'het schrobben kost dan minder kracht. Anders lig je daarna helemaal voor Jaffa. Nee echt, dit werkt als een tiet,' ze neuriede er haast bij toen ze het voordeed. 'Na ja, wie doet je wat' - vooral die laatste woorden hadden diepe indruk op mij en mijn zusje gemaakt. We hadden het nog vaak nagespeeld met z'n tweeën: het 'na ja, wie doet je wat' verhief je tot een onaantastbare wijze heks.)

Aldus ontstonden er na ons opvolgen van deze wijze les hoe te smeren, wachten, poetsen, schrobben en schuren, op moeders glimmende kast, secretaire, tafel en stoelen meer kale plekken dan er in hun hele leven ooit aan vuiltjes of stofjes op gezeten hadden, de vlekken die er niet eens op zaten waren door ons tweetjes met verve en groot enthousiasme weggepoetst. We schrokken er wel van, van dat rare kale. We hoopten dat het later weer zou wegtrekken, dat het erbij hoorde, we hadden nog nooit zo grondig huisgehouden.

Het euvel bleek van blijvende aard. Moeder kwam, zag, kromp ineen, maar overwon alsnog. Glorieus.

We kregen geen klappen. Werden niet aan onze haren door de kamer gesleurd. Ze werd niet eens kwaad. Mijn moeder kon vreselijk zijn, maar zich even plotseling totaal inleven. 'Jullie bedoelden het goed,' stelde ze ons gerust, de zelf ingeroepen hulpjes die toch wel erg geschrokken waren van het meer dan bedroevende resultaat.

Een grotere opluchting dan Niet Haar Woede kenden we niet.

Ik deed erg mijn best niet boos op Jos met haar benepen smoeltje te zijn, toverde zelfs een glimlach op mijn gezicht en keek schuin naar de kinderkleertjes.
'Voor je uitzet?'
Ze trok een grimas.
Voor haar was dat al heel wat.

VOUW/ ofwel er moet een kreukje worden gladgestreken

Allemaal heel mooi, maar wat nu? Hoe moet ik het oplossen, die berg aan belachelijke kleuterkleertjes?

De pest is natuurlijk mijn sollicitatie.

Ik denk niet dat het indruk zou maken als ik daar naakt zou verschijnen.

Het zou wel indruk maken, maar niet de goede.

Debbie is weg, heeft geloof ik wel verteld waarheen maar ik denk dat ik niet goed heb opgelet, ik weet het niet meer, in ieder geval: van haar kan ik niks lenen. Miriam en Renske, *don't think so*. En mijn moeder zou het positieve gevoel dat ik heb over de sollicitatie op zich al finaal de grond in boren, bedoeld of onbedoeld, het resultaat zou hetzelfde zijn, met haar wil ik het überhaupt nergens over hebben.

En ik kan er niet heen in mijn bejaarde joggingpak.

En ook niet op mijn lakleren lieslaarzen.

Langzaam vouw ik de poppenkleertjes tot een belachelijk stapeltje dat steeds omvalt. In mijn brein ontvouwt zich een plan waar ik tegen opzie als een berg.

NAT/ ofwel Inez en haar schaamte

Er zat niets anders op. Ik bevond me voor Dress for Success, het Amsterdamse filiaal waarvan de voorbereidingen van opzet dit keer wel in volle gang waren, zoveel had ik nog net meegekregen op mijn laatste PC-uitstapje met de Barbieclub. Ik zou willen zeggen dat ik er stond met rechte rug, 'de schaamte voorbij', maar het regende en toch ging ik nog een blokje om, nog niet klaar om met mijn neus op de feiten te worden gedrukt, de angst, schaamte, ongemak, het sloeg naar binnen, op mijn darmen. Het was nogal wat om ineens aan de andere kant te moeten staan, de kant van vrager, bedelaar, minderbedeelde; ik kende het heerlijke gevoel van de gulle gever, dacht de ander oprecht blij te maken maar er kwam veel meer bij kijken, dat besefte ik nu pas. De aanloop naar zo'n plek alleen al, te moeten smeken, dit waardeloze gevoel afhankelijk te zijn, *it sucks,* het gevoel geen keuze te hebben, *it sucks too.* Het regende harder, de buikkrampen hielpen ook niet, ik wist dat ik er heen moest, er naar binnen moest, hoopte dat ik iets mocht uitzoeken, dat er überhaupt iets was in mijn maat, ik móést goed voor de dag komen bij mijn sollicitatie. *Jezus wat is dit erg.* Hopelijk kwam ik geen bekende tegen. Ik bekeek mezelf in de etalageruit: verlept, mijn haar plakte in slierten aan mijn beregende wangen, de goedkope zwart uitgelopen mascara verdiepte de kringen rond mijn ogen, lipstick had ik expres niet opgedaan, hoeveel eerder had mijn dramatische spiegelbeeld me kunnen doen besluiten geen stap op straat te zetten? Nu was het een middel: hoe erger ik eruitzag, des te duidelijker mijn noodzaak en des te groter mijn kans iets moois te bemachtigen, stel je voor dat ze me niet zouden geloven, dat ze dachten: daar heb je zo'n kakwijf dat probeert hier gratis iets op de kop te tikken. Ooit, het leek in een ander leven alweer, maar het kon niet lang geleden zijn dat ik de ultieme afgang bezwoer en mezelf had gezworen: geen tweedehandskleding voor mij en mijn dochter. Ook dat moest ik loslaten.
Het zogenaamde rietstengeltje waaraan ik me had willen vastklampen was gebroken. Ik moest grijpen wat ik nog grijpen

kon, zolang er überhaupt nog iets te grijpen viel. Ik liep naar
binnen. De schaamte voorbij.
Dacht ik.

DROOM/ ofwel hoe erg kan iets zijn

'Nee, hoor. Hier geloven we iedereen op zijn woord. Natuurlijk heeft u een sollicitatie. Natuurlijk heeft u een pakje nodig, anders zou u toch niet komen.'
Ik knikte. Dat was waar. Aardig meisje. Verstandig ook. Niet te vergelijken met Knakmans van de bijstand.
'En weet u,' vervolgde ze vervolgens, 'als uw interview lukt, mag u terugkomen voor nog één of twee pakjes.'
Het leek Sinterklaas wel.
'Zodat u zich de eerste dagen op uw werk ook niet hoeft te schamen.'
Au.
'Sorry, ik bedoelde het niet zo.'
Ik knikte; ik moest niet zeuren. Ik mocht blij zijn dat ik geen bewijs van armoede, zoiets als bankafschrift, inschrijving bijstand of iets dergelijks hoefde te laten zien. Dat zou de ultieme vernedering betekenen, dit teken van slecht gedrag, zwart op wit je leven tot op de letter en het cijfer ontleed en berekend, en de vraag om deze ontbinding een motie van wantrouwen, je hoop op een beter leven en de motivatie daar nog iets voor te doen, uitpersen tot op je hongerige botten, het zou je nog kleiner maken dan je je al voelt. Bovendien was het tegendeel, dus hun blijk van goed vertrouwen, voor mij nog belangrijker dan voor wie dan ook, ik kreeg geen bijstand, maar zat desondanks op zwart zaad, leg dat zo'n meisje maar eens uit.
Ze was *overall* erg aardig. 'Eigenlijk,' vertelde ze op prettige roddelachtige toon, 'gaat het filiaal pas morgen open.'
Het zou een echt feestje worden, met allemaal lekkere hapjes, of ik dan niet wou komen?
'Wat, zie ik er zo verhongerd uit?'
Het meisje schrikt, heeft ze weer iets verkeerds gezegd? Ik glimlach, het was maar een grapje. Niet mijn beste, ik doe ook maar mijn best. Ik veeg dramatisch de natte kledder uit mijn oog en leg haar nadrukkelijk uit dat ik het outfitje echt morgen nodig heb, en daardoor niet tot het feestje kan wachten. Ze knikte, jammer dat ik de smakelijke hapjes zou mislopen, maar

wel logisch, je kon een sollicitatie niet verzetten, dat moest je nóóit doen. Ze haalt een prachtig Gucci-setje uit het rek en overhandigt het om even te passen; ik kan het niet geloven en word werkelijk aangenaam warm vanbinnen bij de aanblik alleen al. Het fijne licht pluizende lieve pastelstofje voelt ook zo heerlijk, zo zacht, zo warm, zo... Op dat moment zwaait er een kil witte kantoordeur open en snijdt een koude lucht-stroom naar binnen. Er stapt iemand uit de ijzige wolk, een vrouw. Haar figuur een beetje dikkig, korte forse benen in ver-houding tot de rest van haar lichaam, niet al te mooi maar wel heeft ze prachtig dik, donker haar. Machtig mooi in fraaie bob-lijn gesneden. Nee! Mijn hart stond stil. Fuckerdeklotekut.

É.!

Mijn hart miste echt even een slag, vervolgens begon het als een razende te kloppen, de overgang was te extreem, dat kon niet gezond zijn, ik voelde het zelfs angstig tekeergaan in mijn keel.

É.?

Dit kon niet waar zijn. Het kon haar niet zijn, mocht haar niet zijn. Ik keerde me weg, hoopte dat als ze het wel was, ze in ieder geval niet gezien had wie ik was.

Grote kans met hoe verlopen ik eruitzag.

'Ien?'

Geen kans.

Aanval is de beste verdediging. Maar ik had niks om mee te slaan. Tijd winnen. Ratelen.

'É.! Nee-hee! Wat leu-heuk! Wat lang geleden! Hoe is het? Wat een weer, hè? Wat goed om je te zien.'

'Goeiemiddag, wat zie jij eruit zeg. Waar kom je voor?'

Frontaal. Geen koetjes, geen kalfjes. Nieuwe tactiek. *Aanpassen*. Snel. Denk. Niks geven geen info ze maakt je kapot liegen. Liegen. En lachen. Ik plak de mooiste glimlach die ik op dit moment kan vinden op mijn gezicht.

'Ik dacht, ik kom gewoon even langs. Kijken wat jullie hier nou eigenlijk doen.'

É. nam me op. Onheilspellend. De stilte werd groter en barstte haast uit elkaar. Mijn niet gestifte lippen vertrokken, ik probeerde met man en macht stand te houden, ik faalde jammerlijk.

Iemand moest iets zeggen, maar ik was leeg. Blanco. Ben niet goed in liegen. Nooit geweest.

'Wat leuk dat jullie elkaar kennen,' zegt het meisje ineens.

Opluchting aan mijn kant. M'n darmen borrelen ervan. Het aardige meisje knikt.

'Ik geef haar net een Gucci om te passen. Ze heeft morgen een sollicitatie.'

Aardig meisje is niet aardig. Maar ze geeft voer en ik zal happen.

'Nou nee hoor. Ik denk, meisje, dat je me verkeerd begrepen hebt. Ik wou haar komen feliciteren met...'

'Met lege handen,' onderbrak É. me schamper.

Damn. Zíj was degene die beethad. De meester had de leerling door. Natuurlijk. Wat had ik gedacht me op haar terrein te begeven. Het was zo duidelijk. Zonder cadeautje kwam je niet feliciteren, dat klopte niet. Een glimlach tekende É.'s smalle lippen. Ik had hem altijd verward met aardig, maar zag nu hoe hij echt was. Vals. Hard. Buikpijn ineens weer. *Ze maakt je af, zo niet nu dan later. 'Lege handen', zei ze? Niet toegeven. Antwoorden!*

'Nou ja! Heb ik mijn bloemen in de taxi laten liggen.'

'Ha,' lachte het meisje, 'u kunt helemaal geen taxi betalen.'

Rotgriet. Ik wist niet meer hoe ik verder moest. Deed nog een wanhopige poging een en ander te ontkennen, ik stamelde wat rommel, het was zo erg ik geloofde mezelf niet eens meer. Het wicht ging toch op mijn brij in, keek É. met fanatieke ogen aan: 'Nee hoor, kijk maar,' (op dat moment hoor ik de buitendeur opengaan), 'ik geef haar, die Inez, net dat Gucci-pakje voor haar sollicitatie. Echt. Het is het eerste wat de deur uit gaat.'

'*Rock Bottom, you hit rock bottom*', een wilde greep uit Jos' dagelijkse muziekmenu schalt in mijn hoofd.

Ik wil heel erg weg. Wat is dat nou voor gestommel?

Ik kijk om. Een hele cameraploeg was tijdens mijn afgang binnengekomen. Filmend. Regisseur voorop. Baardemans keek hoopvol naar de cameraman.

146

'Heb je dat? Dat zij dat zegt van dat Koetsjie-geval, en dat dat vrouwtje daar, die Ines daarzo, dat die dat krijgt?'

Ik was even hoopvol als de regisseur. Alleen ik hoopte van níét. Hoopte zo vreselijk van niet. Maar de cameraman knikte ter bevestiging naar Baardemans. Daar ging ik. Ik zonk weg, diep de aarde in. Australië, *here I come.*

'Mooi. Blijven draaien. Maken we voor vanavond een mooi itempie van.'

Fuckerdefuckerdefuck. Ik keek É. woest aan, het was allemaal haar schuld. Ze had nooit enig meegevoel gehad, wat had ze haar visje, mij dus, heerlijk op de kant getrokken, en keek nu fijntjes hoe dat al stervend lag te kronkelen. Ik haatte haar. En al die mensen. Rot op! Stelletje walgelijke kaklui. Wie waren die gasten om zo over een ander te oordelen? Ook mijn darmen hadden er schoon genoeg van en leegden onhoorbaar, maar helaas met een onvermijdelijk geurende walm, de vastgehouden lucht. Ook dat nog.

'Zo, wat een meur', hoorde ik.

Iedereen keek als vanzelf naar mij, de onmiddellijk aangewezen bron van de rotte wolk. Logisch. Ik was dan ook de zwerver. Ik zei niks. Er kwam gewoon niks, ik kon alleen maar kijken. En kneden. Ik kneedde het Gucci-pakje met nerveuze handen. Keek. En zweeg. Er kwam één ding in me op. WEG. Mijn benen luisterden onmiddellijk en gewillig naar deze roep en renden er als een haas vandoor, mijn handen wilde niet verliezen en bleven de hanger met kleding vastklampen of hun leven ervan afhing. *Crisis. Ben ik nu ook een dief?* vroeg mijn hoofd zich af. Ik minderde geen vaart maar rende op mijn hardst en zonder om te kijken weg.

KALM/ ofwel hopelijk loopt het wel los

Ik probeerde mezelf gerust te stellen: wat zou het, waar doe ik zo moeilijk over, ik heb een prachtig kledingsetje op de kop getikt. Niemand weet waar ik woon, vinden zullen ze me nooit, morgen zou ik gewoon de sollicitatie doen, mijn baantje binnenslepen en dat was dat. Het stond me goed, toch gepast had ik het, een maat te klein was het eigenlijk maar ik paste erin, nu wel. Zelfs mijn gezonde Hollandse wangen waren ingevallen en helaas toonde mijn gezicht meer rimpels dan ooit. *Screw it*, dat is stap zoveel op mijn wensenlijst. Mijn gedachten sprongen alweer terug naar net, toen ik me had willen verstoppen in mijn bed. *Nee, volhouden. Rustig.* Waar maakte ik me druk om, er zou niemand kijken, want wie in vredesnaam kijkt er nou naar AT5? Al helemaal niemand van mijn vroegere vriendinnen. De telefoon rinkelde, gelukkig, een beetje afleiding kon geen kwaad. Ik nam op. Nee! *On - ge - lo - fe - lijk.* Het was É...! Hoe had die me weten te vinden? Met schelle tetterstem stak ze van wal: ze dacht dat ik het 'wel leuk zou vinden' dat ik dankzij haar op tv zou komen en had een belrondje gedaan, jazeker, een uitgekiende telefoonboom opgezet die uittakte naar al mijn vriendinnen en kennissen zodat ze mij allemaal vanavond op AT5 konden zien. *Ja. Precies.* Zo kende ik haar weer, altijd een tikje toe. Vrolijk hing ze op: 'Ciao!' Tsjauw miauw, als ik kon zou ik haar ogen uitkrabben.

KLAM/ ofwel Inez' tv-debuut

Iedereen keek waar ik naar keek, zag wat ik zag: een verlopen wijf, het snoezige pakje in mijn handen leek me nog meer voor lul te zetten, mijn vernietigende blikken naar iedereen en vooral naar É., als blikken konden doden lag zij nu onder een trein. Het was me duidelijk. Ik kon niet meer over straat. Het zweet in mijn handen was niet gering en zo koud als verse ochtenddauw op een grasveld. Ze zouden elkaar bellen, ervoor, erna, ik was onderwerp van de vette roddel die zich over de stad zou uitbreiden als de pest.

'Pokkenmazelenkankerhoeren', hoorde ik mezelf zeggen. Ja, het straattaalgebruik buiten Zuid was creatief en ik leerde snel. Deze laatste aanwinst was van die twee meisjes die stonden te ginnegappen toen ik de vluchtende Oskar welverdiend op zijn vet gaf. Ik had hen nadien en voordien al meerdere malen betrapt ruziënd met een stel oudere grieten, dan weer met wat opgeschoten jongens (die scholden hen uit voor hoer, waarom vroeg ik me wel af, ze zagen er niet hoerig uit of zo) of zelfs met elkaar, ik ging er altijd als een speer vandoor, het werd mij al snel te dreigend. Toch had ik wat van hen opgestoken, zo soepel als het negenlettergrepige woord eruit spoot. Ach, kreeg ik mijn les niet buiten op straat, kreeg ik het wel binnen van Jos. Pokkenmazelenkankerhoeren dus. *Stik er inderdaad in.* Ik was tenminste eerder op tv dan zij allemaal bij elkaar, mijn debuut kon niemand me meer afnemen. Al waren 'Het Goede Doel' en ik daar op een andere manier bij betrokken dan ooit mijn wens was. Jos kwam binnen. Ik schrok op, mijn dochter mocht mij absoluut niet op tv zien.

'Djiezus mam. AT5.'

Voor ik het wist had ze denigrerend de zapper uit mijn handen getrokken, dit keer liet ik het toe, weg, weg, maar tot mijn schrik bleef ze hangen.

'Dacht ff dat jij het was.'

Flits. Het-wás-weg.

'Ja hoor, ik op tv. Dat zou wat zijn.'

Jos grinnikte en zapte naar MTV.

Ik ademde uit. Godzijdank zat ze op die nieuwe school, die kinderen daar wisten niet dat ik haar moeder was, mochten ze al naar AT5 kijken. In ieder geval zou ik het zekere voor het onzekere nemen en mijn gezicht er voorlopig niet vertonen.
Al sprak De Fazant honderd keer in, al zong Jos als een dode nachtegaal midden in de klas weer het hele Wilhelmus bij elkaar.

Ik moest alleen nog maar morgen de straat op.
Brood halen, want Huismuis Harry werkte weer eens lekker mee en bleek een tunnel in ons brood gegeten hebben.
En ach, o ja, mijn sollicitatie doen. Dat was alles.
Na ja, wie doet je wat.

DAG/ ofwel alles is anders

Het sjaaltje om mijn hoofd dat ik had afgekeken van mijn
allochtone buurvrouwtjes (die steken hun doekje vast met
naaispeldjes, mooi dat ik dat niet deed, je zou dat door je kop
geboord krijgen, dat moet toch wel eens gebeurd zijn, levensgevaarlijk, arme mensen wisten niet beter, kon niemand daar
wat op vinden), het was blijkbaar niet de beste vermomming,
en mijn fraaie tweedehandsjurkje met bijpassend jasje waar ik
stevig in doordribbelde ook niet: Debbie kwam me tegemoet
snellen. Ze was eerder teruggekomen (vanwaar ook alweer?),
had me bij toeval nog net op tv gezien en me ook meteen
gebeld maar mijn telefoon stond op voicemail. Ja, raadt je de
koekoek, ik had na 'mijn optreden' twee tellen naar mijn moeder geluisterd: 'Als je er zo uitziet, krijg je natuurlijk nooit een
baan. En ook geen man. Je stak wel heel erg af bij die vriendin
van jou van vroeger, vond je ook niet?' Bleek ook nog dat mijn
bloedeigen moeder degene was die É. mijn telefoonnummer
had gegeven: 'Zo aardig dat je vriendin al die moeite nam. Ja,
het nummer van je vriendinnen wist ik niet, maar hun achter-
namen wel, zij zijn natuurlijk ook nog gewoon getrouwd.'
Daarna had ik helemaal niemand meer willen spreken en van-
morgen alles zonder af te luisteren gewist. Ook nu wou ik
ervandoor 'sneaken' (op MTV gehoord), maar er was geen
ontkomen aan. Ze vond mijn optreden ge-wel-dig.
Hè?
Ja, ze had zich rot gelachen, die blikken van mij. Ze grinnikte:
'Je liet ze echt een poepie ruiken.'
Ze wist niet hoe dicht ze bij de waarheid zat. Gelukkig hadden
ze mijn scheet eruit geknipt. Toch vatte ik het even niet.
'Ik zag er toch niet uit? En ik heb bijna niks gezegd.'
'Joh, je was aandoenlijk. En zoals je keek naar dat onleuke
mens met die magere lipjes, dat ze zo'n afstandelijk mokkel de
baas laten zijn van zo'n goed initiatief...'
Ze ging er weer vandoor, 'moet werken,' zei ze nog, stak haar
tong erbij uit, had blijkbaar geen zin. Ik was verbijsterd.
Vroeg me af: was ik echt leuk? Debbie was natuurlijk bevoor-

oordeeld. Of wilde alleen maar aardig zijn. Twee meiden, die van 'Pokkenmazelenkankerhoer', ik herkende ze zelfs op afstand, kwamen doelbewust op me af, duidelijk iets in de zin. Ter voorbereiding deed ik een stap naar achter.

Ze wilden mijn handtekening.

Pardon?

Ja, ze zaten gister te zappen, ik was toch op tv geweest? Ik had volgens meisje 1 dat kakwijf met mijn nokhet mooi te kakken gezet.

'Nokwát?'

'Nokhet, dûh,' zei meisje 1.

Het zei mij niks, meisje 1 nam het als taak op zich mij wegwijs in hun taalgebruik te maken en verduidelijkte als een moeder tegen een klein kind: 'Nokhet! Iemand knock-out beuken, maar *in* z'n kop zeg maar.'

Aha. Knockhead.

Volgens meisje 2 was de uitleg van haar vriendinnetje dikke *bull*. Het kwam van *knocking heads* dat slang voor neerrammen was. Ze raakten aan de kibbel. Ik vond het wel mooi zo en wou ervandoor gaan. Op dat moment greep meisje 2 me heftig bij mijn arm. Ik schrok, mijn moeder greep me bij de arm, mijn moeder hief haar hand, ik dook weg voor de klap. 'Jij moet mijn mascara hebben. Die is waterproof, jouwe is rommel. 't Zat bijna op je knieën.' Ze lachte hard, en rommelde haar mascara uit haar tasje. 'Vet. Kan ik mooi zeggen dat jij op tv was en dat je nou mijn mascara op heb.'

Ze gooide de zwarte roller in de lucht, verbluft ving ik hem op. 'Wacht ff,' vervolgde meisje Pokkenmazelenkankerhoer 2, 'als ze op school denken dat we ze zitten te *tsjieten*, ken jij dan ff langskomen dat we ze niet staan te *dissen*? En krijg ik nou nog je handtekening?'

Ik geloof niet dat ik in mijn hele leven meer verrast ben geweest. Loser in de ene wereld, held in de andere. Zelfs de buurhond achter het raam leek vrolijker te blaffen. De wereld stond op z'n kop, maar op de een of andere manier was ik meegedraaid.

KORT/ ofwel de sollicitatie is mislukt

Mislukt.
Zelfs met pakje.
Wegens geen ervaring.
Niet wat zij ervaring noemden althans.
Wat ik vroeger in mijn grote huis gedaan had:
de leiding geven aan een schaar werksters, een
school tuinmannen, een stoet nanny's, een rij schil-
ders, een pluk loodgieters en nu m'n dochter opvoe-
den, *you name it,* dat gold allemaal niet. Dat was
geen wérkervaring. Hun woorden vlogen om
m'n oren als raketten, ze troffen doel.
Mijn leven gereduceerd tot nul.
Ground
Zero.

Gemeen

Waarom moest je een diploma hebben als huisstyliste?
Dat gaat toch om gevoel, om smaak? Ze wilden ook bij
mij thuis langskomen, om te kijken hoe ik mijn huis
had ingericht. Ja, leuk, da's een goed idee, laten we
dat doen!
Ik vertelde dat alles nog in dozen stond, dat ik nét
(rekbaar begrip, geen leugen) was verhuisd naar de
Baarsjes, maar dat ik mijn vorige huis in Zuid perfect
had ingericht.
De belangstelling was als een uitgeknepen puist. Het
viel ze niet mee, die Baarsjes. Ze kenden die buurt ook
amper. Hadden er niks te zoeken. Niemand uit die
buurt zat in hun klantenkring.
Kortom, ze wilden eigenlijk niks zien, had het al
gekund.

Ik woon niet meer in een kast van een huis.
Sterker, dit hele huis past daar in één kast.

Had ik er nog gewoond, in Zuid, had ik die baan
gehad.
Had ik er nog gewoond, in Zuid, had ik die hele
pokkenbaan niet nodig gehad.

VERRASSING/ ofwel de vriendinnen proberen Inez op te vrolijken

De bel ging, Jos deed open, ik hoorde een hoop gegil en duwde mijn kussen over mijn oren. Wie het is ik wil het niet weten ik ben er niet horen jullie dat ik ben er... Mijn deur vloog open. Jos met rode wangen, achter haar Miriam die vrolijk lachte, en Renske die nieuwsgierig naar binnen keek.
'Verrassing!'
Dat was het zeker. Ook voor hen. Hun gezichten vertrokken toen ze mij zagen: zonder make-up, smoezelig vet haar, donkere kringen onder betraande rode konijnenogen. Ze hoefden het me niet te zeggen ik wist precies hoe ik eruitzag, als ik het niet zou weten kon ik het in hun ogen lezen.
Jos zag mijn depressieve gemoed, in meeleven was ze ten opzichte van mij niet sterk, of niet sterk meer. Vroeger als ik wel eens huilde om het een of ander, wriemelde ze haar kleine kinderlijfje als een hondje op mijn schoot en kuste mijn tranen weg: 'Niet huilen, mammie, niet huilen.' Net zoals ik haar toverkusjes gaf als ze gevallen was, met rolschaatsen, met leren fietsen, van de trap, of met haar vinger tussen de deur gekomen was – die keer was een kusje overigens niet genoeg, het topje hing er schuin naast en we moesten naar het ziekenhuis om het te laten hechten; er zit nog steeds een rare bobbel – maar vaak waren mijn kussen voldoende: 'Hier, mama, hier.' 'Daar? O ja, ik zie het al, mijn kleine meid, zo, hier eentje en daar nog eentje. Zo weer goed?'
Ja, knikte ze dan, wat was die kleine Josje lief, ze kon me doen smelten.
Met nurks gezicht loopt de Jos van nu weg, waarbij ze expres de deur verder openzwaait en daarmee mijn vriendinnen volledig zicht op mijn afgebladderde ik gunde. Ik had geen keus. Ik wou niet dat ze me zo zagen, ik moest me restaureren. 'Ik kom, ik kom,' riep ik wanhopig. Mijn stem klonk bedompt in de kleine ruimte.

XIV.

Wil niet, wil niet NIET NIET NIET!
Zijn jullie doof? Ik wil NIET NIET NIET ! ! !

OVERBEVOLKT/ ofwel Inez komt tot een pijnlijke ontdekking

Met enorme tassen en kleine, lieve tasjes zaten ze pontificaal, beregezellig op mij te wachten in de huiskamer. *Ja, waar anders?* De keuken was geen leefkeuken, in je eentje was die al overbevolkt. De woonkamer was ook klein, leek gekrompen zelfs, of ze in mijn afwezigheid de ruimte hadden opgeslurpt, hun voldaanheid burpten ze over me heen, direct toen ze me zagen: 'Uitpakken.'

Ik wist me werkelijk geen raad, voelde me opgelaten, opgezwollen als een kikker waar met een rietje hete lucht in geblazen is, ik was klaar om uit elkaar te barsten en strafte Jos ervoor, ik haalde met snerende stem uit.

'Heb je al iets te drinken aangeboden.'

'Je hebt niks in de koelkast.'

De straf afgestraft.

Miriams zangerige stem klonk.

'Geeft nietsepiets. Ik heb even met de Van Dammetjes gebeld, ze hadden het druk, druk, druk, ze hebben het altijd druk, héérlijke winkel, ze kenden trouwens het adres hier niet, ze hebben geen klanten in deze buurt.'

Waar had ik dat eerder gehoord?

'Maar aardig hè,' vervolgde Miriam, 'ze komen toch dadelijk met een verrukkelijke fles Sancerre.'

Renske nam enthousiast over: 'En zes "minipizza's ovenheerlijk".'

Miriam weer: 'Plus dríe gebakken aardappeltjes.'

Renske: 'Ik geloof vier artisjokhartjes?'

Miriam knikte en vervolgde: 'Twéé zakjes chocodips.'

Renske was aan de beurt maar die wist het nu helemaal niet meer, slim was ze nooit geweest. Miriam maakte snel het lijstje af:

'En chocomousse. Dubbele...'

'Portie,' vulde ik aarzelend aan.

Want het drong langzaam tot me door.

Ja, ze hádden zojuist mijn lievelingsgerechten opgesomd, in exact gewenste porties.

Ja, ze keken elkaar triomfantelijk aan.

Hemels bijna. Zoals ik ook ooit gedaan had, één keer in de maand.

Ze knipoogden er zelfs bij.

Mijn god.

Crisis klotekut.

Het was waar.

Ik was hun SGD'tje.

Had ik vroeger ook gekeken of ik een halve imbeciel was?

FEEST/ ofwel waar iedereen zijn best doet

De kamer lag vol glanzend zilver en rood pakpapier, ze hadden erg hun best gedaan het leek wel kerst. Jos eindelijk eens tevreden, gelukkig zelfs, te midden van het festijn.

Bij ieder cadeautje, een grillmagnetron, een Estée Lauder-kit (voor mij), twee 'we konden niet kiezen' D&G-spijkerbroeken (voor Jos), een levensgrote spiegel met nepgouden kitschrand 'kun je je helemaal in zien, komt altijd van pas en het vergroot ook nog eens je ruimte', blikken frisrode verf 'kleur kus' voor Jos' kamer – haar wangen werden even rood – twee bonnen 'voor ieder één' Douglas nagelverzorging; hoe opgetogener zij keken, des te leger werd ik, zilver werd weer gewoon grijs en niet meer dan dat. Mijn lijf vulde zich onmerkbaar met een steeds groter wordende woede, het rood in mijn handen werkte als een lap op een stier. De hardnekkige bliepjes van Jos' spiksplinternieuwe spelcomputer, het gelukkige gedraai aan haar oorbelletjes terwijl ze Miriam en Renske een dankbare blik toewierp, het gemak waarmee die twee waren binnengestormd, als bij toverslag over mijn lelijke domein heersten, het kristallen glas dat ik nu uitpakte en dat wonderbaarlijk genoeg versierd was met stukjes spiegel: 'Mooi hè, en met de hand geslepen. Kun je weer uit iets behoorlijks drinken, voor honderdvijfentwintig euro hoef jij je niet meer te schamen,' woest werd ik, kon het niet meer inhouden, ontplofte, smeet het kunstwerk op de grond, de splinters vlogen in het rond, ik vermenigvuldigde mezelf duizenden malen en met die schijnbare kracht zette ik hen tot ieders verbijstering resoluut de deur uit.

VOLLE BAK/ ofwel Inez wil alles, maar dan ook alles, weggooien

Jos haar 'Hebben we het één keer vet, moet jij het weer bederven' was zout in zeer open wonde en deed me wraakzuchtig en onredelijk terugslaan.
'Alles gaat weg. De deur uit.'
'Doe normaal mens.'
'Jij houdt je brutale mond. Je bent alleen maar te genieten als je cadeautjes krijgt. Of als er anderen bij zijn.'
'Ja, logisch. Met jou is er niks aan.'
Gegriefd zwijgend voegde ik daad bij het eerder gezegde woord, greep al wat bij elkaar, weg moest alles, weg. Jos begon te krijsen: 'Van mijn spullen blijf je af.' Daar kon absoluut geen sprake van zijn. Alles moest weg. Jos ging door het lint waar ik al doorheen was. De vuilnisbak zat in mum van tijd vol, de rest stopte ik met een wonderbaarlijke energie in de vuilniszakken en dozen die ik nog had van de verhuizing. Jos, even lamgeslagen door mijn verwoede actie, greep verbluft, verbijsterd haar twee spijkerbroeken bijeen, hield ze vast of haar leven ervan afhing, maar dat gaf haar daarom nog geen enkel recht, ik rukte ze giftig uit haar handen. Ze gilde, haar nagel brak met een scheur af tot op haar huid bij dat rare vingerkootje van haar. Tranen schoten in haar ogen, pijnlijke woede of woedende pijn, vol keek ze me aan, Jos had me zeker willen slaan als ze gedurfd had, die grens lag voor haar te ver en ze deed het niet. Wild galoppeerde ze weg en smeet zoals gewoonlijk haar deur dicht.

De enorme spiegel moest er ook aan vond ik, maar die kon ik niet tillen, ze moeten hem met zijn drieën naar binnen hebben gesleept, Miriam, Renske en Jos. Die weigerde nu pertinent mij te helpen om het loodzware kreng weg te krijgen, buiten naast de rest, brullend dat ik knettergek was.
Dan moest het ding maar blijven staan waar hij was.
Voorlopig.

160

Op de stoel krulde ik me op, uitgeput was ik ineens, te moe om me naar bed te slepen, en viel in slaap. Ik droomde van een ambulance die Jos op kwam halen, ze had haar hoofd in de verfbus 'kleur kus' gestoken, bleef erin vastzitten, ik trok aan de emmer, met het blik kwam ook haar hoofd mee, frisrood bloed droop in dikke klodders uit haar haar en hals, ik schrok wakker. Ik dacht eerst van een geluid, maar waarschijnlijk door het licht dat vanaf het donkere buiten met korte, onregelmatige tussenpozen hard de kamer in scheen. Ik had een fantastisch uitzicht op mijn volle zakken, ze stonden precies onder de met moeite brandende lantaarnpaal. Het flikkerde. Het leek ook binnen wel een disco.

Zonde was het wel. Al die dure spullen. Hopelijk zag iemand het staan en nam het mee. Ik had het beter niet kunnen inpakken, straks belandde alles, na een volstrekt nutteloos leven als ongebruikt consumptieartikel te hebben geleid, integraal in de malende bek van de vuilnisauto. Had ik het nog beter kunnen teruggeven aan Miriam en Renske. Dit was eigenlijk belachelijk. Ik had het kunnen verkopen zelfs. Of houden. Dit was eeuwig en altijd zonde. Misschien als ik...

Eén cadeautje maar.

Voor ik het wist was ik op weg naar buiten, sloop als een dief in de nacht naar mijn eigen spullen. Pakte de vuilniszak met daarin de nieuwe D&G-jeansbroeken die eerder Jos nog zo gelukkig hadden gemaakt. Die moesten zeker mee naar binnen. Wat had ik eigenlijk gedacht toen ik alles zo woest uit mijn huis had verbannen? En mijn Estée Lauder-kit. Waar was die? Ik hoorde gestommel, het was nacht, ik een vrouw alleen, misschien niet op mijn best, verlopen en verlept, maar je wist nooit wat een gek dacht, een laf blafje bovendien van de hond achter het raam, ik schrok.

'Afblijven. Dat is van ons,' hoorde ik al achter me.

Hè? Die stem... Ik keek om. Recht in Jos' gezicht. Haar ogen werden groot van schrik.

'Ik dacht dat je een zwerver was,' zei ze.

'Ik dacht dat jij een gek was,' zei ik.

161

Wat zag ze er bleek uit in dit licht, dit meisje, zo jong nog, ze hoorde toch niet zo'n verdriet te hebben?

Jos zag haar jeansbroeken in mijn handen. We waren voor hetzelfde gekomen. Ze was stiekem uit huis geslopen om haar spullen te redden. Verboden terrein, ze wist het, daarom keek ze angstig. Maar ik had ook een pad bewandeld dat achteraf niet zo begaanbaar bleek.

'Okay,' zei ik als antwoord op niks.

We giechelden. En droegen de zakken één voor één weer naar binnen.

DAG/ ofwel Inez heeft slecht geslapen maar dat is niet alles

Slapen gaat nog altijd niet best, zelfs niet na de samenzweerderige afsluiting van gisteravond. Ik kijk op de wekker: 5.55. Zo vaak als dat gebeurde sinds we hier woonden, idioot gewoon dat ik steeds dubbele cijfers trof – of zoiets als 16.16 of 20.21. Eerst zocht ik er iets achter, misschien waren het symbolen van het een of ander, ik hoopte er iets in te lezen; waren de getallen mooi rond zou alles goed aflopen – het had ook minder leuke kanten. Bij 11.11 werd ik gek, op 13.13 zou de pech mij de rest van m'n leven achtervolgen, het werd een heel schema. Maar het bleef bij een beetje vaag inschatten, van numerologie wist ik niet veel en me erin verdiepen wilde ik ook niet, het was toch allemaal vast maar onzin. Bovendien, relativeerde ik mijn gemakzucht verder, zo regelmatig als het bij mij voorkwam, ach, ik besefte dat er vaak op één dag dubbele cijfers zijn: 0.00, 1.11, 2.22, 3.33, 4.44, 17.17, 18.18, des te vaker je op de klok keek des te meer kans had je; ik zag mijn dagen toch al wegtikken, het is nu 5.57 en nog altijd donker buiten.

Zachtjes, om Jos niet te storen sta ik op, hopelijk is ze deze morgen vrolijk. Ik gniffel: dat gekke kind van me was in haar opnieuw bemachtigde D&G-jeans gaan slapen, die zou ze nooit meer afstaan. Ik sluit mijn slaapkamerdeur zo stil mogelijk achter me. Keer om richting huiskamer en schrik dan even ernstig als plotseling op uit mijn gemijmer. Er bewoog iets in de kamer! Een schaduw, niet de snelle schichtige van Huismuis Harry, maar groter, véél groter. Mensengroot. Mijn hart slaat van schrik een slag over en ik verstar volledig. Duizendenéén gedachten stormen door mijn hoofd. Jos kan het niet zijn, die is nog lang niet op, dat weet ik honderd procent zeker. Ik blijf het liefst doodstil staan maar moet mijn hand wel voor m'n mond slaan om het niet uit te gillen van angst, en zie *verdomme verdomme* dat ik helaas gelijk heb: Er Is Daar Echt Iemand. Paniek woedt in me, ik moet me verdedigen, én Jos, van mijn kind blijven ze af, maar wat moet ik doen? Ik kijk om me heen, ik zie zo snel niks anders, zet enkele bevende passen, *gelukkig*

163

is dit huis niet groot, flitst het voor het eerst – daar ben ik me raar genoeg heel bewust van – als positief door me heen, ik buk voorzichtig naar het verfblik 'kleur kus', pak het zonder geluid te maken heel voorzichtig op aan z'n metalen koude hengsel, til het zo behoedzaam als ik maar kan van de grond, en zwaai dan ineens, met een woeste kreet en al de kracht die ik in me heb, met een enorme reuzenzwaai voorwaarts, ik zwaai in één klap... de nieuwe goudomlijste spiegel aan diggelen. Weer vliegen de splinters om mijn oren, met veel meer geraas en gerinkel dan het gesneuvelde drinkglaasje van gisteren. De beruchte buurhond denkt het zijne van deze onverwachte explosie van lawaai en is vooral ook niet te beroerd dat met mij en de rest van het blok te delen. Vanachter Jos' gesloten deur klinkt een gesmoorde kreet. Drie tellen later opent Jos, wakker geschrokken, haar deur.

Ik, te midden van glas en gouden vlokken, haal mijn schouders op: ik ben nog heel, zij ook.

'Foutje.'

'M.'

Daar staan we dan.

'Wat een bende maak je ervan. Ruim je 't wel zelf op?' grijnst Jos.

Hoe vaak had ik dat niet tegen haar gezegd in een poging nog iets van dit huis te maken? Jos warempel in een goed humeur. Scherven brengen geluk. Als ze haar bed weer is in getuimeld, veeg ik ze met tegenzin op.

Daarna keek ik om me heen.

Ik hield alles. Maar dan ook alles.

Maar dit moest wél, zo nam ik me stellig voor, het laatste zijn wat ik van Miriam en Renske aannam. Want ik kon er niet meer onderuit: we waren geen vriendinnen meer. En misschien wel nooit geweest.

Was mijn voornemen tot onze scheiding genoeg? Nee, er moest duidelijk meer gebeuren. Ik zou aan de meiden mijn oprechte excuus aanbieden, ze heel erg bedanken ook voor hun moeite, hun kosten, hun cadeaus, ik zou me opstellen als een dankbaar

SGD'tje, maar zeggen dat ik verder mijn eigen leven moest leiden. Zonder hen. Ze wisten het zelf donders goed, als ik niet op tv geweest was had ik ze nooit meer gezien, ik hoorde niet meer bij hen en iedere poging iets anders te wagen was volstrekt onnatuurlijk, zou voor beide partijen uiteindelijk alleen maar vervelender en nog vervelender worden. Daar ging ik:

Lieve Barbieclub,

Ja, nou, en?
Ik schreef wat ik misschien, waarschijnlijk, okay: zéker, persoonlijk had moeten zeggen, maar na het fiasco van gisteravond niet meer durfde. Bovendien, met alles wat ik toch al aan mijn hoofd had was een schriftelijk afscheid van mijn vriendinnen al heel wat, vond ik. Je moest ook weer niet overdrijven.
Ze zouden het wel begrijpen. En zo niet, gaf dat alleen nog maar meer aan dat ik met het afscheid van hen de juiste keuze gemaakt had.

GOEDEMORGEN NEDERLAND/ ofwel Inez is er nog lang niet

Ik werd wakker met een rotgevoel. Wat was er ook alweer voor naars? O ja. De waarheid van mijn leven drong zich aan me op als een schurftige hond, alles lag in duigen, de SGD-cadeaus hielpen maar kort: Oskar wil mij niet meer. Weg met hem mijn huis, weg ook mijn vriendinnen, Jos weg bij haar vriendinnen, kinderen zijn plooibaar zeggen ze, ik vroeg het me af, wie zou haar redden als het niet zo was, de glans van de kado's was er voor haar ook af, dat we in de steek waren gelaten kwam steeds weer door alles heen al zeiden we het niet tegen elkaar, we zeiden wel meer niet, wat als ze niet zou stoppen met dat rare kattengekrijs op school waar ze volgens het zoveelste bericht op mijn voicemail weer mee begonnen was. Ik had totaal geen zicht op wat zich in de kop van dat kind afspeelde. Zou ik het wel hebben, zou ik me waarschijnlijk doodschrikken. Moest ik ervoor zorgen dat ze in orde was, of kwam, ja dat moest ik doen, maar hoe in godsnaam, hoe kon ik haar steunen, zij die zich niet liet steunen, hoe troost je iemand die niet door jou getroost wil worden omdat jij voor haar de oorzaak van haar ellende bent, hoe kalmeer je iemand als je zelf je kalmte niet meer bewaren kunt of juist zo kalm en rustig en moe bent dat er geen woord of gebaar meer uit komt, je luie lamlendige lichaam je in de steek laat en alleen maar wil liggen, hoe vocht je daartegen, 3.57 was het, drie oneven getallen, drie keer onredelijk, ik vocht ertegen maar hoe deze strijd te winnen, waar te beginnen, ja daar lag een lekkere meedeiner in het verschiet, ik wist de titel ook al: VOCHT.

VOCHT

'k Vecht tegen 't vocht in mijn ogen
je hebt me keer op keer bedrogen
hoe deze strijd te winnen
o, waar te beginnen

(refrein)
laat me niet al-lé-heen
waar moet ik hé-heen
ga niet bij me weg
kom nou toch zeg

dat kun je toch niet maken
ik schreeuw 't van de daken
je kind en ik horen bij jou
kom nou toch gauw

(refrein)
laat ons niet al-lé-heen
waar moeten we hé-heen
ga niet bij ons weg
kom nou toch zeg

TRANEN/ ofwel Inez zwelgt in zelfmedelijden

Ik zat met de tranen in mijn ogen om mijn eigen smartlap.
Misschien kon ik het wel verkopen en daarvan leven. Mijn woede
productief omzetten. Wow, daar kwam weer iets, ik was lekker
op dreef.

ALLEEN

Alleen leven
Tis me om het even
jij vieze klootzak
zak in de kak

Jij halve zool
je verschool
tot mijn schrik
je ware ik

Je slechte kant
Je opgeheven hand
Die kwam tevoorschijn
Dat deed zo'n pijn

Dat is nu voorbij
Kies voor mezelf,
eindelijk voor mij
Alleen leven
Tis me om het even
Echt, om het even

OPTIE/ ofwel wat moet Inez nu???

Ik was blijkbaar hardop gaan zingen, want ik werd 'eruit' gehaald door de amuzikale begeleiding – ofwel het gejank – van de buurhond. Terug op aarde en zwaar geïrriteerd, veegde ik mijn tranen af. *Get real*. Ze zaten op mij te wachten daar in Hilversum. Op mij, mijn tearjerkers, mijn krijsende dochter. Ook geen optie dus, natuurlijk niet. Maar waar moest ik van rondkomen, zelfs mijn moeder kon ik niet meer vragen, waar was het met alles zo misgegaan, en vooral: hoe kreeg ik het terug? Sommige antwoorden kende ik: het was misgegaan bij mijn scheiding, het was nog misser gegaan na mijn verhuizing, en het was het meest misgegaan na Blauwoog, als ik die nog eens tegenkwam zou ik hem vermoorden, die koning der walgelijkheid heeft me in mijn nek geslagen toen ik al op mijn knieën lag.

Ik draaide, keerde, wendde, kon niet meer slapen maar er ook niet uit. Bang voor de dag, voor wat mijn leven geworden was en nog worden zou, gaf ik gehoor aan mijn beste optie: ik bleef waar ik was.

XV.
_____

Mijn B&W

Bed
Beste
Buddy

Winters
Woelen
Warm

- - - - - - - - - - - - - - - - - -

nou ja, zoiets.

OP/ ofwel Inez zit erdoorheen

Oskar zit nog steeds met die klapkut op een klote-eiland.
Oskar zit nog steeds met die klapkut op een klote-eiland.
Oskar zit nog steeds met die klapkut op een klote-eiland.
Ik vind mezelf snikkend in bed. Waarom ben ik zo machteloos?
Waarom kan ik het niet alleen? Waarom ben ik zo afhankelijk?
En van wat, wat is het dan? Is het enkel en alleen díe man, met
wie je gelukkig kunt zijn? Is het dat je niet meer kunt vertrouwen, is het dat je niet meer durft, is het dat je zo languit gegaan
bent dat je nog liever blijft liggen dan überhaupt ooit weer iets
voor iemand te voelen, is het, ja wat is het, die angst, die golven
die je ineens weer overspoelen, *anytime*, het overvalt je net als
je denkt dat het gaat, ja het gaat, maar het gaat niet.

Niet het kussende stel dat ik passeerde, nee, dat kan ik hande-
len, ik ben jaloers, voel pijn, maar het maakt me niet gek, het
geeft ook troost te weten dat het nog bestaat, bij anderen
althans, bij anderen die je tegelijkertijd wel toe wilt schreeuwen:
pas op, het houdt geen stand, geniet, of geniet juist niet te veel
want de hel erna brengt geen einde die is slechts het begin, pas
op, wees lief en blijf lief, geef aandacht, verslap niet, als dit het
is twijfel niet, als dit het is twijfel wel want is dit het inderdaad
wel, bestaat dit wel, nee, die twee idioten die staan te ruziën
midden op straat, elkaar zelfs slaan, ook zij deelt tikken uit,
mijn maag draait om, die raken me meer dan ik verdragen kan,
kon ik nog maar ruzie maken, ruzie betekent dat je tenminste
nog van elkaar houdt, dat je nog die moeite neemt om de ander
te overtuigen van jouw gelijk. Dan, merkwaardig genoeg, keert
alles om: ze lopen weg, lachend ineens, en hebben het dik naar
hun zin.
'Je moet nog veel leren,' zegt de jongen tegen het meisje, zijn
vriendinnetje, en zij antwoordt: 'Ja, maar daar heb ik jou toch
voor.' Hij weer: 'Ik maak je de beste van de karateklas, al die
wijven bij elkaar, jij bent de eerste met een gele band om die
taille van je.' 'Vin-je me dik?' vraagt ze twijfelend. Waarop hij
grijnst: 'Je bent lekker.'

Pinkie-pinkie de hoek om.

Misselijke kots, er komt niks, mijn maag net zo leeg als mijn leven.

OSKAR & JUDITH LIGGEN LEKKER TE BAKKEN

Oskar en Judith liggen heerlijk met zijn tweetjes in het Zuid-Afrikaanse zonnetje onder een maagdelijk witte parasol te luieren. Oskar denkt aan niets, Judith aan alles. Judith ziet een beestje lopen. Daar houdt ze niet van. Ze gooit wat water over het ronde trolletje heen. Het beestje verdrinkt. Judith haar badpak staat strak, of lijkt dat maar zo? Wordt ze al dikker? Dat kan toch haast niet? Het zal wel vocht zijn.

Oskar checkt zijn mobiel, dat doet hij meerdere keren per dag. Zoals afgesproken belt hij weinig. Judith weet dat dat voor Oskar al heel wat is. Hij zit praktisch altijd op de zaak, fysiek en mentaal. Als zijn secretaresse weet Judith dat beter dan wie ook. Ze glimlacht: op droomvakantie, een nieuw leven, met haar báás. Heel sexy. Judith wilde graag net zo romantisch leven als in een romannetje, nu had ze het voor elkaar. Ze had mooi haar rijke baas aan de haak geslagen en ze waren echt gek op elkaar.

Oskar zet z'n mobieltje uit. Een Versace, nog gekregen van Inez. Daar moest Judith nog wel iets aan doen. De artikelen van zijn ex moesten de deur uit. Judith kijkt Oskar aan, enigszins nieuwsgierig. Er zit hem duidelijk iets dwars. Judith trekt vragend haar wenkbrauwen op.

'Is niks,' probeert Oskar verdere bemoeienissen af te houden. Zeker een berichtje van z'n ex, denkt Judith. En: gaat die nu op een afstandje onze vakantie verpesten? Maar Judith zegt niks. Oskar ook niet.

Pas na een tijdje.

'Jos wil komen logeren.'

Judith is even stil. Wat moet ze hier nu weer mee?

Ze windt haar rode haar voorzichtig om haar vinger.

'Zullen we dat na de vakantie bespreken, lieverd? Als we terug zijn?'

Oskar knikt. Dat lijkt hem ook beter. Soms verdwijnen dingen gewoon als je er niet aan denkt of er geen aandacht aan geeft.

'Als ze komt logeren,' zegt Judith, 'moet je haar ook vertellen...'

Oskar roffelt op zijn buik. Badgasten kijken lachend om, het

geroffel klinkt hard en hol. Judith giechelt en kust Oskar.
'Je moet iets eten, schat,' zegt ze.

KOKEN/ ofwel Inez de topkok

Ik heb het nu helemaal gevonden. Kerrie, kipstukjes, kokos-
melk. Kletter in koekenpan. Kwartiertje. Klaar. Lekker is misschien anders maar in een restaurant is het ook niet allemaal
'koek en ei', giechel ik flauw in mezelf. Boodschappen doen bij
AH gaat net, Debbie heeft me op de hoogte gehouden van de
prijzenoorlog die maakt dat wat in mijn vroegere leven gratis
leek ook nu, mede door het van Debbie geleende geld – en ik
moet eerlijk zijn ook van moeders, die het echter wel weer
geheel volgens verwachting met een Scroogeachtige mentaliteit
afstaat ('Mam, wat heb ik nou aan dertig euro?' 'Dertig euro,
Inez, dat is anders wel zésenzéstig gulden, hoor.') – allemaal net
haalbare kaart is. Als je tenminste voer koopt dat alleen die-
zelfde dag nog houdbaar is. Scheelt zo de helft. Ineens dacht ik
aan Peter. Maf, ik had in jaren niet aan hem gedacht. We hadden elkaar destijds een paar keer ontmoet in het studentenhuis.
Op zijn door mij aangestuurde verzoek at ik bij hem, hij had
opgeschept dat hij zo goed kon koken. Dacht ook nog echt dat
hij een fantastisch maal bereid had. Dat had hij niet. Het
smaakte naar snot. En niet mijn eigen snot, dat is best te doen
op z'n tijd, stiekem een beetje graaien en pulken, zolang niemand het ziet althans. – Oskar en ik hadden zelfs mijn
Nederlandse Onderkoningin Marijke Helwegen een keertje de
binnenkant van haar neus zien verbouwen, waarop Oskar
grapte: 'Marijke Snelwegen.' Wat nog leuker was omdat we in
de file stonden. Peters maal smaakte echter noch naar haar
edele snot, noch naar mijn snot, maar naar andermans snot.
Ik vreesde dat ik het moest categoriseren als Peters snot. Ik
gruwde zoals ik maar gruwen kon. Maar hield me aan de
ongeschreven regel andermans kookkunsten niet af te branden.
Een vijfje, moeder, mager, mager vijfje. Steevast kraakte mijn
vader m'n moeders avondeten af. Boven de zes plus kwam ze
nooit. Terwijl hij zelf geen poot in huis uitstak. Dat heb ik
geloof ik van hem geërfd. Bij een vijf en minder wist ik dat als
hij van tafel was gegaan om voetbal te kijken, ik later om wat
voor spontaan door mijn moeder verzonnen reden dan ook,

een mep kon verwachten – meestal tijdens de afwas. Ik had het al vroeg begrepen, ook al was het niet te pruimen wat je voorgeschoteld kreeg, toch ging je van je: 'Jammie, lekker,' en 'Goh, komt zeker niet uit een zakje, hè?', waarop de ander trots het hoofd schudde – en jij stiekem baalde waarom in godsnaam niet. Joost mag weten waarom ik m'n mond hield die snotavond, ik vond Peter een slungel, en wou niks met hem of van hem. Behalve eten dan; ik had toen al een hekel aan koken. Maar *mainly*: ik wou hem niet voor zijn lelijke hoofd stoten denk ik. Heel dom. Toen ik als tegenprestatie een keer achter de kookplaat had plaatsgenomen – sowieso ongelooflijk dat ik daar was ingestonken, ik was *way out of his league* dus hem überhaupt niks verplicht – toen had die snotkop nota bene het gore lef te zeggen dat mijn maaltijd 'hem tegenviel'.

Ja. Eigen schuld. Wanneer je aan een door zichzelf uitgeroepen god verzwijgt dat hij kilometers van het origineel verwijderd is – niet eens in de buurt komt van, zeg maar, diens téénnagel – wordt de nepperd een hoogmoedige duivel.

Nagel... Mijn oude omaatje kookte daar vroeger toch mee? Kruidnagel! Dat ik dat nog weet... In mijn kleine piskeukentje keek ik voor me uit. Er kwam een lachstuipje op. In de straat van mijn oma had ik een vriendje, die schoot met zijn duim en wijsvinger snotpulkjes op me af. Zo vies. Fling! Fleng! Hij had de grootste lol. Vooral als ik heel hard en meisjesachtig begon te gillen en het op een rennen zette. Hij achter me aan, fling, fleng! O, wacht even, hoe ging dat melige mopje ook alweer waar Jos vroeger altijd zo om lachen moest? O ja. 'Wat is het toppunt van gladheid?' ... 'Een paling in een emmer snot!'

Ik kan er niks aan doen maar moet grinniken. – Het niveau stijgt met de minuut. *Nou en.* Precies. En als ik toch zo melig bezig ben, kan ik dan zelf ook niet een snotmop verzinnen? Even denken. Ja... Ja, ik weet er een: 'Het tovert en is verkouden?' ... 'Harry Snotter!' O, ik weet er nog eentje: 'Een verkouden condoom?' ... 'Een ka-snotje!' En dan die flauwe oldtimer waarbij Josje het vroeger ook niet meer hield, ze kon er zo om lachen dat ze zich slap als een dweil ter aarde stortte: 'Het ziet groen en doet zeer?' ... 'Een krop slaag.' Als je dan nog even

doorging bestierf ze het helemaal. 'Het ziet groen en is moe?' ...
'Een krop slaap.' Heerlijk, het wurm lag compleet in de kreu-
kels. Opdweilen kon je haar. 'Het ziet groen en het zingt?' ...
'Een sla-la-laatje!' Dat doet me aan iets denken, ik kijk naar
beneden. Mijn eten is tot niets verworden. Kipkerrie is
Kipderrie. Een snottige smurrie. Dat wordt weer pizza.

XVI.

Als je de hele dag in bed ligt, heb je niet veel nodig.
Ik zou zeggen: de ultieme bezuinigingstip. Tenzij je bed
natuurlijk in een super-de-luxe hotel in Zuid-Afrika
staat.

MOEDER/ ofwel Inez' moeder heeft een ideetje

'Ik heb er eens over nagedacht,' zei mijn moeder met haar best beschikbare pruimenmondje, 'het lijkt mij het beste als Jos een poosje bij mij komt wonen. Dan heb jij minder geld nodig, en kunt meteen je leven een beetje op orde brengen,' ze keek misprijzend om zich heen, 'en die puinhoop hier.'

Daar was het. Af en toe er eten kon nog net, het was op de grens en reeds gevaarlijk, maar vol over de grens was lenen. *Never* nooit lenen van je familie, en nooit zakendoen met je familie. Op een dag kwamen ze rente innen, en bleek dat ze een ander kasboek bijhielden dan jij.

'Mam, ik zal het heel aardig tegen je zeggen. Jos gaat geen kant op, die blijft hier.'

'Het lijkt mij anders een heel goed idee.'

'Mij niet.'

'Ik zou er toch eens over nadenken.'

'Ik hoef nergens over na te denken, ze blijft hier.'

Dat ging zo een zwaar irritant poosje heen en weer, en na dat poosje gaat ze weg, mijn moeder waarbij 'pruimenmondje' nu een compliment was, dat samengetrokken verloren bekkie was evenredig haar verlies rap gekrompen tot een krap rozijnenrondje.

Ze draait nog even om. Een smal rechtlijnig streepje.

'En volgens mij heb je muizen.'

'Eentje maar. Harry.'

Op zijn naam ging ze niet in. Het laatste woord stal ze wel.

'Als je er eentje ziet, heb je er honderd.'

Dag mam.

GEJANK/ ofwel Inez flipt

Al mijn zakken leeggehaald, zelfs, tegen beter weten in, mijn jas die in het gemeenschappelijk trappenhuis aan een lullige spijker bleek te hangen. Die gaf inderdaad nog nul op het rekest ook.

Begin nu echt een beetje in paniek te raken. Voel mijn hoofd warm opzwellen en keer gestresst om. Kloenk! – Met mijn kop voor de zoveelste keer frontaal tegen die laaghangende rotlamp. 'Au! Au, au, au, au!'

Zeer-zeer-zeer-zeer-zeer-zeer-zeer. Niet meer te houden. 'Mérdedemérdedemérdedefúck!'

Die rothond van Nabib valt me bij alsof hij voor weerwolf aan het studeren is. Gezellig geval. Fijn hier. Heel fijn. Als het allemaal zo moet haal ik dat rotlampje er wel uit. Dat kreng kost met dat constante branden nog geld ook. Al friemelend en frutsend besef ik dat ik een karige krenterige kakker aan het worden ben. Of van kakker naar karige krent gedevolueerd ben. In ieder geval, deze week dus weer nada geld om boodschappen van te doen. Ik geloof niet dat dat ooit zal wennen. Misschien kan ik vragen of allejezus, met dat gejank van die rothond kan een mens toch nooit rustig nadenken. Hier word ik helemaal niet blij van. Dit is zware crisis. Ik heb al genoeg aan m'n hoofd. Namelijk mijn gedachten. Misschien kan ik dus vragen of god houdt dat beest er nou nooit mee op. Misschien kan ik... Nou ja zeg, als dit zo doorgaat bel ik de politie, dan zoekt hij het maar uit. Ik kan dus vragen... Volgens mij staat die man dat arme dier gewoon te mishandelen! Dit is niet normaal. Ik word er helemaal nerveus van. Dat die gast niet even beschaafd opendoet als je er netjes om vraagt is toch ook absurd. Aankloppen, liever niet meer als het niet hoeft. 'Asje nog één keer met je vinger aan me deur zit, hak ik 'm eraf,' had-ie me vorige keer bedreigd.

Nee hè. Sta ik nog te friemelen aan dat rotpeertje, komt het besje van een buurvrouwtje, ik schat een jaar of zeventig zo ineengeschrompeld als een oud appeltje is ze – zo, in één keer een hele fruitschaal bij elkaar getoverd – de trap af strompelen en observeert mijn bezigheden. *Strompel alsjeblieft door, de gang uit en weg, ja?* Maar niks.

'Pas maar op, buurvrouw. U breekt uw nek zo nog,' zegt ze. Zegt zij tegen mij!

'Ach mevrouw, ik moet toch ergens aan dood,' bagatelliseer ik haar buurbemoeienissen.

'Pas maar op met wat u zegt. De dood is ineens dichterbij dan je denkt. Opeens staat-ie achter je, en je hebt maar gewoon mee te komen. Hij is er ook al met mijn zus vandoor.'

Ik hoor haar niet. Alleen het blaffende beest vindt de weg naar mijn oren, ik word er tureluurs van.

'Snerthond.'

'Ach, windt u zich nou maar niet op. Dat beesie zal z'n dag niet hebben.'

Ze loopt door, haar hoofd schuddend, over het geblaf, wat anders, niet over mij toch zeker.

Ik word er gek van, gestoord, dat blaffen gaat door merg en been. Ik weet zeker dat hij er is, de buurman, hij is niet de deur uit geweest anders had ik het gehoord. Ik wil best meewerken hoor, ik wil ook best even weggaan om dit lawaai te ontwijken, aan mij ligt het niet, maar ik kan nergens heen en al helemaal niet funshoppen. Nou ja zeg! Als dit zo doorgaat ga ik mooi wel winkelen, en stuur de rekening naar die zot, kijken of hij dat beest dan nog zo tekeer laat gaan. Ik sta zo langzamerhand gewoon te flippen. Is die halvegare nou helemaal van de pot gerukt. En ik heb niks om tegen de muur te beuken. Stampen helpt niet, dat is duidelijk: ík ben inmiddels buiten adem maar dat kreng blaft lekker door. Wel godgloeiende nou is het afgelopen. Ik hou het niet meer, storm naar de deur en sla erop. Niks. In die zin dat de hond nu het ultieme bereik van zijn stembanden laat horen. Maar dat kan ik ook.

'Hé! Ná-bíb! Kán hét wát zách-tér!'

'Ik héét Ná-gíb!'

... Vooruit.

'Ná-gíb, kán hét wát zách-tér?!'

'NÉÉ!'

EXTENSIONS/ ofwel Inez heeft een ideetje

Mijn haar kan ook echt niet meer. De honderd oude extensions beginnen zo in de war te raken, als ik mijn magere deklaagje optil lijk ik daaronder wel een rasta. Al die dreadlocks!
Eruit laten halen kost één euro per stuk, dus dat is negenennegentig euro, eentje had eerder al uit zichzelf losgelaten. En dan nog wassen en knippen, ik was zo tweehonderd kwijt. Dat ging niet natuurlijk. Bovendien durfde ik me er niet meer te vertonen, bij *Hairdresser* Harry. Want hoe ik het ook zou brengen, ik was een loser, en ook nog eentje zonder roddels. En dat zijn de ergsten, dat weet iedereen.

Debbie wist goedkopere raad: de schaar. Niet veel eerder zou ik gezegd hebben: 'Ben je helemaal gek geworden, geen haar op m'n hoofd die daaraan denkt.' Nu moest het maar gebeuren, ik sloot me uit noodzaak aan bij al die vrouwen die haast ritueel hun kapsel veranderden als hun relatie over was, of ze zeggen wilden: zonder hem, zonder haar.

Debbie wist het op de een of andere manier nog aardig te fatsoeneren – naast mooi was ze blijkbaar ook nog handig. Maar dat het een stuk korter en dunner was viel niet te ontkennen. Ik moest er erg aan wennen. Nu begreep ik het pas. Zoiets als ik nu voelde, dat moesten kaal wordende mannen voelen. Há! Als het geen mannen waren geweest, had ik me bijna één met hen gevoeld.

Op de grond mijn weelderige verleden. Zonde, al die dure plukken, afgeknipt bij de *sealings*. Ineens, uit het niks, popte een ideetje op. Eureka! Net als bij Suske en Wiske, zo'n gedachteballon met lampje: als ik mijn haarsliertjes nou 'ns niet weggooi maar verkoop aan dat winkeltje met die buitenlanders, waar ze aan de volgehangen etalage te zien haarstukjes maakten? Zij voordeel, ik voordeel. Ploep, het beeld was weg. Mm. Ik moest dan wel eerst de boel netjes oprapen, alles uit elkaar halen...
'Jos, help 'ns opruimen.'

'Ja, dag, het is jouw haar.' Ze giechelt. 'Dat is het trouwens niet eens. 't Is van een of andere gevangene geweest.' Ze keek me alweer nors aan en vervolgt grondig: 'Uit een enge gore gevangenis in Polen, waar ze het afknippen omdat ze daar geen lang haar mogen hebben. Vanwege vlooien. Die gasten krijgen er dan veertig cent voor of zo, en daar zit jij mee op je kop.'

'Nou, nu dus niet meer.'

'Nee, nu niet meer.'

Triomfantelijk stapt ze weg. Soms is ze net mijn moeder.

NO NO NO/ ofwel lukt Inez' ideetje?

In het donkere winkeltje spraken ze amper Nederlands. In vervallen Engels werd me duidelijk gemaakt: aan de deur wordt niet gekocht. (Dat gebruik namen ze dan weer wel over.) Nee, mijn haar, of dat van die Poolse gevangene, wilden ze natuurlijk weer eens niet, ik had het kunnen weten, het zal mij een beetje meezitten. Heel fijn dat ze hier hun haarstukjes kant-en-klaar vanuit het buitenland inkochten. Zelf maken? Mijn vraag leverde groot opgezette klotsogen en haast geschokt schuddende koppen op. 'No, no, no.' Niks zelf maken dus, althans niet hier in Nederland, dat bleek niet te betalen. Stond ik met mijn uitgekotste haarbal.

Net zo slim als dat donkere vrouwtje achter de toonbank had ik moeten zijn, toen met die griezel van een Kees Hengstman, die vuile blauwoog: 'No, no, no,' met grote ogen en heftig schudden; dan stond ik nu niet hier. Ik was nog steeds labiel merkte ik, de tranen prikten achter mijn samengeknepen ogen. Ik wou weglopen. Maar... Wat?... Nee. Dat kon niet. Het geluk wisselde onverwachts van plaats, koos voor mij. Ik kon het niet geloven. Een andere klant in de winkel had mijn bij aanvang enthousiaste verhaal over de nog te gebruiken kwaliteitssliertjes in mijn tas gehoord. Zij, de magere ineengeslagen lat, nog nooit zo'n rug gezien, wel een snoezig gezicht boven dat wit kanten kraagje, net een pop met die grote ogen en blosjes op de wangen, raar, dat zou je niet verwachten dat hoofdje bij dat lijf, het porseleinen poppenkopje vertelde dat zij juist op zoek was naar lósse plukken haar, voor haar hobby. Anders moest zij juist weer geld neerleggen voor werk dat wel gedaan was, maar ze niet nodig had. Deze vrouw maakte namelijk wel zelf haarstukjes. Voor poppen. Ieder z'n meug.

Van de opbrengst kocht ik mascara. Want wat meisje Pokkenmazelenkankerhoer 2 me kado gedaan had, was weliswaar waterproof zoals ze had gezegd, maar ook op. Een gulle gever, meisje 2.

STRO/ ofwel Inez twijfelt edoch beslist

Het ene haar eraf, het andere zwart verdikt en verlengd. Snel achter een autospiegeltje bijgewerkt. Eindelijk bevrijd van mijn slaapogen. Zou ik de wereld helderder zien? Of, vraag ik me ineens af, is het beter dat überhaupt niet te doen of te willen? Wat ik een keer aan levenslessen op filosofieschool De Roos van één of andere zweefteef had gehoord, had ik destijds resoluut als absolute onzin afgedaan. Ik was zelfs zo geïrriteerd dat ik van de weeromstuit op karate was gegaan. 'Als je iets wilt, of wilt houden, word je uiteindelijk alleen maar teleurgesteld.' Pff. Ik vond juist dat je alles moest willen, des te meer zou je krijgen.

Maar stel nou eens dat het waar was. Het kon waar zijn. En daarmee ook het beeldende equivalent: 'buigen als bamboe, stug hard riet breekt.'

Bovendien: mijn rietje was toch aan alle kanten al gebroken. Zo lag mijn vergeefs vasthouden aan 'geen tweedehandsje voor mij en m'n dochter' weer pakklaar en vers in het geheugen, ik had er toen zelfs nog letterlijk aan gedacht, aan een stomme strohalm, een idiote rietstengel. Waarna het vreselijke Dress For Suck-Sex was gekomen en vervolgens de genadeslag die É. me had toebedeeld.

Wat als die zweefteef nou wel gelijk had? Dat het echt werkte, dat niks verwachten. Wie weet wat er allemaal zonder moeite op mijn pad kwam! Vanaf nu ging ik het anders aanpakken. Niks meer verwachten.

Weg met riet.

Bamboe. Dat was wat ik werd.

Lekker soepel bamboe.

XVII. Say what?

Kom ik thuis.
'Pas op waar je loopt.'
'Huh?'
Mijn vloer in de woonkamer zag zwart. Ik had een zwarte vloer.
'Hoe komt die vloer zwart.'
'Pas op,' zei Jos. 'Hij is nog nat.'
Hij was nog nat, mijn vloer.
Ze had de vloer geverfd.
Zwart.
Eén groot zwart gat.
Lelijk als de nacht.
Dat had ik niet verwacht. Dat had ik zeker niet verwacht.
Bamboe. Bam-boe.

SMS

Jos sms't voor de allerlaatste keer naar haar vader.
Pap de Flappentap, mag ik thuiskomen als je terug bent? Als je
mij nu niet terugbelt hoef t voor mij echt niet meer.

Oskar, toevallig inderdaad juist terug van de rij vakanties, las
het berichtje.
Pap de Flappentap. Dat deed het 'm. Hier kon hij niet tegen op.
Ze moesten eraan geloven. Dit keer zou Jos, al moest ze er nog
even op wachten, wel iets van haar vader horen.

VERWACHTEN/ ofwel Inez blijft bij haar besluit

Op de zwarte vloer kon je schrijven. Met krijt. Het bleek school-bordverf namelijk. Geen idee hoe Jos eraan gekomen was. Niet mee bezig. Languit probeerde ik bamboe te tekenen, maar dat mislukte. Ik had dan ook geen groen krijt. En de harde vloer lag rot. Als vanzelf tekende ik tranen, van die dikke druppels, in een lange strook langs de kant van de wand. Mijn moeder zou het 'melodramatische rommel' noemen, maar mijn moeder was gek, dat wist iedereen. Die inderdaad verschrikkelijk zwarte vloer van Jos kon je ook anders zien: ze deed iets in huis, wat was onduidelijk, smakeloos ook, maar een heel goed teken. Want ze deed iets. Waarom deze zwarte verf terwijl ze blikken 'kleur kus' genoeg had, Joost mag het weten. Ze zal er wel een reden voor hebben. Dat ik die niet vat, zegt meer over mij dan over haar. He-le-maal niet erg, die zwarte vloer. Alles komt goed. Je moet het gewoon even de tijd geven, dat niks meer verwachten. Bamboe, ik zegen oe.

HET 'VOORGESPREK' TUSSEN OSKAR EN JUDITH

Judith vatte het gesprek tussen haar en Oskar kort en bondig samen.

'Ze mag dus niet weten dat ik hier woon.'

'Nog niet. Ze moet eerst maar even aan je wennen.'

'En ik aan haar.'

Oskar zweeg. Judith knikte snel van oké.

'Maar als ze komt logeren,' vervolgde ze, 'kan ze natuurlijk niet meer in haar eigen kamertje.'

Oskar knikte. Zo ver was hij ook al.

'Dat moeten we dan voorlopig maar even op slot doen,' meende Judith.

'Voor ze ineens naar boven stormt,' was Oskar het met haar eens.

'Of je moet het haar vertellen,' probeerde Judith nog.

Stilte.

'We kijken wel.'

Judith zweeg. Want ze hield van het woord 'we'.

UIT/ ofwel Inez hoort eindelijk van Oskar

Eindelijk dan toch iets gehoord van die eikel. Zijn vakantie geweldig, zijn verkering niet uit, 'komt nog wel' hoorde ik mezelf hatelijk zeggen, nee, hij wilde niet helpen met geld, ik moest maar gaan werken, dat deed hij ook, en Judith ook. 'Die heeft ook geen kind,' zei ik. Daar had hij mooi even niet van terug. Dat ik te oud was en niemand mij nog wilde, vond ik zo'n vernedering dat ik daar niet over repte. Hij zou alleen nog maar meer menen dat ik hem en zijn tijd niet waard was. Hij belde niet om ruzie te maken. Hij belde niet voor mij. Hij belde voor zijn dochter. Alarm. Sinds wanneer was het zíjn dochter? Eerst een eeuw niks laten horen en dan is het ineens zíjn dochter? 'Zijn' dochter mocht komen logeren.
Een verse kerf in mijn nog niet herstelde vel.
Dat had ik niet verwacht. Zeker niet verwacht.
Het werkte niet voor mij, dat 'niks verwachten'.
Bamboe was een kloteplant.
Ik boog als bamboe naar m'n bed, en lag daar als riet gebroken.

M'N RUG OP/ ofwel Jos gaat uit logeren

Rottige flitsscheiding. Helaas had ik het uitleveringsverdrag
zelf ondertekend, anders zou ik haar nooit meer naar hem toe
laten gaan, mijn dochter, hoopvol, nerveus, onzeker met haar
spullen al op haar rug.

We wisten niet hoe met haar eerste logeerpartij om te gaan.
Ik probeerde het luchtig, met gulle lach zelfs, die zakte echter
schuin weg op mijn gezicht. Jos doorzag mijn leugen al voordat
ik eraan begonnen was, ze wist zich geen houding te geven, woedend omdat ik niet in staat bleek haar erbij te helpen, nukkiger
dan ooit.

Ik kan het niet uitspreken: het spijt me, het spijt me zo. Ik
weet dat je moet gaan, je mag je vader niet verliezen, maar
ik ben zo bang. Zo bang dat je het daar leuker hebt dan hier.
Dat zij leuker is dan ik. Hetgeen op dit moment niet moeilijk
is, mijn vrolijkheid is niet van dagelijkse kwantiteit en ook de
kwaliteit laat vaak te wensen over: fake of te snel voorbij.
Ik ben een slechte moeder. Een slechte echtgenote. Een slecht
mens.

XVIII. BABBELEN

Ik kan er met niemand over praten. Mijn moeder zou
mijn slechtheid meteen beamen, dat helpt niet. Mijn
vriendinnen zouden het tegenspreken, maar mijn
vriendinnen ben ik kwijt.
En trouwens, al hád ik hen nog gehad. Je kunt hen
toch maar een bepaalde tijd lastigvallen met je sores.
Dan bereikte je een onzichtbare grens, een soort glazen
plafond, maar dan een muúr. Elkaar niet te lang met
ongein vervelen, dat was het devies. Maar er was meer
waarom je moest zwijgen.
Legde je te veel nadruk op je verdriet werd je een
gevaar. Dan moesten zij ineens gaan nadenken over
hun leven. En dat, nee, o nee help, dat nooit!!!
Bovendien, last but not least, zonder man ben je een
vliegende kiep. Uiterst brandbaar materiaal, als je
'wieder zu haben' was. Want voor hetzelfde geld had je
hún vent in je grijpgrage klauwen. Ik had die reacties
op het schoolplein vol moeders ook al herkend.
Dus én niet zeiken, én je moest zo snel mogelijk aan de
man, dan was je weer veilig en vriendschap waard.

Pogingen mij te koppelen hadden Renske en Miriam
echter nog niet ondernomen. Maar ja, dat was ook niet
echt nodig. Je kon namelijk ook gewoon verhuizen,
dan hield immers alles op. Mijn snertervaring bleek het
probaatste middel tegen vele kwalen te zijn, ze waren
niet alleen van je sores af, maar ook van jou met je
mannentengels.

Misschien is het toch eigenlijk wel het beste, een nieuwe
relatie starten, met wie dan ook. Jezelf de vergetelheid
in neuken.
Goed. De oppeppende kracht van deze gedachte duurde
helaas niet lang, ik moet er niet aan denken, een
ander. Stel je voor dat ik weer verliefd word. Laat mij

nooit meer verliefd zijn, alsjeblieft, ik wil nooit meer languit gaan.

Ik zie ernaar uit dat Jos morgen thuiskomt. Dan ga ik zeggen dat het me spijt dat ik me geen houding heb weten te geven, en dat ik hoop dat ze het leuk heeft gehad.

Wens dat ik in slaap val straks.

VERBIJSTERD

Jos kijkt verbijsterd van haar vader naar Judith, die onwijs groot is, een heel stuk groter dan haar moeder. Met rood haar. En ze heeft een supergave huid, dodelijk gewoon, niet van die lelijke rotpuistjes, zoals Jos steeds meer krijgt. Het maakt haar nog bozer dan ze al is.
'Ja, dag. Ik ga niet in mama's oude kleedkamer slapen. Dan gaak wel terug naar mama.'
'Ga nou gewoon even kijken, misschien vind je je nieuwe kamertje wel heel erg leuk.'
'Nee, vinnik niet leuk. En wat is er dan met mijn kamer?'
'Hobbykamer'/'Verrassing,' zeiden ze tegelijkertijd.
Jos keek hen aan, weer van de een naar de ander. Er was iets raars. Iets wat ze niet wilden zeggen.
'Ik wil geen verrassing, en ik wil geen hobbykamer. Ik wil mijn kamer.'
Ze stonden daar met z'n tweeën stom als een onbreekbare muur. Wat deed dat mens hier eigenlijk? Biatch! Het was toch zeker haar huis niet. Ineens liep Jos weg en smeet de deur achter zich dicht. Ze kon niet eens lekker met deuren knallen meer, haar vader had er een 'drammer' op gezet.
Jos schrijft op een oude Suske & Wiske in de plee:

Mijn vader de drammer
Zet n deurdrammer
Zodat ik niet met de deur kan rammen
Dat is jammer
Vette forget it
Ik ga toch met de deur rammen

En dan krast Jos met de zwarte stift op de muur:

thuis niet thuis ik wil dat wijf weg dat stomme wijf achterlijk wijde trui Mama moet hier zijn

WE

Judith las de tekst op de wc-muur. Ze trok bleek weg. Nadat ze
had doorgetrokken, haalde ze Oskar erbij en liet het hem lezen.
Oskar vond Judith lelijk zo, met dat weggetrokken strakke
gezicht. Nee, dat viel hem niet mee. Maar hij moest Judith
gelijk geven. Jos was geen klein kind meer, dus schrijven op
muren was uit den boze. Hij ging erop af, maar ineens hield
Judith hem tegen.
'Laat maar,' zei ze.
Want Judith hield van het woordje 'we', of het nou gezegd
werd, of ernaar gehandeld.

Zo gebeurde het dat Jos 100% verwachtte op haar lazer te
krijgen, maar het niet kreeg.

OVERHORING/ ofwel hoe Inez Jos uithoort

Een klomp in mijn maag.
'Is ze mooi?'
Al vaker gevraagd, maar nog niet beantwoord. Ook nu weer niet. Ik schuif de wit maagdelijke dopjes van Jos' nieuwe liefroze iPod, *die ze van Oskar en Judith gekregen heeft*, uit haar oren.
'Jezus mens, blijf van me af.'
Ik moet het niet doen natuurlijk, maar kan het niet laten. Ik moet het weten.
'Nou, is ze mooi?'
Nog niks. Wegkijken.
Ik schenk chocolademelk in, die sinds De Grote Armoede eigenlijk alleen voor de zaterdagavonden bedoeld is. Maar dit is een speciale gelegenheid. En ik kan het niet laten.
'Toe, doe nou 'ns gezellig. Vertel eens. Hoe zag ze eruit?'
'Mám!'
'Wat maakt het nou uit? Doe niet zo moeilijk.'
'Ik doe niet moeilijk, jij doet moeilijk. Wat wil je nou horen? Dat ze mooi is?'
'Ik wil de waarheid horen.'
'Ze is mooi.'
Mijn maag krimpt ineen.
'Hoe mooi?'
'Ma-ham!'
'Hoe mooi?'
'Mooi genoeg om bij jou voor weg te gaan, nou goed?!' Jos springt op. 'Ik haat je.'
En weg is ze.
Ik haat mezelf ook.

BETER/ ofwel volgens Debbie moet Inez herijken

'Daar moet je zo'n kind ook niet mee opzadelen.'
'Ze hebben d'r volgepropt met nieuwe spullen! Moet je zien waar ze mee thuis is gekomen. Hier, een iPod, een...'
'Dat is een andere discussie. Die je niet met haar moet voeren, maar met haar vader.'
Ik frummelde aan het kleurige, gladde apparaatje.
'Denk jij dat ze mooi is? Ze is vijfentwintig.'
Debbie keek me aan of ze zeggen wou: laat zitten. Ze had gelijk natuurlijk, Debbie zag het helder, als wel vaker. Maar zij zat er ook niet middenin. Of had ze gewoon meer ervaring dan ik, hoewel ze jonger was? Toch eens vragen. – Niet nu blijkbaar: ze ratelde door, haar gegloste mond op non-stop.
'Wat maakt het uit. Zal dat wijf eruitzien als Venus zelf. Gebeurd is gebeurd, je man heeft gekozen, doe je niks meer aan.'
Dat was me iets te helder allemaal. Ze zag het aan mijn blik.
'Nee, niet gaan zeewieren.'
'Nou ja zeg.'
'Niks nou ja zeg. Denk jij dat je de enige bent die het moeilijk heeft? Dat al het drama alleen maar in jouw leven voorkomt?'
Ik kijk naar Debbie of ze ze wel allemaal op een rijtje heeft.
'Nee, natuurlijk ben ik niet de enige met drama in z'n leven. Maar het is wel mijn leven, mijn drama, en in mijn leven is mijn drama het belangrijkst.'
Ineens staat Debbie te janken. Crisisklotekutje, wat is dit nou weer? Debbie schaamde zich om het te moeten zeggen, maar mijn kaarten lagen ook open en bloot dus moest ze wel. Ze stamelde gegeneerd, of er een kurk in haar mond zat die door haar lippen omklemd moest worden, maar de woorden wurmden zich desondanks aan de zijkanten naar buiten, tot de stop alsnog losschoot door de druk van de achterliggende steeds maar groeiende, opstuwende berg aan werkwoorden, zelfstandige naamwoorden, bijvoeglijke naamwoorden, bijwoorden, persoonlijke voornaamwoorden, lidwoorden, die in de eerste golf over elkaar heen tuimelden maar er vervolgens in een

opluchtende stroom perfect en bruisend uitknalden. Debbie wordt door veel vrouwen als een dreiging gezien, ze wordt te mooi gevonden. Dat was waar. Ik had haar ook zo gezien. En ik zag ook helemaal voor me wat ze vertelde. Autocrossen met de zaak. Debbie kijkt vol verbazing naar haar collega's die, zo lijkt het onderling al eerder door de andere dames bekokstoofd, allemaal bij elkaar instappen, mannen, vrouwen, ginnegappend en vrolijk. Leuk, inderdaad, zo'n dagje teambuilden. Vooral in je eentje. Debbie had er geen zin meer in. Even later trok de begeleider naast haar zelfs bleek weg, nou ja, dat was misschien wat overdreven, ontkrachtte Debbie haar eigen verhaal, maar ze scheurde wel ontiegelijk onbehouwen de bochten om. Want laaiend was ze. Witheet. De piepende, schurende banden waren het bewijs. Toen ze uitstapte, stond ze er zelf van te shaken. Tegen haar bedoeling in had ze het bij de mannen nu helemaal gemaakt: ze was aandoenlijk én had lef. En lef voor een vrouw, dat was wat bij mannen (zolang die zelf natuurlijk harder door de bochten hadden gescheurd, en laat dat nou net het geval zijn). De vrouwelijke collega's keken de onverwachtse aandachts-explosie met lede ogen aan en zagen Debbie nu helemaal niet meer zitten of staan. Debbie besefte: haar toekomst lag niet bij dit bedrijf. Maar waar dan? Ze wou dat ze zelf de baas was, dan zou ze het glazen plafond er hoogstpersoonlijk uit krikken. Ze keek me aan en mopperde: 'Moet ik mijn tieten er dan af laten slopen.'

Dat leek mij geen goed idee.

'Nee, precies, mij ook niet. Weet je wat het is? Ze verdienen me daar niet. En wees blij dat jij van Oskar af bent. Zo'n lul die vreemdgaat. Die verdient jou ook niet.'

Hij – verdient – me – niet?

Die was nieuw. Zo had ik het nog niet bekeken.

'Kappen met dat afhankelijke gedrag.'

Debbie had blijkbaar besloten eens goed de waarheid te zeggen. Of misschien had ze dit al vaker gezegd, maar hoorde ik het nu pas voor het eerst. Of haar woordkeuze, of mijn schuldgevoel over m'n onmogelijke gedrag naar Jos, het tigtal 'overhoringen' na de logeerpartij bij 'Pap de Flappentap en Trut de Flupperkut' (dat laatste was weliswaar nog steeds heel grappig maar had ik natuurlijk nooit mogen zeggen), of het geld dat ik weer van mijn vriendin met de glanzende lippen kon lenen, of haar eigen verhaal, wat het ook was dat dit veroorzaakte, ze sprak mijn taal, of ik begreep die van haar.

Kappen met dat afhankelijke gedrag. Hij verdient mij niet. Zo is dat.

XIX. UREN

Ingeklemd tussen gisteren en morgen,
tussen herinnering en vage hoop,
'vandaag' had ik vaker afgewezen dan eens,
voor mij geen blote voeten op onherbergzaam terrein.

Ik had gewacht op iemand die me net als vroeger zei
wat ik moest doen.
'Jij daar zitten, en jij daar. Zitten en mond houden.' Of:
'Hier komen en staan blijven. Stáán blijven. Tot ik zeg
dat je klaar bent', toen ze waren gekomen wilde ik niet
luisteren en haatte ik het even intens als vroeger.

Ik besef zoiets als: alle goeie of slechte adviezen ten spijt,
of je nu wel of niet luistert, je moet er uiteindelijk toch
zelf doorheen. Rotcliché.
Beangstigend. Ook omdat je niet weet wanneer het nu
eindelijk afgelopen is. Wanneer je er doorheen bent, of
wanneer er nog meer ellende komt.

Ik heb in dromen geleefd en in nachtmerries, nu is het
tijd voor vandaag.

KROEGPRAAT/ ofwel Inez en Debbie een avondje weg

Debbie en ik aan de wijn, huiswijn, niet te pruimen, wat een bocht, dat zoiets überhaupt bestaat. Nou ja, weer eens iets anders dan Sancerre. Debbie had me in haar autootje meegenomen naar een tentje ver buiten Amsterdam, om alles even helemaal achter ons te laten. Het ging om genieten. Ik moest weer leren genieten. Dat was moeilijk met die zure huiswijn. Debbie staarde in de verte.

'Hoe lang moeten mannen hun ex-vrouwen eigenlijk onderhouden?'

'Volgens mij hun hele leven.'

'Dat is toch niet eerlijk.'

Ik dacht dat ze mijn vriendin was? Ik stootte haar dan ook onmiddellijk fel corrigerend met mijn elleboog aan.

'Ja, natuurlijk wel. Wat is dat nou voor idiote opmerking? Daar zijn ze toch voor.'

'Dat kun je niet menen.'

'Jawel hoor. Hadden ze er maar niet aan moeten beginnen. En hadden ze maar geen man moeten worden.'

'Als ik er eentje was, hè, een man, zou ik nooit trouwen. Voor hetzelfde geld lig je je hele leven krom omdat het tussen jou en je vrouw niet werkt.'

'Dat is het risico van het leven. Dan moet je niet willen leven.'

'Nee, misschien niet.'

'Zeg doe es niet zo depressief. Dat red ik in mijn eentje ook wel.'

Debbie nam een slok wijn, ze had niet in de gaten dat hij niet te pruimen was, wist waarschijnlijk niet beter. Een hoop mensen waren toch maar erg slecht af in hun leven. Echt jammer dat ik nu ook tot die groep hoorde. Ik nam een flinke slok en maakte mezelf wijs dat ik het niet proefde.

'O ja!' gilde Debbie in mijn oor. 'Ik moet je nog wat vertellen,' zei ze, 'die vrouw die jij van vroeger kende, die van Dress for Success...'

'Alsjeblieft, laten we het gezellig houden. Ik ben al in geen jaren meer uit geweest.'

'É. was het toch?'

'Hè, toe nou...'

'Oké, dan niet.'

Ze keek weg, vrolijk afwachtend. Ja, nu wou ik het weten
natuurlijk.

'Wat?'

'Wát wat?' glimlacht Debbie schijnheilig.

'Wat... Débbie?'

Debbie grinnikt terug, ook plagend.

'O, wou je het toch weten?'

'Nee! Als je zo doet niet meer.'

'Wedden van wel? Die É. van jou, die is ontslagen.'

'Wat?!'

Debbie lacht breeduit: 'Ze was niet alleen tig keer te hooghartig
en klantonvriendelijk, nee-hee-hee-hee-hee, ze jatte de mooiste
merkkleding voor zichzelf.'

'Néé!'

'Já!'

'Hoe weet jij dat nou weer?'

'De krant.'

Ik moest heel hard lachen. En het werd nog leuker: ik dacht
terug aan het autoritje met Miriam en Renske voor ons GGD'tje,
toen we Dress for Success niet vinden konden. Miriam die ontzet bedacht dat de verre locatie juist opzet was van de bedrijfs-
leidster. Dat die de boel besodemieterde. 'Dat wijf hóópt
natuurlijk dat die arme stakkers helemaal niet komen', zoiets
had ik daarna gezegd, 'kan ze mooi zelf een beetje onze dure
merkkleding opstrijken.' Wat een giller dat dit min of meer was
uitgekomen! En dat de bedriegster nota bene É. was, en nog
betrapt op de koop toe! Há! *What comes around goes around.*
O, wat heerlijk. Wat geweldig leuk. En dat ze haar baan kwijt
was! É. was haar baan kwijt. Ladidi, ladida! Te leuk. Wat was
het leven mooi, onverwachts mooi.

'Bamboe,' lachte ik.

'Bamboe?' vroeg Debbie.

Ik knikte, en moest nog harder lachen om Debbie die aan haar blik te zien ervan uitging dat ik nu al bezopen was. Ik had amper gedronken maar kon dat niet zeggen zonder haar vieze wijn af te kraken die ik meermaals onder de bar had gemikt, ik moest nog erger lachen, pieste hikkend en snikkend haast in mijn broek en snelde naar het toilet.

In de wc twee vrouwen. Twee vrouwen die elkaar voordien duidelijk niet kenden, die vergelijken nu, hier, recht voor mijn ogen, met opgetrokken T-shirt voor de spiegel boven de wasbak, hun rijk puilende voorgevel. Vier prammen priemen prangend, ik hou mijn lachen in. De twee eh, dames, blijken tot hun giechelende verbazing niet alleen hetzelfde knalrode T-shirt te dragen. Maar ook exact dezelfde zwart met zilver gekante bh. Die - uit - gaat! Want, zo checken ze nu, en ja hoor, ongelofelijk, bíngo: ze hebben ook nog eens precies dezelfde trotse tietmaat! Op de millimeter af. Ze gieren het uit. En wat dan blijkt is helemaal te idioot voor woorden, ze springen op en neer of ze de jackpot hebben gewonnen: de schokvaste superappels zijn afkomstig van één - en - dezelfde - dokter! Siliconen-DD. Vriendinnen voor het leven. Ik weet niet waar ik beland ben vanavond, het blijft leuk, een gekkenhuis, ik denk dat ik vaker uit moet gaan.

Toen ik net weer op mijn plekkie naast Debbie zat, kreeg ik van haar een elleboogstoot, en een knik richting de deur. Nou ja! Wie daar binnenkwam! Frans Bauer! Even snel een kroketje eten, zeker op doorreis naar huis na een optreden. De twee vrouwen met de enorme voorgevel zagen hem ook en belaagden die arme jongen of hij zilverpapier was en zij eksters op rooftocht. Allebei blijken ze bovendien niet te beroerd om te laten weten dat ze neptieten hebben. Die ene gaat nog verder: 'Mooi hè, Frans?! Wil je erin knijpen?'
'Hoezo,' antwoordt Frans, 'komt er geluid uit dan?'
Hilarisch. Iedereen ligt plat. Geweldige gast, die Frans. Een van de weinige mannen die niet vreemdgaat, zo trouw als een hond aan zijn Mariska. 'Afspraken zijn afspraken, daar hou je je aan. Al gaat het over een pakje kauwgom.'

Geef mij zo'n man. Leuke babbel ook nog.

– Die wijven hadden overigens wel een trouwring om, zag ik. Ineens vroeg ik me af: zouden rijke vrouwen en mannen vaker vreemdgaan dan arme? Omdat bij armere mensen de eerste levensbehoeftes simpelweg geld, werk, eten op tafel et cetera zijn, en het thuisfront, dus je partner, daardoor als vanzelf de basis is waar je je niet druk over moet maken, en dat je daar dus niet mee gaat lopen klooien? Dat je daar niet eens tijd voor hebt? Dat rijken hun eigen problemen opzoeken? Ze hebben geld genoeg, en maken daarom bewust of onbewust op een andere manier hun leven interessant. Doen of 'leven voor de liefde' het belangrijkste is wat er is, en gaan als het moet daarbij van deur tot deur om leuter of poes aan de man te brengen. Ze hebben toch niks anders te doen.

Of klopt dat niet en kan je ook zeggen dat armeren juist voor de afleiding van hun ellendig bestaan de vreugde buiten de deur zoeken? Kijk nou naar Frans, lekker aan z'n kroketje: opgegroeid in een camper, maar door zijn platinakeeltje nu in een gouden kooitje, pleitte z'n trouw aan zijn Mariska nu voor het ene milieu, of juist voor het andere, geen idee meer, crisis, wat lastig. Kan daar niet eens een onderzoek naar gedaan worden, in plaats van wat ik op de wekkerradio gehoord had: 'Hoe snel een vrouwelijke krekel na seks met een mannetje haar pootje afstaat als dat door wetenschappers is klemgezet?' Dat is geen 'pootje afstaan', dat is in paniek je pootje eraf laten rukken omdat je geen kant op kunt. Waarom onderzoeken dat soort mensen geen normale dingen? Zoals in welke hoek de kansen op vreemdgaan van je partner het beste liggen, waar dat het minst gedaan wordt zeg maar? Mooi dat je uit die kluit je vent uitzoekt! Ik nam net een slok wijn, toen Frans zijn kroketje afrekende en op me afkwam. – We hadden elkaar een keer eerder gezien op Schiphol en zaten met zijn en mijn familie toevallig in hetzelfde vliegtuig. Ik had nooit gedacht dat hij dat nog wist. Nog attent ook, die jongen.

'Ze hebben nou iets ontworpen,' zei hij tegen me, en hij nam me heel serieus even apart, 'daar kan je mee door een muur kijken.'

'Wat? Wie heeft dat ontworpen?'
'Defensie.' Hij leek er bijna bang van te worden.
'Jezus. Dat is toch niet meer normaal. En wat is dat dan?'
'Een raam.'
Dr. Phil en Frans Bauer. De goden onder de mannen.
En Oskar. Drie keer onbereikbaar. Drie keer niks.

XX. BESLISSINGEN

Debbie heeft overigens momenteel geen lover omdat ze niet kan klaarkomen en moe is van het faken. Ik kan wel klaarkomen, dat neem ik tenminste nog maar aan, ik heb er totaal geen behoefte meer aan sinds Oskar bij me weg is. Nou ja, even voelde ik iets bij die snert Blauwoog. Ik dank God op mijn blote knieën dat dat niet gebeurd is.

Ook zoiets. Waarom nog steeds dat omslachtige 'sinds Oskar bij me weg is'? Waarom niet gewoon 'sinds de scheiding'. Want dat is wat het is. Een scheiding. Ik ben gescheiden.

Ik ben zichtbaar in statistieken, pas in percentages, behoor tot de beruchte een op de drie gescheidenen. Ik hoor tot een enorme groep maar voel er geen enkele steun aan, het troost me niet. Want het is ook mij niet gelukt. Ook ik heb gefaald. Ik heb altijd gedacht: ik red het, wij redden het. Ons overkomt het niet. Maar het overkwam ook ons.

Waarom is dat toch? Waarom gaan er zoveel mensen uit elkaar? Omdat je het gewoon niet weet. Niet weet wat je doen moet om je geliefde lang genoeg te behagen, op welk gebied dan ook, keer op keer, maand na maand, seizoen na seizoen, jaar na jaar. Omdat je niet weet wat je moet doen als de saaiheid komt aansluipen. Omdat je niet weet hoe dit te ontwijken. Omdat je niet weet wat de ander precies voelt of denkt. Omdat je het te laat in de gaten hebt. Omdat je wel aan de buitenkant kunt freaken maar je toch nooit zo jong blijft als je was toen hij je ontmoette. Omdat je niet weet wat je moet doen als je iets vermoedt van het zinkende schip. Als je het maar wist. Van tevoren wist. Als een wiskundesom met een antwoordenboekje achter de hand. Je hebt gewoon alvast het antwoord nodig, dan reken je daar zo naartoe, naar de juiste oplossing. Maar zonder de van tevoren geboden oplossing kun je geen kant op, snap je er de ballen van en je belandt dan wel raakt verstrikt in een schier eindeloze reeks van getallen en cijfers. Als je nou in levensmoeilijke situaties wist hoe het zou aflopen, kon je ook daar naartoe werken. En als je zeker wist dat de uitkomst goed zou zijn, zou je er met liefde keer op keer weer alle moeite van de wereld voor doen en de beursheid voor lief nemen.

Debbie en ik hadden nog erg gelachen om de afgang van É.: zo mooi in de krant gedocumenteerd, ik hoefde niet eens een telefoonboom op te zetten! Na het snelle vertrek van de amusante Bauer hadden we serieus gepraat. Ik moest mezelf zien te redden. Ook financieel. Debbie wou in de toekomst ook iets anders overigens. Kleine kans dat ze verder kon doorgroeien op haar werk. Zelfs een natural beauty te zijn heeft zijn nadelen: haatdragende vrouwen aan de ene kant, bazen die met je naar bed willen aan de andere kant. En daar peinst ze al helemaal niet over, seks met getrouwde mannen. En op de een of andere manier, zegt ze, zijn ze dat allemaal, getrouwd dus. Ik wou dat zij de secretaresse van Oskar was geweest, dan zat ik nu niet hier.
Terug naar financiële onafhankelijkheid. 'Ik ben te oud, maar kan ook niks,' zei ik. Dat is volgens Debbie dikke onzin.
We maakten een lijstje met wat ik kon, wat zij kon, kregen een plannetje.

Misschien gebeurde er niks, was het één van de laatste kinderlijke dagdromen van een dertiger aan de verkeerde en een dertiger aan de goede kant, maar misschien...

BRIEFJE/ ofwel een mooi initiatief

HULP NODIG? BEL ONS!

Voor alle klusjes, voor jong & oud.
Van boodschappen doen en koken
tot een luisterend oor en tips op
ieder gebied. We zijn gespecialiseerd
in make-upadvies en -aankoop,
kledingadviezen en -aankoop,
interieuradviezen en -aankoop.
Maar vooral: wij nemen de tijd voor
u en voor jou! Prijzen in overleg!

Bel: 06 21 932 132

We hadden het opgehangen bij winkels van Zuid tot West, ook, júíst die waar ik vergeefs gesolliciteerd had, of daar niet eens aan was toegekomen.
Stelletje minkukels.
Ik zou het werk voor hun neus wegkapen. Ik zou zo groot worden dat ze bij mij zouden komen solliciteren. Há, en dan zouden we nog wel eens zien.
Ik grijnsde naar Dirk met zijn beugelbekkie, hij wist niet eens meer wie ik was aan zijn wazige blik te zien, en stak bij het verlaten van de winkel mijn hand op naar het meisje met het ringetje door haar nagel, dat er overigens weer uit was, er zat nu iets glanzends in haar neus. Het kalf keek al weg voor ik weg kon kijken.

Geeft niks.
Mijn tijd kwam.

ZAT/ ofwel wachten duurt (te) lang

Niet. Mijn tijd kwam niet. Jos had gelijk. Ze had weliswaar van mijn dikke krijttranen op de vloer wat vrolijker hartjes gemaakt, maar dat was het wat de sfeer betreft. Die zat ver onder het nulpunt, wij zonder bontjassen, op een grote ijs-schots. Het leven is gewoon niet leuk als je niet kunt kopen wat je wilt. Ik was het ook zat. Spuugzat zelfs. Dat zuinige gedoe. Sacherijnig werd je ervan. Geld maakt niet gelukkig? Nou, mooi wel. In ieder geval maakt geen geld ook niet gelukkig. Ik had nog geen enkele reactie gehad op mijn briefjes in de winkels, dat kon nog wel eeuwen duren, misschien kwam het wel nooit. Daar konden we niet meer op wachten. Ik zou dol-blij geweest zijn als Oskar zijn hand over het hart gestreken had, zo gul als hij vroeger was, zo krachtig hield hij nu onder invloed van dat wijf waarvan Jos ook nog eens dacht dat ze vaak in ons huis was, voet bij stuk: ik moest van mijn daden leren, als ik dat nu niet deed, zou het nooit meer gebeuren. Dan werd ik nooit zelfstandig.
Ja, en wiens schuld was het dat ik dat niet meer was? Toen ik jong was, een jaar of negentien, en op kamers woonde ging alles prima hoor. Studiebeurs, bijbaantje. Door hem was ik verwend geraakt. Door hem maakte ik hoopvolle inschattings-fouten, zoals met Blauwoog.
Door Os was ik het gevoel ook kwijtgeraakt over geld, hoe duur alles eigenlijk was. Je kunt het mij niet kwalijk nemen, als het altijd kan stromen, je in een ruime zee leeft, weet je niet dat stilstaand water dodelijk is. Ineens had Oskar een dam geplaatst, de stroom verdampte onredelijk snel, Oskar voer elders reeds een andere koers en ik probeerde wanhopig nog te peddelen in het restje water dat steeds sneller via de kolkende maalstroom in het afvoerputje verdween.
Gemeen, gemener, gemeenst. Hij was degene die het met mij thuis leuk wou hebben, die vond dat ik moest genieten, hij was goed in geld verdienen, ik in mooi en lekker zijn, we moesten ons specialiseren in onze krachten, dan zouden wij het redden. Dat had hij bedacht.

En nu liet hij me helemaal aan mijn lot over. Een vader die zijn kind strafte, zo voelde het. En vriendinnetje kijkt toe, dat was nog het ergst. Gekleineerd tot op het bot.

MOOIE SIER/ ofwel Inez verkoopt haar sieraden

Met pijn in mijn hart stond ik in de juwelenwinkel om ze te verkopen, mijn sieraden, Oskars sieraden, veel was het niet, 'ik heb het niet op wandelende kerstbomen', zei hij altijd. Daarnaast was ik al het een en ander verloren, dat deed de actuele stand van zaken natuurlijk ook geen goed. Vooral oorbellen, het was ongelooflijk wat ik in de loop der jaren al niet kwijt was geraakt en vinden deed ik die dingen nooit meer. Ik had nog slechts een paar complete stelletjes, verder een ring die niet meer waard was dan emoties, en dan natuurlijk mijn trouwring. Het pronkstuk.

Vijftien jaar geleden had die bijna dertigduizend gulden gekost, een heel bedrag en toen helemaal, maar ik had hem per se willen hebben, ik was er bijna net zo verliefd op als op Oskar.

Dat was het moeilijkst, afstand doen van mijn trouwring. Ik had hem nog om zelfs. Afgedaan wel af en toe om te kijken hoe het stond, zo zonder. Het stond niet. Een witte plek ontsierde mijn linkerringvinger. Nu gleed hij ineens makkelijk over mijn kootje, ik was meer afgevallen dan ik dacht (ik had geen weegschaal meer) of, als het waar is dat alles een ziel heeft, mensen zowel als dingen, was het een teken dat hij van me af wou, zoals Os van me af had gewild.

Verkopen wilde ik alles, in één keer, beetje bij beetje betekende slechts een ernstiger emotionele veldslag, keer op keer zou je dan de pijn voelen; zoals onlangs daadkrachtig de schaar in m'n haar was gezet, en niet voorzichtig maar daardoor des te pijnlijker uitgekamd, zo moest ik hier ook van af.

Resoluut legde ik mijn juwelen op de glimmend glazen spiegeltoonbank, even zag ik alles dubbel, ik herstelde me, weg ermee, hup in één keer, anders zou ik het nooit doen.

Een pijnlijke punt gezet.
Raar. Kaal.
Ik zou nooit meer aan mijn ring kunnen draaien.

Ik keek naar mijn opbollende tieten: vijfduizend euro in brief-jes van vijftig, honderd briefjes van vijftig dus, keurig netjes verdeeld over de dames, ik had er weer een mooi uitzicht op, zo van boven. Maar ze hadden vier keer zo groot kunnen zijn. Ik had slechts ongeveer een kwart gekregen van wat het Oskar eens allemaal gekost had, de smeerlappen.

'Maar, mevrouw, in de juwelenhandel gaat alles twee keer over de kop.'

?

Het betekende dat waar zij het bij de groothandel voor inkopen, standaard twee keer zo duur verkocht wordt. Ik begreep dat mijn 'kapitaal' in één klap was gehalveerd. *Absurd.*

'Ach welnee, dat is de branche. Kleding gaat drie keer over de kop.'

Ik was geschokt. Het heerschap vertelde dat de btw er ook nog eens af moest, dat was 1/5 deel, 20%. Dan blijft er inderdaad niet veel over. En dan moest ik er ook nog rekening mee hou-den dat ik wilde verkopen. Particulieren zien ze als een mazzeltje, 'dus dan moet je dat ook een mazzeltje laten. Anders is voor de juwelier de lol ervan af.'

Ja, als je het zo ziet.

In ieder geval, het kwam omgerekend nog altijd neer op elfdui-zend gulden. Ik vind het helemaal niks, die euro, wat een Mickey Mouse-geld, je krijgt minder én je kan er minder van kopen omdat alles duurder is geworden. Fijn en bedankt.

Ik dacht na. Ik had de les geleerd: waar winnaars zijn, zijn ver-liezers. Andersom moest dat ook zo zijn. Ik vroeg me af wie er van de euroruil beter was geworden.

Jos vond het zielig voor me dat ik de trouwring had moeten verkopen, maar toen ik haar een paar briefjes gaf was dat weer snel vergeten. Ze was blij, ik ook hoor, mijn tieten heerlijk vol, ik kan niet anders zeggen: geld maakt me blij.

Ik wou gezellig met haar de stad in, eindelijk, wat was dat lang geleden. Maar ze ging liever met haar nieuwe schoolvriendin-nen, die ik overigens nog nooit gezien had.

Bijna deed ik het, mijn mond opentrekken, bijna. Maar als ik mijn zin doordreef, was ook zij weer eens teleurgesteld. En daar had ik mijn juwelen niet, juist niet, voor verkocht. Ik kapseisde.

'Doe er maar iets leuks mee.'

Daar ging ze, mijn opgetogen meisje van dertien. Alsof ze gister uit mijn lichaam was gekomen, en ik lullig stond te zwaaien met de navelstreng in plaats van met mijn tasje.

GRAP/ ofwel alles komt in drieën

De grap der grappen. Eeuwen niet rond kunnen komen, de
emotionele stap gezet van niet alleen iets ondernemen maar
ook een afscheid, waardoor nu vierduizend euro in mijn bezit,
én waren daar ineens als bij donderslag twee jobjes: een diner
koken voor een wat oudere heer Freek Istha, en iets voor ene
Judal Bergen, die moest ik terugbellen op een vaag bekend
voorkomend nummer.
Twee jobjes!!! Of was het jobs? Raar woord. 'Job.' Kwam toch
ook uit de bijbel, net als Judith, wat ik in mijn slechte dagen,
gelukkig ging het nu beter, eens opgezocht had. Had het iets te
betekenen? Ik was wel gedoopt, maar had er nooit meer aandacht aan besteed, ging niet naar de kerk of zo. Ik ging ervan
uit dat er wel 'iets' was, maar wat precies, daar was ik nog niet
uit. Waarom die bijbelwoorden of namen me nu iets zeiden, of
mijn speurzin in werking stelden, misschien was het alleen
maar afleiding, of het onderdrukken van angst, een nieuw
begin is eng, wat als het misgaat, wat als ik het niet kan; éven
uitstel nog voor ik zou bellen, in ieder geval ik tikte in, de
meest lamlendige bezigheid kan je bergen aan informatie geven,
ik zocht en vond:

Het boek Job.
Dit bijbelverhaal stamt waarschijnlijk uit 500 - 300 v.C.; de
tijd der aartsvaders. (What the hell is dat?) De naam Job is
Hebreeuws en betekent 'de vervolgde'.

Aldus las ik:
Job, een welvarend man in het land Uz, had tien kinderen en
grote kuddes dieren. God stuurde de duivel op de herdersvorst
af om hem op de proef te stellen: blijft Job even oprecht geloven
als zijn welvaart hem wordt ontnomen?
Job krijgt te horen dat zijn kinderen dood zijn, zijn dieren gestolen, bovendien wordt hij ernstig ziek. Met zijn vrienden voert
hij lange gesprekken. (Net als ik eens met mijn vriendinnen.)
Die menen dat de goeden altijd beloond worden en de slechten

gestraft. Job moet dus wel gezondigd hebben om zo'n straf te moeten ondergaan. Job volhardt echter in zijn geloof, en wordt door God rijkelijk beloond: hij krijgt zijn bezittingen dubbel terug en zijn kinderen blijken nog in leven. Job leeft nog 140 jaar voordat hij sterft, 'oud en der dagen zat'. (Mooi!)

Job wordt meestal aangehaald als antwoord op de vraag hoe om te gaan met lijden: God vervloeken, of blijven vertrouwen in een goede afloop.

Nou, top allemaal. Oud en der dagen zat, zo had ik me zo lang gevoeld.
Voorbij, voorbij!

Vertrouwen blijven hebben in een goede afloop? Ik had het niet gehad, zeker niet. Hoeveel dagen heb ik niet in bed doorgebracht met duizenden vragen die door mijn kop stormden terwijl met ieder vaag, onwezenlijk antwoord het paard van Troje werd binnengehaald, weer ontelbare vragen en angsten opleverend.
Ik had gedaan wat binnen mijn vermogen lag, vertrouwen zat daar niet echt bij. Ik had Job graag eerder willen ontmoeten. En mijn twee jobjes ook. Maar ik had ze nu.
Blij, blij!

Ik nam de telefoon en draaide het nummer.
Verdorie, waar kende ik dat nou van?

PIJN

Jos krees even van pijn. De tranen sprongen in haar door de uit reflex wijd opengesperde ogen, zo onverwachts zeer deed het. Ze greep zijn hand. Ze keek in zijn ogen, en ze hielden elkaars hand vast. Jos voelde zich onwijs cool. Cooler dan ooit.

LINK/ ofwel het wordt Inez meer dan duidelijk

Ik legde neer en stond te trillen op mijn benen.

Daar was dus de link met de bijbel; mijn merkwaardige actie na Judith ook Job op te zoeken. Mijn onderbewuste was me voor geweest. Het was Judith die ik net had gesproken. Oskars Judith. Judith Albergen, zichzelf blijkbaar 'Jud' noemend. Jud, Jud Albergen, ik had Judal Bergen gehoord, de afkorting niet begrepen en de rest verkeerd aan elkaar geplakt.

Ik keek op het briefje. Een nieuwe naald stak fel door me heen: het nummer dat ik ingetoetst had en me zo vaag bekend was voorgekomen was verdomme mijn eigen telefoonnummer van thuis geweest! Ik had het niet in het juiste hokje weten te plaatsen, hoe vaak belde je jezelf nou? En hoe lang was het al niet geleden dat ik dat nummer aan iemand gegeven had?

Ik hoorde haar stem die ik slechts één keer eerder live gehoord had, onmiddellijk wist ik, nog voor haar woorden tot me doordrongen, dat zij het was.

En in minder dan een seconde: ze wist niet wie ik was.

Godzijdank stond op mijn voicemail niet mijn naam, nee, ze wist niet wie ik was, ik hoorde mezelf me in een impuls 'Ina' noemen (om me te beschermen?).

Ironisch. Het was Oskars Judith die mij m'n eerste opdracht gaf, nadat ze er eerst voor gezorgd had dat ik alles kwijt was wat ik had.

Haar helpen? In totale overdondering had ik ja gezegd.

Ze zou voor niks zitten wachten.

Ze had al genoeg van me.

Nooit zou ik m'n handen voor haar uitsteken, dat valse serpent. Ik viel nog liever dood neer.

Klabeng!

Een harde klap.

Buitendeur. Sleutelgerinkel. Nee, hè?! Kon ze niet wat langer wegblijven? Ik was er nog niet aan toe om iemand, wie dan ook, te zien. Binnendeur. Jos in een nieuw topje, ik zag haar blote rug. Ze keerde zich haperend om, er was met mij zeker iets aan de hand, maar wat was er met haar? Of ik naar een dvd keek die even bleef hangen, maar toch doordraaide. Toen zag ik het. In volle glorie. Als een griezelig derde oog staarde er een piercing uit haar navel.

Mijn dertienjarige dochter had zonder mij iets te vragen iemand aan haar lichaam laten pulken, zich laten verminken, hoe ordinair, mag dat wel met minderjarige kinderen, moest ik daarachteraan, had ik dan helemaal geen medestanders, gingen zelfs onbekenden het mij nog lastig maken, was hier geen wet voor, of liever tegen, mijn mond volgde mijn gedachten niet, ik krijste mijn onmacht er vol uit. Jos gilde lispelend terug: 'Jezus mens, ik mocht er toch iets leuks voor doen!'

Dat klonk raar. *Nee, hè?!*

'Doe je mond open.'

'Nee.'

Ik kijk haar dreigend aan, ineens opent ze haar mond, en steekt lachend haar tong naar me uit. Ik wíst het. Nog een piercing. Fuck, fuck, fuck!!

'Iets leuks! Dit is goor, smerig, moet je nou kijken, het gaat ontsteken, en je buik ook, het ziet nu al rood. Als het pus eruit druipt moet je straks niet bij mij aankloppen. Je bent godverdekut net dertien! Weet je wel dat je er onvruchtbaar van kan worden! Dat je tanden er kapot van kunnen gaan! Ik schaam me dood voor je. Asociaal, dat is wat het is. Je lijkt wel een hoer!' Jos' rug zou ik inmiddels uit miljoenen herkennen.

'Kan je niet eens doen alsof je luistert naar mijn pogingen jou op te voeden!' schreeuwde ik haar na.

Ze wierp een blik over haar schouder en lachte schamper, ik wist niet dat meisjes van dertien dat al konden. Ik wou haar slaan, maar keek weg zoals zij zo vaak gedaan had en ik niet eerder. Ja, ik keek weg zoals mijn dochter duizenden keren voorgedaan had, ik heb haar lessen opgepikt, ik ben een langzame leerling maar net een olifant, als het eenmaal 'zit' raak ik het nooit meer kwijt. Nog een oppikker, het leek wel domino, had je de ene steen, had je de volgende: ik ging naar mijn kamer.

'Mam?'

Ik doe of ik het niet hoor. De derde steen. Ik zat er helemaal in. Geen verzoening, met niets en niemand.

'Mam?'

Steen vier. Dicht die deur.

Ik probeerde de wereld te ontkennen. Het lukte net aardig, ik vermoedde dat dit steen vijf was; je van niets en niemand iets aantrekken, gewoon alles uitschakelen. Toen hoorde ik een gil. Verdomme, niets was me ook gegund.

'Iew!!!'

Ik richtte me op. Hoe ernstig was dit, probeerde ik in te schatten.

'Ma-ham! Er zit een muis in die val van Debbie. Een hele dikke vette.'

Arme Harry. Lekker laten zitten. We zitten allemaal wel eens in de val.

THUIS/ ofwel Inez ontmoet Judith zonder dat die weet wie ze in huis haalt

Dat was haar dus.
De vriendin van mijn man.
De minnares van mijn man.
De secretaresse van mijn man.
Wat een weckfles dat wijf. Kan je nog
zo midden twintig zijn. Die soepjurk,
wie draagt nou zoiets. Of ze voor
spook wou doorgaan. D'r huid
zag even wit. Krijg je ervan.

Toen ze mij een hand gaf, *gedver, blijf van m'n lijf, maar mijn
kleine hand verdween al in die mannenklauw, zo bewust van
mijn fijne slanke handen was ik me nooit geweest, was dat wat
Oskar wou, die grote klauwen, afschuwelijk, ik wou mijn handen wassen, haar gif dat mij besmetten kon weg ermee, 'Ina',*
herhaalde ik, mijn nieuwe naam. Ja, ik loog glashard. Zij hadden het tegen mij gedaan, nu was het mijn beurt.

Weckfles opent de deur. Mijn deur. Mijn ex-deur.
Buiten. Binnen. Binnenstebuiten binnen.
De plek waar ik ooit gelukkig was geweest maar het misschien
toch te weinig had beseft, misschien in de loop der jaren te ter-
loops had genomen. Hoe ging het ook alweer: je mist het pas
als je het niet meer hebt. Het cliché was waar. 'Daar is het dan
ook een cliché voor,' hoorde ik Oskars stem zeggen, mij ant-
woorden in mijn modderige hoofd, wat voelde hij dichtbij nu
ik weer hier was, blijkbaar glimlachte ik.
'Mis ik iets?'
Oeps.
'Nee, binnenpretje.'
'Kan ook wel wat vrolijkheid gebruiken.'
Aha.
'Ja?'
'M-m.'

'Niet gelukkig?'

Ze zei niks. Ik keek haar aan. Ook ik zweeg. Soms is het beter niets te zeggen. In de stilte die valt worden mensen ongemakkelijk, gaan ze praten, had ik bij *Baantjer* gezien. Ze keek me aan in haar wijde tent. Mijn verbazing sloeg inmiddels om in totaal onbegrip. Had ze dankzij Oskar al het geld van de wereld, ging ze er zo onmodieus bijlopen. Zal-ie blij mee zijn. En wat dronk ze een water, haar derde glas al en ik was nog maar net binnen, liters water, waar liet ze het, moest ze niet pissen, kon ze niet verdrinken in haar eigen zeik...

'Ach, je mag het wel weten ook. Mijn vent *(ze zei vent, mijn vent)* en ik, nou ja, hij ligt in een scheiding.'

Ze kwam los, De Cock had gelijk. Nu peuteren. Ik zou horen dat hij eigenlijk helemaal niet wou scheiden, en dat zij daar doodongelukkig van was. Daarom zag ze natuurlijk zo bleek. Ik informeerde neutraal, of het een gewoon kletspraatje was, dat wat mensen doen tot ze overgaan tot waarvoor ze komen, of gaan.

'Heeft-ie moeite met de scheiding?'

Ja, dat kwam er goed uit. Met gepaste interesse.

'Met de scheiding op zich niet. Maar met z'n ex wel. Dat wijf heeft z'n leven verziekt.'

Zo. Die komt aan. En goed ook. Ze interpreteert mijn blik verkeerd.

'Erg, hè? Nou, ik zal je er verder niet mee lastigvallen, jij kan er ook niks aan doen, toch?'

Ik denk dat ik knikte.

'Heb het leuk. Neem je tijd. Ik hoor je plan wel. Je mag alles aan het interieur doen wat je wilt. Ik had zelf alles van Ikea, maar hier hoeft dat niet meer.'

Ikea? Het doet me ergens aan denken maar ik ben het kwijt.

'Wat er ook gebeurt,' vervolgt ze, 'ik wil haar geur eruit. Walgelijk, we slapen zelfs nog in hun bed.'

Ze drinkt ten afscheid nog een snel glas. Die krijgt nog kieuwen als ze zo doorgaat, een normaal mens had al drie keer op de plee gezeten. *Conclusie: ze is niet normaal.* Lijpe Loetje trok de deur achter zich dicht. Weg was ze.

Ik ga op mijn bank zitten, op het plekje waar ik altijd zat, het heeft mijn vorm zelfs nog, zacht zink ik weg. Te veel. Te diep. Te... *Mijn make-over.* Dacht dat Oskar een hekel had aan rood haar. Wanneer was dat precies geweest? Kende hij haar al? De tijd liep in rafelige stroken door mijn hoofd. Had ik ook niet zoiets gedroomd? Ja, kan me nog heel goed herinneren dat ik... I - k - e - a dondert ineens hard door alles heen, op z'n plek. *Niet te filmen.* Door dat stomme roodharige gedrocht had Oskar dus ook nog mijn veel te krappe verhuizingsbudget vastgesteld. Ik word niet goed. Serieus helemaal niet goed. En wat ze allemaal zei. Heb ik echt Oskars leven verziekt? Hoe dan? We hebben het toch vaak genoeg geweldig of minimaal goed gehad? Wat had ik gedaan dat hij zo over me praat? Hij heeft mijn leven kapotgemaakt, nu vernietigt hij door zo denigrerend over me te praten, met terugwerkende kracht ook mijn verleden. Ben ik werkelijk 'dat wijf' voor hem? Was ze meer dan een tijdelijke bevlieging, die Judith, die voor mij 'dat wijf' was? Is het niet van buitenaf gekomen de verwijdering tussen Oskar en mij, maar van binnen, was ik zelf de veroorzaker, het kankergezwel waarvan je alleen kon winnen door het radicaal weg te snijden?

Ik voel helemaal niks meer wat moet ik voelen ook.

GEDIENSTIG

Debbie Dubbel grijnsde terwijl ze de boodschappen uitpakte en op de glanzende stalen aanrecht van de wat oudere heer Istha sorteerde. Een precies en keurig man, die ze op zijn dringende verzoek toch bij zijn voornaam moest noemen: Freek dus, anders voelde hij zich 'nog ouder dan hij al was'. Dat vertederde haar wel.

Debbie was nu al even helemaal alleen in de vrij grote benedenwoning. De heer des huizes moest naar zijn pols laten kijken, die was door een val zwaar gekneusd, daardoor had hij ook kookhulp ingeroepen. Onverwachts slaakte Debbie in dit vreemde huis een ingehouden kreet, ze schrok van een plotselinge beweging naast zich. Het was niks, bleek alleen maar haar eigen schaduw te zijn, en ze grinnikte kort van opluchting. Gelukkig was het ook geen muis, zoals bij Inez thuis. Debbie schrok er iedere keer weer van als er een voorbijsjeesde. Ze had al een diervriendelijke val gekocht voor haar vriendin. Zo hoefde je ze niet te vergiftigen want dat was me een ellendige dood. Dan bloedden die arme dingen van binnen dood, een voor een vielen de zintuigen en organen uit. Debbie had het in haar eigen appartement een keer meegemaakt dat zo'n beestje de hele dag had liggen trillen, zijn armzalige dood tegemoet. Ze had het niet kunnen aanzien, maar hem oppakken had ze ook niet gedurfd. Wat als hij haar zou bijten? En wat moest ze ermee? Stel dat je hem in de wc gooide en die raakte verstopt, dan was je nog verder van huis. Debbie was geïntimideerd maar iets gaan lezen in haar slaapkamer, maar nam af en toe wel een kijkje bij het halve lijkje. Uiteindelijk was hij (gelukkig) dan toch overleden. Nog vreselijker dan die al afschuwelijke dood, vond ze een soort klitband waar muizen met hun behaarde velletje aan bleven plakken. Dat gebruikten ze vroeger vaak in levensmiddelenwinkels. De vastgeklitte diertjes probeerden zich los te trekken, logisch. Alleen kwamen ze steeds vaster te zitten. Die beesten krijsten afgrijselijk, ze trokken zichzelf uit pure wanhoop en angst uit elkaar, het gekrijs ging door merg en been. Nu, met een diervriendelijke val die ze ook Inez gegeven had, kon je de beestjes tenminste in de vrije natuur, nou ja het Vondelpark, loslaten.

Debbie zette de camembert in de koelkast. De boodschappen waren maar een gedeelte van de opdracht. De rest bestond uit 'koken voor twee'. Debbie grinnikte, even had ze gevreesd dat meneer Istha, Freek dus, met haar wou eten. Gelukkig was het voor een kennis van hem. Zo neutraal mogelijk had ze vandaag haar huis verlaten, het haar strak uit het gezicht, praktisch geen make-up, borsten van korset voorzien, zo'n strakke bh, al zou ze op en neer springen op een skippybal, haar voorgevel zou onbeweeglijk blijven zitten waar ie zat. Mooi dat er geen geschommel aan te pas zou komen. Verder een vrij lelijke grijze trui en wijde broek die alle vormen vormeloos maakten. Sommigen gingen zo mooi mogelijk de deur uit, maar Debbie niet.

Debbie had Freek 'gekregen', Inez wilde per se het andere klusje bij die mevrouw Judal Bergen doen. Het maakte Debbie niet uit, boodschappen doen werd nu het een opdracht was, ineens een avontuur. Bovendien kon ze veel beter koken dan Inez. Debbie gniffelde: als bij Inez een ei lukte, mocht je al in je handen klappen. Deze allereerste opdracht was dan absoluut een ramp geworden. Helemaal omdat de perfectionistische Freek exact had aangegeven wat hij hebben wou, en uit welke winkel wat moest komen. Hij vond het duidelijk moeilijk een en ander uit handen te geven. Ineens klonk er een harde klap, Debbie schrok voor de tweede keer op, en rende naar waar het geluid vandaan kwam, het raam. O jee, ze zag het al. Een zilverkleurige auto stond helemaal op de stoep en was tegen Freeks hekje gereden! Wat sneu. Het hekje stond helemaal scheef. Daar zou de pietluttige Freek niet blij mee zijn. De bestuurster stapte uit, keek, oeps, ja, dat was ook niet best: een flinke deuk had de auto enkele decimeters verkleind. En toen zag Debbie tot haar verbazing dat het asociale mens doodleuk weer in haar auto stapte. Ze deed niets. Liet niet eens even een briefje achter op het hekje, dat er maar zielig schuin bij stond. Net zo gekneusd als Freeks pols. De stakker trof het niet. Debbie vond het belachelijk, dat mens was toch vast verzekerd voor dit soort zaken?

Wel of niet, nu kon Debbies nieuwe baas het allemaal betalen. Even voelde Debbie zich een verraadster tegenover het vrouwenvolk (dat tegenover haar eigenlijk ook niet altijd even leuk was, maar zo moest je niet denken). Nee, het was nu eenmaal zo: ze vond het een laffe rotstreek en kon haar verantwoordelijheidsgevoel niet negeren. Snel, waar, waar dan, ah, daar, ze pakte de stift en een stuk papier, schreef het autokentekennummer van de stiekeme vrouw op: *ZP-NS-79*

Debbie besefte opgewonden dat dit misschien niet genoeg was. Mannen vroegen altijd wat voor auto het was, de nauwkeurige Freek zou dat zeker doen. Wist zij veel, daar had ze geen verstand van natuurlijk. Dus maakte Debbie zo goed en zo kwaad als dat ging, meer kwaad dan goed door de beperking die de tijd haar oplegde, de auto was al bijna op de hoek, een snelle tekening. Ze wou zeker niet dom lijken, dat dacht iedereen toch al van haar, het domme blondje. Het blondje dat je wel even lekker kon pakken. Tss. Freek zou wel homo zijn, dat hij geen sjoege gaf. Of te oud, dat kon natuurlijk ook.
Klaar, de tekening hoe de auto er ongeveer uitzag, met ramen en al.

Zilverkleurig, Suzuki?

(Dat hoopte Debbie Dubbel althans, zeker wist ze het niet, de auto was te ver weg om het goed te kunnen lezen.) Voor de zekerheid schreef ze nog het een en ander op:

Soort klein busje, twee grotere ramen voor en zijdeur, achterin kleiner raampje. Achterkant had een 'hoge kont'.

Ze kon het niet anders omschrijven. De achterkant deed haar aan Freeks kont denken, maar dat zou ze hem natuurlijk niet kunnen zeggen. Straks was hij geen homo, en dan kreeg ze alsnog gelazer. Of hij was het wel, en dan zou ze een uur moeten uitleggen wat ze eigenlijk met een 'hoge kont' bedoelde.
Zo. Ze had alles wat ze hebben moest. Ze dacht na. Begon

automatisch poppetjes met gedachteballonnetjes te tekenen, dat deed ze altijd.

Was het niet beter haar mond te houden, te doen of ze niets gezien of gehoord had? Ze kende Freek amper, straks werd hij nog boos op háár. *Don't kill the messenger!*
Verdorie, daar werd de sleutel al in het slot gestoken, wat moest ze nu? Spreken of zwijgen? Zilver of goud?

DIEP/ ofwel hoe Inez overvallen wordt

Mijn oude huis. Ze had me zelf de sleutel gegeven.
Alleen had ze me gelaten, die pannenlap. Het kwam haar nota
bene eigenlijk wel goed uit dat ik (zoals ik zo fraai geformu-
leerd had, waar kwamen die woorden vandaan) 'in totaal
alleen zijn de beste straling op kon vatten, het best kon bepalen
wat het huis nodig had'. Ze was er ingestonken. Sukkeltrut.

De grap. Interieuradviezen. Vraagt ze van dezelfde persoon die
ze verafschuwt en met heel haar hart wil uitbannen, hetzelfde
nog eens dunnetjes over te doen.

Ik sta eenzaam in mijn eigen huis. Mijn eigen ex-huis. De stilte
is overweldigend. Ik loop. Loop naar boven, de trap kraakt
vertrouwd op de vierde tree, mijn vinger voelt het scherpe
inhammetje al op de leuning waar Jos eens haar fornuisje op
kapotgeslagen had. Maar het verwachte 'even blijven haken'
blijft achterwege. Een schokje siddert door mijn lijf als een
paling aan een haakje: ik draag geen trouwring meer.
Moeizaam ga ik verder. Wist niet dat ik zo'n slechte conditie
had, ik loop al een tijdje geen trappen meer en 'work-out' past
allang niet meer in mijn vocabulaire. Of in mijn budget.

Het raakt me toch nog onverwachts vlak voor ik 'onze' slaapkamer inga, ik had toch kunnen weten dat onze foto's niet
meer in de hal zouden hangen? Die zou ik zelf ook als eerste
verwijderd hebben als ik haar was.
Zal ze ze hebben weggegooid?
Of zal Oskar ze ergens hebben bewaard, omdat hij ons ergens
heel diep in zich, toch niet kan missen?
Zij houdt van zwart-wit foto's zeker, zie ik vanuit mijn ooghoek. Doodstil sta ik ineens, de tijd staat stil, de wereld stopt
met draaien, ik bevries als ik besef wat er hangt. Dat wijf is
zwanger. Zwanger van mijn Oskar. Ik staar naar de ingelijste
echo.

NEUS

Freek zag Debbie op de een of andere manier aarzelen.
Twijfelen. Wat was er, had ze het eten verpest? Het zou ook
niet, huurde hij voor het eerst in zijn leven eens iemand in, liep
het meteen mis.
Debbie ondertussen zag Freeks ongeruste gezicht en wist het
nu zeker, ze kon het toch niet laten haar neus in andermans
zaken te steken, hij vroeg erom. Ja, ze moest het gewoon zeggen van die auto en Freeks hekje. Waarom ook niet? Hij zou
op haar niet boos worden, mannen werden nooit boos op haar.

MISSELIJK/ ofwel Inez' ontdekking doet haar geen goed

Daarom
had
dat
wijf
die
weckfles
die
wijde
jurk
aan
.

Ik ben blijkbaar de andere kant op gelopen. In Jos' slaapkamerdeur steekt een nieuwe sleutel in een nieuw slot. Ik open het,
mijn neus ruikt het al voor mijn ogen het zien. Jos' slaapkamer
is omgetoverd tot een allerliefste overweldigende heerlijk naar
Zwitsal geurende babykamer, roze, wit, kant, de schattigheid
kent geen grenzen. Mijn haat houdt gelijke tred. Een onbe-
schrijfelijke woede, afgunst, jaloezie, nijd laait vurig in me op.
Judith, met haar afgehakte kop door de straten. Beheers, mar-
cheer, beheers, paradeer! Links het hoofd gedragen, rechts het
hoofd getild, het nekje doorgesneden, het velletje gevild. *Stop*,
voorwaarts, voorwaarts, *stop*, stoppen nu, kom tot jezelf, weg
die beelden, hier red je het niet mee, dit kan niet, mag niet,
stoppen!

Onze slaapkamer. Ik val op bed en adem diep hun geur in.
Misselijk sta ik op. Staar naar mezelf in de levensgrote spiegel
met vergulde rand, ben ik dat werkelijk?
Een tweelingspiegel, ik huiverde even toen ik merkte dat dit
inderdaad zo was, dat ik exact dezelfde in huis had gehad,
gekregen van mijn vroegere vriendinnen, ook hier stond hij te
pronken. Haar aanschaf, wat van mij is, is van jou, mijn man,
zijn zaad, wat was dat ook weer voor sprookje dat je in de

spiegel kon stappen, eerst werd het oppervlak wazig, golvend als water, en met een voorzichtige sprong werd het genot gegund een andere wereld te bewonen; ik kan mijn kop er wel op stuk slaan, er dwars doorheen rammen. Ineens sta ik te giechelen, dan zou ook deze spiegel door mijn hand aan gruzelementen gaan, te veel van het goede, te makkelijk. Dit zou ik anders moeten aanpakken.

Toen kleurde ik mezelf en de spiegel met een kus want had een heerlijk idee gekregen.

BUITEN

Debbie voelde zich ongemakkelijk, ze had haar eerlijke actie klaarblijkelijk verkeerd ingeschat. Freek was niet blij. Helemaal niet blij. 'Vrouw achter het stuur, typisch vrouw achter het stuur,' mopperde hij, met zijn goede hand rukkend aan het hekje, Debbie onderwijl geïrriteerd en beschuldigend aankijkend, of zij was vastgeklonken aan de bestuurster en mét haar alle vrouwen van de hele wereld. Of ze nu een rijbewijs hadden of niet, het was integraal hun schuld.

Debbie keek toe terwijl hij hard tegen het hekje schopte. En nog een keer. Die man had nog heel wat kracht in zijn poten. Bij de derde trap gaf het geblokkeerde hekje eindelijk mee. Sterker nog, het leek meer rechtop te staan dan het eerder deed. Freek grijnsde voldaan naar Debbie.
'Moet maar vaker iemand tegenaan rijden. Goed voor het onderhoud.'

Debbie schudde haar hoofd. Al de zenuwachtige moeite, dat domme natekenen van die stomme '*Suzuki*?' voor niks. Sherlock verfommelde het briefje. Ze kon zich maar beter met het diner bezighouden. Niet te veel ambities graag, dank u. Goed in haar oren knopen: niets doen wat 'het bedrijf' om zeep kon helpen. Behoedzaamheid, daar ging het om. Rustig liep ze weer naar binnen.

KLAAR/ ofwel Inez haar zaad is gezaaid

Klaar. Voor de derde keer vandaag trok ik de deur achter me dicht.

Ik had mijn sporen nagelaten, als een paddestoel mijn gif gezaaid, een netwerk uitgezet, er was geen ontkomen aan. Aanvankelijk misschien onmerkbaar, onzichtbaar, maar woekeren zouden mijn loten en hun venijnige pracht tonen ook.

Een van de fijnste heksenkunstjes was puur citroensap in de mascarahouder van de zwangere trol te druppelen.

Dat zou pijnlijk prikken in die mooie ogen van haar, wie weet werd ze wel blind, ik wou dat ik erbij kon zijn als ze zou gillen van de pijn.

KOP/ ofwel een ramp dient zich aan

Debbie en ik, studentikoos op de zwarte vloer te midden van Jos' hartjes en wat woeste strepen die ze eraan had toegevoegd, ik vond het goed, ik vond het prima, ik vond alles prima, Jos was en at bij een vriendinnetje las ik op een snel briefje, ook prima, Debbie en ik dronken de wijn die Freek haar als extraatje had meegegeven, nog meer prima. Ze had haar verhaal gedaan, ik was net begonnen met het mijne, ik had bijna niet kunnen wachten en barstte haast uit elkaar. Debbie begreep het wel, zag er zelfs de lol van in. Judith van Oskar! Daarom wilde ik per se die opdracht doen. Tot ik alles verteld had. Van de zwangerschap, en wat ik uitgehaald had. Ze schrok ervan, vond het dom zelfs. Judith zou onmiddellijk weten wie het gedaan had, raadt je de koekoek, wie was er anders in het huis geweest? Debbie zag de bui al hangen: die hing straks woest maar terecht aan de telefoon. Ik probeerde het optimistisch. 'Ze weet toch niet dat ik het ben. Wel dat ik het gedaan heb, maar niet dat ík het gedaan heb. Ze weet niet dat ik ik ben. Ik. Inez.'
'Dat duurt heus niet lang. Ze is niet gek.'
'Nou, in dat geval is het een koekje van eigen deeg. Als ze sportief is, kan ze erom lachen.'
Debbie wist zeker van niet. Nee, ik had de opdracht voor de volle honderd procent verknald, terwijl zij zich zo had uitgesloofd met dat koken bij die Freek. Ze was best boos, ik had haar nog nooit eerder zo gezien. Het bracht me een beetje tot mezelf, zij had alles aan de kant gezet, was nerveus en lelijk op pad gegaan, nu konden we wel nokken nog voor we er goed en wel mee begonnen waren. Want als Judith haar mond open zou doen in de buurt, of nog erger, de politie erbij haalde, waren we klaar. Daar had ik niet over nagedacht toen ik zo lekker bezig was, mijn creativiteit werd aangeboord en had hoogtepunten bereikt die ik lang niet meer gekend had, zelfs vergeten was. Mijn opgebloeide impulsiviteit zou helaas als een moordende boemerang terugkeren, ik kon er niets aan doen maar schoot ondanks of misschien wel dankzij de kloterige

situatie in de lach: dit geintje zou mij de kop kosten, ik moest het toegeven, Judith deed haar voorgangster eer aan. Debbie snapte het niet, ik stamelde over de bijbelse Judith en het afgehakte hoofd van de vijand. Debbie vond er ook na mijn uitleg niks leuks aan.

'Hou op met die onzin. Hoe kunnen we dit in godsnaam...'

Ik onderbrak haar: 'Het hóófd bieden!'

Ik proestte het uit, hyper als ik inmiddels weer was, lichtelijk beschonken ook, het was al lang geleden dat ik goeie wijn had gedronken, ik wist van geen ophouden meer: 'ik krijg kóppijn,' grinnikte ik, 'als we maar niet over de kop gaan.' En: 'Nee, hemel, hoe dit de kop in te drukken? Wat moeilijk, mijn kop draait ervan, mag ik alsjeblieft een kopje thee?' Mijn nerveuze gegrinnik werkte aanstekelijk, Debbie begon mee te giechelen, ze wou het niet, ze zei: 'Hou je kop,' en toen was het niet meer te houden, we snikten het uit, wat een ramp, het deed zelfs pijn in onze buik en klemde de kaken.

Hè, dat luchtte op.
Toen vielen we stil.
Wat nu?

MUNT/ ofwel hoe dit op te lossen?

Hangen, liggen, zitten, de benen geknepen, de benen uit elkaar, over elkaar heen geslagen, wiebelen, staan, leunen, lopen, ijsberen, hurken, tegen elkaar aan, los van elkaar, tientallen posities en evenzovele gedachten waren de revue gepasseerd: een ander telefoonnummer nemen, zeggen dat er op dit telefoonnummer helemaal geen zaak zat, zeggen dat er hier helemaal geen Ina werkte, overigens het enige wat geen leugen was. Alles, iedere willekeurige of onwillekeurige oplossing bracht steeds weer nieuwe problemen met zich mee, waarvan een van de belangrijkste was: wat als die soepjurk erachter kwam dat ik – Inez dus, de ex van Oskar dus – de boosdoener was? De ramp was in dat geval waarschijnlijk niet te overzien, enige toelage van Oskar, zelfs de hoop daarop, kon ik verder wel schudden. O god, het drong langzaam tot me door maar sloeg toen in als een precisiebom: misschien was Jos door mij nu niet meer welkom bij hen. O god, o god, o god. Dat zou ze me nooit vergeven. Hoe had ik in godsnaam zo stom kunnen zijn Judith een wapen te geven om mee te slaan?

'Judal Bergen' opbellen, alles uitleggen, eerlijk vertellen hoe, wat, waar en waarom? Daarbij alles vergoeden in klinkende munt? (O ja, en waar halen we die vandaan? Hoe diep kun je in de min raken?) Of maar hopen dat de del er nooit achter zou komen of dat we zeggen zouden als ze belde... dat... dat degene die bij haar is langs geweest, die Ina, dat die net ontslagen is omdat ze niet helemaal goed bij haar kop (hier beet ik op mijn lip, ik wou niet meer lachen) bleek, en reeds opgenomen in een gesticht. Als 'Jud' wilde, kon ze daar die arme 'Ina' opzoeken. We draaiden en draalden, ik gooide een euromuntje op, munt, aldus werd door het lot tot een variatie op het laatste lulverhaal besloten.
Uiteindelijk liep het allemaal anders, op een manier die we beiden niet eens voorzien hadden.

BLIK/ ofwel Oskar heeft het door

Oskar keek naar Judith. Dit kon ze toch niet menen? Het was toch duidelijk wie hier achter zat? Wie anders dan Inez kon haar zo haten dat ze nu vanavond, terwijl ze zouden gaan dineren, met rood uitgebeten ogen bij de dokter zat? Wie anders zou er citroensap in die make-uprommel doen? Hoe ze was binnengekomen, hij zou zijn zwangere vriendin er niet mee lastigvallen, die had het al moeilijk genoeg. Hij zou naar de bron. Linea recta.

NOOIT/ ofwel Inez probeert de schade ongedaan te maken

'Flik nóóit meer zoiets, stómme áchterlijke kút!'
Niet alleen Oskars woorden waren helder en agressief, ook zijn puilende ogen spraken boekdelen, zijn lijf strak van de spanning, z'n couperose barstte bijna open, een hard netwerk van rode draadjes liep scherp over z'n gezicht. (Dat netwerk. Zijn innerlijk had zich naar zijn uiterlijk verplaatst, dat ik dat nu pas zag. Netwerken, altijd maar netwerken, nu kwam hij om een los draadje weg te trekken.)
Hij moest niks meer van me weten, hij minachtte me. Allejezus, ik had het echt verknald. Eén ding moest ik doen. Wat er verder ook gebeurde, ik moest Jos veilig stellen, als hij haar niet meer wou zien door mij... Het was onvergeeflijk als ik haar plekje verspeeld had. Oskar was woedend, terecht. Zou hij me slaan, ik zou het begrijpen. Zou Jos me slaan, idem dito. Maar daar ging het nu niet om. *Jos.* Ik had maar één kans om in ieder geval haar hier ongeschonden uit te laten komen. Het onderwerp, mezelf dus, ombuigen, en de woede op mij, op zo'n manier dat Oskar... Ik pakte hem op zijn gevoeligste plek, de plek die hij tot nu toe verborgen had gehouden.
'Ze is zwanger hè?'
Het was voor Jos. Zijn geheim op dit moment uitvouwen was onder de gordel, maar ik had geen keus. Oskar trok bleek weg. We keken elkaar in de ogen, zijn woede vertrok, iets brak, het was niet alleen niet meer niet meer zoals het was tussen ons, het kon het ook nooit meer worden. Over uit en sluiten. Had ik ooit hoop gehad voor onze liefde, was die nu voorgoed voorbij.

XXI.
_____

Zijn rug was niet meer zijn rug.

Tegen zijn afhangende schouders wilde ik zeggen: laat
het, we hebben het goed gehad, ik vind mijn weg wel,
maar ik zweeg.

Tegen zijn niet meer verende tred wilde ik zeggen: loop
zoals je liep met mij, loop soepel, licht en snel,
maar ik zweeg.

Mijn woorden zouden zijn gang niet meer redden,
enkel nog verzwaren.
Dus ik zweeg.

- -

Ik kende hem te goed (dat stuk van hem althans, ik
had wel vaker gedacht dat ik hem goed gekend had),
dus ik wist dat Oskar ervoor zou zorgen dat Judith
haar mond zou houden in de buurt, er niet over zou
praten en daarmee mijn toekomst niet zou bederven.
Het voortbestaan van waar ik mee bezig was, zou me
immers meer losweken van hem en hen, dat was koren
op haar molen, alles wat zij wilde, kon door haar zwijgen als een makkelijke prooi worden binnengehaald.
Door mijn eigen stommiteit had ik mezelf in de door
mij geplaatste tang geklemd.

Het belangrijkste: ik wist dat Oskar ervoor zou zorgen
dat Jos bij hen mocht blijven komen. Misschien zelfs wel
vaker dan nu. Want onze dochter kon nu op de hoogte
worden gebracht van Judiths zwangerschap, ik was het
immers ook. Ja, héél goed gedaan, Inez. Not.
Hij zou Jos laten logeren, haar in hun domein toelaten
zonder dat ik het zelf hoefde te vragen. Want ik denk
dat nu pas echt tot Oskar doordrong, niet wat ik

240

gedaan had, maar hij. Dat hij de bron was van mijn kwade actie, dat hij bij het stichten van zijn nieuwe gezin, het eerste te gronde had gericht, en dat hij nu pas begreep wat er door mij heen gegaan was toen ik wist waarom hij me verlaten had.

Om haar, en hun baby.

Niet had ik gezegd dat ik de echo van de foetus verbrand had in de open haard.

Niet had ik gezegd dat ik op en neer was gegaan van hun huis naar hier, en de tweede keer dat ik daar aankwam en de deur achter me dichttrok, mijn handen vol had gehad.

Nee, niet had ik gezegd dat het happy 'soon to be trio' nog een verrassing wachtte, die op termijn zou uitgroeien bovendien.

Tja, dat Huismuis Harry geen Hárry was maar een Héttie, en niet vet maar drachtig, daar kwam ik ook pas achter nadat het lumineuze idee was opgekomen om het piepende gevangen geval in een nieuwe omgeving (raad eens waar?) uit te zetten.

Dat dit plannetje en mijn ondernomen actie ondertussen waren beloond met een maar liefst zévenvoudige poezelige bonus, daar kon ik niks aan doen.

Dat moest blijkbaar zo zijn.

Hettie en haar jonkies, mijn vroegtijdige geboortegift. Kunnen ze straks fijn samen keutelen. Twee jonge gezinnetjes, gezellig toch?

Beschuit met muisjes!!!

moe moe moe moe moe **moe moe** *moe moe moe moe moe*
moe moe moe moe moe **moe moe** *moe moe moe moe moe*
moe moe moe moe moe **moe moe** *moe moe moe moe moe*
moe moe moe moe moe **moe moe** *moe moe moe moe moe*
moe moe moe moe moe **moe moe** *moe moe moe moe moe*
moe moe moe moe moe **moe moe** *moe moe moe moe moe*
moe moe moe moe moe **moe moe** *moe moe moe moe moe*
moe moe moe moe moe **moe moe** *moe moe moe moe moe*
moe moe moe moe moe **moe moe** *moe moe moe moe moe*
moe moe moe moe moe **moe moe** *moe moe moe moe moe*
moe moe moe moe MOE MOE MOE *moe moe moe moe*
moe moe moe moe MOE MOE MOE *moe moe moe moe*
moe moe moe moe MOE MOE MOE *moe moe moe moe*
moe moe moe moe moe **moe moe** *moe moe moe moe moe*
moe moe moe moe moe **moe moe** *moe moe moe moe moe*
moe moe moe moe moe **moe moe** *moe moe moe moe moe*
moe moe moe moe moe **moe moe** *moe moe moe moe moe*
moe moe moe moe moe **moe moe** *moe moe moe moe moe*
moe moe moe moe moe **moe moe** *moe moe moe moe moe*
moe moe moe moe moe **moe moe** *moe moe moe moe moe*
moe moe moe moe moe **moe moe** *moe moe moe moe moe*
moe moe moe moe moe **moe moe** *moe moe moe moe moe*
moe moe moe moe moe **moe moe** *moe moe moe moe moe*
moe moe moe moe moe **moe moe** *moe moe moe moe moe*
moe moe moe moe moe **moe moe** *moe moe moe moe moe*
moe moe moe moe moe **moe moe** *moe moe moe moe moe*
moe moe moe moe moe **moe moe** *moe moe moe moe moe*
moe moe moe moe moe **moe moe** *moe moe moe moe moe*
moe moe moe moe moe **moe moe** *moe moe moe moe moe*
moe moe moe moe moe **moe moe** *moe moe moe moe moe*
moe moe moe moe moe **moe moe** *moe moe moe moe moe*
moe moe moe moe moe **moe moe** *moe moe moe moe moe*
moe moe moe moe moe **moe moe** *moe moe moe moe moe*

Jos was het helemaal zat met me.

Ze wilde niet praten en ook niks meer zeggen. Zweeg stoïcijns. Een beetje knikken en schudden kon er nog net van af. Mijn boze mond weet het aan die tongpiercing van haar, mijn hart wist dat er heel andere dingen waren die veel meer pijn deden, maar ik kreeg de twee niet op één lijn.

Onze communicatie verliep al snel definitief in stilte. Wat Jos aan me kwijt wou kon ik lezen op de grond – de zwartgeverfde grond – de grond van schoolbord. We spraken alleen nog via de vloer, het krijt niet meer alleen voor tranen, noch alleen voor hartjes. Heel functioneel werd het gebruik. Over hoe laat ze thuis was, of juist niet, dat soort zaken, maar voornamelijk maakte ze wensenlijstjes aan: CK petje, roze Chanel nagellak, highlights 'voor de <u>vijfde</u> keer', zelfs een breedbeeld-tv stond erop. Het groeide en groeide. Ik kon haar niet helpen. Met niks. Ik kon mezelf niet eens helpen. Ik was moe. Even gaat het beter, dat kun je dan bijna niet geloven, die opluchting is ook maar kortstondig, je voelt dat het stiekem nog op de loer ligt, het komt weer aansluipen, gemeen en verraderlijk, voor je het weet lig je weer languit, krachteloos, en ben je alleen nog maar:

moe moe moe moe moe moe moe moe moe moe moe moe
moe moe moe moe moe moe moe moe moe moe moe moe
moe moe moe moe moe moe moe moe moe moe moe moe
moe moe moe moe moe moe moe moe moe moe moe moe
moe moe moe moe moe moe moe moe moe moe moe moe
moe moe moe MOE moe moe moe moe MOE moe moe moe
moe moe moe MOE moe moe moe moe MOE moe moe moe
moe moe moe MOE moe moe moe moe MOE moe moe moe
moe moe moe MOE moe moe moe moe MOE moe moe moe
moe moe moe moe moe moe moe moe moe moe moe moe
moe moe moe moe moe moe moe moe moe moe moe moe
moe moe moe moe moe moe moe moe moe moe moe moe
moe moe moe moe moe moe moe moe moe moe moe moe
moe moe moe moe moe moe moe moe moe moe moe moe
moe moe moe moe moe moe moe moe moe moe moe moe
moe moe moe moe moe MOE MOE moe moe moe moe moe
moe moe moe moe moE MOE MOE Moe moe moe moe moe
moe moe moe moe moE MOE MOE Moe moe moe moe
moe moe moe moe MOE MOE MOE MOE moe moe moe
moe moe moe moe MOE MOE MOE MOE moe moe moe
moe moe moe moe moE MOE MOE Moe moe moe moe moe
moe moe moe moe moe MOE MOE Moe moe moe moe moe
moe moe moe moe moe mOE MOE moe moe moe moe moe
moe moe moe moe moe moe MOE moe moe moe moe moe
moe moe moe moe moe moe moe moe moe moe moe moe
moe moe moe moe moe moe moe moe moe moe moe moe
moe moe moe moe moe moe moe moe moe moe moe moe
moe moe moe moe moe moe moe moe moe moe moe moe
moe moe moe moe moe moe moe moe moe moe moe moe
moe moe moe moe moe moe moe moe moe moe moe moe
moe moe moe moe moe moe moe moe moe moe moe moe
moe moe moe moe moe moe moe moe moe moe moe moe
moe moe moe moe moe moe moe moe moe moe moe moe
moe moe moe moe moe moe moe moe moe moe moe moe
moe moe moe moe moe moe moe moe moe moe moe moe
moe moe moe moe moe moe moe moe moe moe moe moe
moe moe moe moe moe moe moe moe moe moe moe moe

Ik had de stilte die tussen Jos en mij heerste passief aanvaard, soms vond ik het wel prima, lekker rustig. Soms werd ik er gek van en verlangde bijna naar het geblaf van de buurhond of, ongeveer hetzelfde, Jos' waanzinnige kattengejank. Dan was ik klaar om me eruit te laten halen. Soms gebeurde dat, dan was ik één seconde dankbaar, daarna haatte ik haar of hem en soms ook hen als ze elkaar aanstaken, en daarna was ik nog meer moe. Moe moe moe moe moe moe moe, moe, moe en nog eens moe.

Ook zo irritant. Iedereen weet het weer eens beter, hoewel er niet veel 'iedereens' meer zijn. Debbie denkt dat ik misschien een depressie heb. Van mijn moeder moet ik gewoon beter eten. Die pizza's van ons vindt ze maar niks, Jos gaf haar de wind van voren: 'Jezus oma, er zit een triljoen groenten op, en kaas,' dat heb ik maar fijn even gelaten. 'En mijn moeder weet heus wel wat goed voor me is, oma,' waar ik dat compliment aan te danken had, ik heb het ook gelaten. Weliswaar ging het via via, het was een begin. Was alweer blij dat ze iets zei, er is qua normaliteit geen peil te trekken op dat kind.

Volgens mijn Je-wilt-Jos-toch-zelf-niet-bij-mij-in-huis-moeder moet ik me ook niet aanstellen, met mijn moeheid. Nee dat helpt. Echt top, met zo'n moeder sla je je overal doorheen. Ik wist anders zelf dat bepaalde zaken die op depressie konden duiden, bij mij zeker aan de hand waren:

– moeheid
– niet kunnen slapen
– en/of niet in slaap komen
– en/of steeds wakker worden
– geen honger
– of juist heel veel
– niets uit je handen komen
– gevoel van onmacht
– gevoel van angst
– weinig eetlust

Ik zit een beetje laf in te tikken. De internetdokter geeft Debbie gelijk. Ik lijd aan vele tekenen van depressie, ook volgens www.ggzdrenthe.nl (dat vrolijkt dan weer een beetje op want ha, ik ben niet de enige, zelfs in Drenthe hebben ze er last van!). Hoewel er niet veel uit mijn handen komt, hou ik van lijstjes. Ze kunnen je leven zo overzichtelijk maken.

1. Hoe vaak kwam het de afgelopen twee weken voor dat u zich somber, depressief of down voelde?
A.) Elke dag of bijna elke dag
B.) Minder dan vijf dagen per week

Lijkt me duidelijk.

2. Op de dagen dat u zich somber, depressief of down voelde, hoe lang duurde dat dan?
A.) De gehele dag of het grootste deel van de dag
B.) Minder dan de helft van de dag

Lijkt me ook duidelijk.
Okay, en hier springen we meteen naar vraag 6. Mij best. Waarom moeilijk doen als het ook makkelijk kan.

6. Was u de laatste twee weken voor het merendeel van de dag uw belangstelling kwijt voor dingen zoals uw werk of activiteiten waaraan u doorgaans plezier beleeft?
A.) Ja
B.) Nee

Ik heb geen werk, ik heb niet geshopt, ben niet op vakantie geweest, kan deze vraag niet beantwoorden. Dat maakt het nog erger allemaal, ik faal zelfs in een simpel ding als een lijstje invullen, ik kan weer eens geen keuze maken.

7. Voelde u zich de laatste twee weken voor het merendeel van de dag vermoeider of veel minder energiek dan gewoonlijk?

A.) Ja
B.) Nee

Ja, ha ha, anders zat ik deze test niet te doen, hè?

8. Is de laatste twee weken uw lichaamsgewicht onbedoeld meer dan enkele ponden toegenomen of afgenomen?
A.) Ja
B.) Nee

Yep. Going down the drain.

9. Hebt u de laatste twee weken (bijna) elke nacht meer proble-men gehad met inslapen of doorslapen dan gewoonlijk?
A.) Ja
B.) Nee

Dûh.

10. Hebt u de laatste twee weken voor het merendeel van de dag meer concentratieproblemen gehad dan gewoonlijk?
A.) Ja
B.) Nee

Kan heel goed denken alleen maar aan één ding.

11. Hebt u zich de laatste twee weken voor het merendeel van de dag waardeloos, schuldig, slecht of zondig gevoeld?
A.) Ja
B.) Nee

WAARDELOOS

12. Hebt u de laatste twee weken voor het merendeel van de dag moeten denken over de dood van uzelf of van anderen?
A.) Ja
B.) Nee

247

Zeker. Er mogen er van mij wel een stelletje dood.

13. Bent u de laatste twee weken voor het merendeel van de dag veel rustelozer of vertraagder geweest dan gewoonlijk?
A.) Ja
B.) Nee

Ja-ha.

14. Kon u gedurende de laatste twee weken uw normale bezigheden uitvoeren als gewoonlijk?
A.) Nee
B.) Ja

Nee-hee.

Kortom: het was duidelijk, overzichtelijk, niet te ontkennen, de vele tekenen die kunnen duiden op depressie golden voor mij. Ik had een overdosis aan A.

Het kan ook oververmoeidheid zijn, dat verschil is me nog niet duidelijk. Hoeft ook niet. Wat het ook is wat ik heb, ik zit er middenin.

Je kon het, zo las ik, proberen met therapie, en medicijnen. Dan moest je in plaats van de internetarts, naar een echte dokter. Ook raadden ze aan meer te bewegen. Ze begrepen er echt helemaal niks van. Voor beide was ik veel te:

m

m o e

e

GEZELLIG/ ofwel Jos is lastig

We hebben hier nu eenmaal geen afwasmachine, en Jos, te
beroerd om wat dan ook te doen, weigert aan mijn verzoek
gehoor te geven.
'Vind ik een verspilling van mijn lichaam,' zegt ze op een gegeven moment.
Dat is op zich best grappig – vooral omdat het een van de eerste
normale zinnen is die ze tegen mij sprak – ware het niet dat het
tevens irritant is omdat ik gewoon een simpel ja wou krijgen,
desnoods via de verticale beweging van haar hoofd. Ik zet mijn
verzoek meer kracht bij. Ze krabbelt met krijt wat op de
schoolbordgrond. Ik lees op z'n kop: STOM WIJF!
Ik had een zwaar vermoeden dat dit op mij sloeg.
'Veeg dat weg.'
Niks daarvan. Terwijl ze opstaat kettert ze nu ook met haar
mond recht in mijn gezicht:
'Stom wijf! Stom wijf!'
Zoals gewoonlijk stampt ze met haar gefrustreerde lijf naar
haar kamer. De stilte die achterblijft hoor ik niet, 'stom wijf,
stom wijf' gonst in mijn oren, beukt op mijn ogen, en blijft
hangen als een dichte mist. Blijf staan waar je staat en verroer
je niet, je raakt de weg kwijt anders, ik vlieg haar aan als ik
maar met mijn ogen knipper. Vroeger vocht ik met m'n zus die
nu in München woont, een prachtig verbouwde bungalow in
Schwabing, perfect van top tot teen, van nok tot kelder, zelfs
de waterleidingpijpjes (hé, mooi galgwoord) zijn mooi, van
glanzend koper, het lijkt haast gepoetst goud, maar nooit, nee
nooit zou ik hoe rijk of fijn of goed ze het ook heeft, nooit zou
ik Marga om hulp vragen, zij zou het ook niet doen als het
haar beroerd ging denk ik, raar hoe familie kan ontwortelen,
we vochten, trokken elkaar de haren uit het hoofd, sporen van
onze schrapende nagels lieten we achter op elkanders lijf, tot
bloedens toe. Je zou denken dat zoveel leed en littekens een
band geven.
Dat zou ik het liefst met Jos doen, ik zou in haar kop willen
stampen dat wat ze doet niet kan, maar ooit, toen ik vijf was

en mijn moeder mij voor het eerst zó hard sloeg dat het me letterlijk duizelde, heb ik mezelf beloofd mijn kinderen nooit te slaan. En al is dat het enige ter wereld wat ik zal volbrengen, ik hou me eraan.

XXIII.

Stresserende factoren, heb ik wel eens gehoord, op volgorde van belangrijkheid, of ergte, of zwaarte van verwerken, zijn:

- Je kind sterft
- Verlies van geliefde
- Scheiding
- Verhuizing
- Verlies van baan
- Sterfte ouders

Dat bedoel ik. Van de zes factoren scoorde ik er niet één, maar praktisch allemaal. Hoe kon je van mij verwachten dat het ging? Dat is vragen of die rothond van burie zijn bek eens kan houden.

PANIEK/ ofwel hoe alles ineens mis is

Denk ik net: hé, het gaat beter, ik heb 'n paar nachten achter elkaar goed geslapen, sta ik onder de douche, wordt het ineens helemaal zwart voor m'n ogen. Ik weiger eraan toe te geven, wil het niet. Dit kan toch niet waar zijn, ik begin mijn ingezeepte haar koppig uit te spoelen. Dan hou ik het niet meer. Wéét dat ik NU toe moet geven, onder de douche uit moet zien te komen, anders ga ik definitief omver. Ik sluip-ren-strompel naar mijn bed en val er, volledig uitgeput, op neer. Ik lig nog niet of moet opeens ook erg naar de wc. Heel erg naar de wc. Mijn buik rommelt, de plotselinge druk tegen mijn poepgaatje is niet uit te houden. Maar als ik opsta zal ik geheid flauwvallen. Wat nu? Straks vindt Jos mij onder de poep. Staat ze op de gang, denkt: wat meurt het hier, volgt de walmende geur en vindt me dan dood, onder de stinkende bruine smurrie. Dat kan niet. Mag niet. Vecht tegen het flauwvallen, en ga weer richting de wc, half kruipend weet ik nog een aardige snelheid te bereiken. Het gebeurt niet. Net niet. Het flauwvallen. Wat wel gebeurt is dat ik de pot op het nippertje bereik. Ik hang er nog niet boven, of het knalt eruit. Even opluchting. Victorie. Dat is mooi, ik heb gewonnen. Zie je wel, je moet vechten. Dat is je enige kans. Nee: signaleren (hé, er is iets mis), je kans bepalen (verliezen of winnen), je gedrag erop afstemmen dus vluchten (onder de douche vandaan), of vechten (toch naar wc).
Ben innig dankbaar dat het ergste van het onstabiele rotgevoel verdwenen is.

Ik steek mijn hoofd onder de kraan, de douche durf ik niet aan, het duizelen is nog niet weg, als het nu misgaat ben ik in ieder geval dichter bij mijn bed. Inderdaad, er zat nog shampoo in m'n haar, zie ik aan het wegstromende schuimende water. Toch goed dan, deze angstige snelle actie. Ook omdat ik nooit meer zin had gehad mijn later gaan plakkende shampoo-haar een andere keer uit te wassen, dan zou ik er twee dagen mee hebben rondgelopen, het mezelf onlangs weer strak opgelegde stramien van tussentijdse haarwasbeurten stug volgend. De paar dingen die je houvast geven moet je nooit loslaten.

Het is gelukt, mijn haar is schoon. Bijzonder licht in mijn hoofd, kam ik het zittend, half onder de dekens, op mijn bed uit. Ik word gek. Want nu moet ik bijna kotsen. Kokhalzend ga ik weer retour.

Wat is dit toch? Gaat het niet beter, stelden deze nachten dat ik goed sliep niks voor? Word ik nooit meer okay, blijft dit angstgevoel zo dicht aan de oppervlakte dat het me te allen tijde kan overvallen? Houdt het niet op dan? Houdt het nooit op dan?

Ik kots mijn darmen schoon, of mijn maag, wat is het?
Weer moet ik kakken, wat een ellende, zo snel als ik kan keer ik me om, nu de andere kant boven de pot, het knalt er weer uit, het sproeit eruit als roestig water uit een kraan onder extreme druk. Flets, klats, klodder, een fijn staaltje sproeikak.
Dan: pff.
(Opluchting.)
Ik leef nog. En zie dan dat ik ongesteld ben. Inderdaad, merk ik, heb ik ook een zeurend gevoel onder in mijn buik.
Misschien kwam het daardoor allemaal, even een kleine kortsluiting, moet kunnen, ja, hè, ongesteld. Gelukkig.
Ik hou mezelf voor: het is niks, het gáát beter.
Alleen maar een beetje bloed.

ROOD

Bloed. In haar broekje. Judith was misselijk geweest, had last van haar buik, pijnscheuten. Dat miste ze niet, dat ze ongesteld was. Dat bedacht ze net. Toen het bloed. Paniek nam bezit van haar. Er was iets mis.

Ze moest het bed houden, had de dokter gezegd, dan was er grote kans dat alles goed kwam.
Ze moest spanning vermijden.
Jos gaf te veel spanning, bedacht Judith. Het meisje leek op haar moeder en Oskar had het niet makkelijk haar te zien. Judith zelf ook niet. De vrucht uit zijn verleden was geen zegen voor de vrucht van het heden, die zij godzijdank nog in zich droeg.

RAZEND/ ofwel Inez zit met de gebakken peren

Razend was ik. Waar sloeg dit op? Dat dat mens het bed moest houden, okay, geen spanningen mocht hebben ook okay. Maar Jos kon daarom haar vader toch nog wel zien, al was het niet daar, ze konden tenminste toch wel samen ergens koffie drinken? Daar had zij toch niks mee te maken? Daar kon ze geen last van hebben. En als ze dat wel had moest ze dáár iets aan doen, in plaats van mijn dochter de toegang tot haar vader ontzeggen. Hoe kon Oskar dat pikken? Dat wijf had het ver geschopt, dat ze zijn leven vanuit bed orkestreert.
Zij vertelt hem wat te doen, ik moet Jos weer eens vertellen wat niet te doen.

UIT DE HAND/ ofwel Jos is furieus

Ik heb het rustig geprobeerd. Het werkte niet. Jos ramde furieus haar vuist in de deur, een krater ontstond. Haar hand waarvan het littekenbotje altijd al gevoelig is, krijgt een pijnscheut, ze schreeuwt het uit, vloekt grenzeloos, dit loopt uit de hand, ze smijt wild haar tas mijn kant op ik kan maar net op tijd bukken. Dat - was - bijna - in - mijn - gezicht.

Ik kijk naar *dr. Phil*. Ik zou grenzen moeten stellen, ik weet het. Haar kapot moeten laten schrikken, haar kamer leeghalen als ze slecht gedrag vertoont, haar wereld moet ineenstorten. Maar haar kamer is al leeg en haar wereld net als de mijne reeds ingestort. En ik ben te moe om op te staan. En de ruzie die het zal geven.
Op tv is het allemaal mooi, maar ik zou hem hier wel eens willen zien staan. Bij mij in de woonkamer met dat krijsende kreng. Of ik van haar hou? Natuurlijk. Ze is mijn dochter. Mijn onmogelijke dochter in een onmogelijke situatie.

XXIV. Wat is wijsheid

Voor het eerst in mijn leven een documentaire gezien, afgezien dan. AVRO, weet niet hoe hij heette want viel er te laat in. Kan er dus hier en daar een beetje naast zitten. Joodse vrouw in ik weet niet welk land, trouwt Servische man, die wordt opgepakt en beschuldigd een verrader te zijn. Is hij niet. Hij geeft zijn 'misstap' dan ook niet toe. Maar kan zijn nieuwe opgesloten en afgesloten leven niet aan en pleegt zelfmoord in de gevangenis. Zijn vrouw, weet niet meer hoe ze heet, laat ik haar even Bracha noemen, wordt bedreigd door de regering: je erkent zwart op wit dat je man een verrader is of je raakt in een strafkamp en je kind komt op straat te staan. Bracha houdt meer van haar man dan van het leven zelf en erkent ter ere van hem, net als hij, helemaal niets. Zij wordt voor straf inderdaad jarenlang mishandeld in een kamp. Haar dochter (laat ik die even Ineke noemen) komt bij een tante in huis maar die kan het door de omstandigheden inmiddels losgeslagen kind niet aan en zet haar in een weeshuis. Bracha weet dit niet, die denkt dat ze nog altijd bij die tante zit. Na de oorlog worden ze herenigd, Ineke en Bracha. Ineke blijft haar moeder tot haar 80e verwijten dat die haar in de steek gelaten heeft. Bracha is het ermee eens maar kon volgens haar niet anders. Ze zou het weer zo doen. Ineke meent: de mening van anderen was belangrijker dan ik, je eigen kind, dan mij opvoeden. Want moederlief had ook kunnen zeggen: ik onderteken dat rotformulier, die fakebekentenis, en ben evengoed in het reine met mijn geweten. Want ik weet voor mezelf wat mijn geweten is.
Bracha: 'Dat is mooi gezegd, maar het was een andere tijd. Je vader had broers, zussen, ouders. Hoe denk je dat het voor hen geweest was als ik gezegd had dat je vader een verrader was?' Ineke: 'Dan hadden die in de krant gelezen dat jij, Bracha, had opgegeven.

258

Nogmaals: het ging dus om jou, en de mening van anderen. Niet om de liefde voor mijn vader, of de liefde voor mij.'

Ze komen er niet uit en reizen af naar het beruchte strafkamp en de begraafplaats van man/vader. Kleindochter, dochter van Ineke dus, naam weet ik niet, noem ik even Elza, is ook mee. Gedrieën gooien ze aan het eind van de dag 19 stenen in het water, die staan voor de 19 maanden dat Bracha in het straf-kamp zat. Vervolgens omarmen, omhelzen ze elkaar. Bracha, weer alleen in haar eigen huis, zegt als slot-woord: 'Je moet de consequenties overzien. Had ik het papier ondertekend, mijn man verraden, had ik mijn dochter kunnen opvoeden. Inderdaad. Maar een paar jaar later had ze me een verraadster van haar vader gevonden. Dat had ze me ook nooit vergeven.'

En daar zegt de vrouw die zo vreselijk veel heeft meege-maakt, waarschijnlijk een waar woord.

Je doet het toch nooit goed. Welke keuze je ook maakt. Raar genoeg sterkt dat me.

KOKEN/ ofwel zelfredzaamheid

'Ik kan het wel,' zei het vijfjarige meisje zachtjes, beschaamd en voorzichtig hoopvol, wat angstig ook, tegen haar moeder die haar bestraffend aankeek.
'Nou, dan hebben we een nog veel groter probleem,' antwoordde mijn moeder. 'Dan kun je het wel, maar wil je het niet. Dat is nog veel erger.'

Bij een Turks winkeltje eindelijk dan toch bestek gekocht. We doen ons best, zal ik maar zeggen. Zo'n lelijk goedkoop plastic handvatje, maar wel in vrolijk rood, hoe verzinnen ze het. Heel creatief die mensen eigenlijk. Twee lepels, twee vorken en twee messen, zes keer rood. Beter dan die witte troep van de pizza-boer.

Ik had nog nooit gekookt. Ja, van woede misschien. Nee, serieus. Mijn enkele pogingen daartoe mislukten steevast grondig. Oskar en ik gingen vroeger elke avond uit eten, soms kookte de nanny, dan werd het een vette klieder, en sporadisch bestelden we iets. Nou ja, ik nam ook wel eens wat mee bij Van Dam, de beste in Zuid (dus in de stad, vonden wij), en vooral: lekker dichtbij.
Maar nu moest ik eraan geloven. Ik kon die pizza's niet meer zien en dat gozertje dat ze bracht en het gehinnik op de gang niet meer horen. Bovendien heb ik het mijn moeder moeten beloven anders mag ik niks meer lenen, de vierduizend aan sieradengeld verdween toch al rapper dan ik dacht.
Ik had hoe heet het nou ook alweer, zo'n staaf met van die rubberachtige bladeren eraan, zachtgroen en donkergroen en wittig, het ruikt niet erg fris, naar ui zou ik zeggen, maar is wel goedkoop, o ja, préí gekocht. Ik kreeg de blaadjes maar moeilijk gesneden, dat doen we dus nooit meer. Ik kwakte de bleke stronk geïrriteerd in de vuilnisemmer, exact op dat moment kwam Jos binnen.
'Je smijt het verkeerde stuk weg.'
Hoe wist zij dat nou weer?

'Van Alex' moeder.'

En weg was ze. Okay. Dan de vuilnisbak maar in om ons avondmaal eruit te vissen. Dat ik ooit zo diep moest buigen voor eten. Ineens, veel te snel, kwam ik overeind, het zag zwart voor m'n ogen: die Alex, was dat een jongen of een meisje? Deelde Jos mij hier subtiel mee dat ze een vriendje had? Wat lief, zo'n kind nog, zo onbeholpen, en nu al iets als een vriendje.

REKENING/ ofwel geen geld en wel een jongen op de bank

Jos en Alex, die inderdaad een jongen bleek te zijn, een donkere jongen, ik moest er erg aan wennen, aan de pizzajongen die ontelbare malen bij ons aan de deur geweest was, kind aan huis al voordat ik het wist, en nota bene keer op keer door mij persoonlijk uitgenodigd, besteld zelfs, ja, als je alles van tevoren weet, ze keken MTV. Op de grond waar ze zaten, dat was 'cool', absurd veel spijkerbroek en nog veel meer bespottelijke gaten, als ze die gaten nou eens zouden vullen met het teveel aan stof dat nu bungelde aan alle kanten en konten smolten de extremiteiten samen, het zou een hoop schelen.

Ik opende de post, de denderende muziek, daarvoor mijn oren Oost-Indisch doof getraind.
Het zweet brak me uit. Ook hier vielen gaten, en geen geringe. Al die rekeningen, waar moest ik het van doen. De inhoud van mijn kistje slonk sneller dan ik voor mogelijk had gehouden, ik deed erg mijn best en dacht elke keer dat er meer in zat dan erin zat. Ik was gewoon niet erg goed in geld, behalve dan in het uitgeven ervan. Ik had vroeger met Os zo'n mooie deal die het voor ons allebei deed: hij bracht de flappen in, ik gaf ze uit. Daar moesten we altijd om lachen. En als het hem een enkele keer een beetje te gortig werd, een duizendje of wat was ik gewoon zo kwijt aan een leuk setje, dan zei ik tegen mijn moppermannetje: 'Ik doe het voor jou, het is voor jóúw uitzicht, ik kan mezelf niet zien,' dan lachte hij en was het weer goed. De volgende enveloppe, trillende vingers, de volgende acceptgirokaart. Oskar regelde dat ook altijd, ik had nog nooit ergens mijn handtekening onder gezet behalve onder 'huwelijkse voorwaarden' en de flitsscheiding, beide waren me niet al te best bevallen. (En heel af en toe een handtekening onder het slipje van de creditcard. Ik zag Oskar voor me: 'Betaal nou cash, niet met zo'n stom slipje. Het enige wat jij met een slipje moet doen, is het uittrekken.' Ik had het gedaan, midden op straat. Hij werd rood, maar leuk rood, liet zijn hand onder

mijn rok glijden en het werd nog leuker. Hij... *Stoppen*. Niet dat soort gedachten waar Jos bij zit!)

Weer een acceptgirokaart. Ik had moeizaam kennis moeten leren maken met die hatelijke gele kutkrengen, onmodieus ook nog, welke ambtenaar heeft die kleur nou weer verzonnen, geen gezicht, en waarom 'accept'giro, ik wou helemaal niks accepteren. En waarom wou iedereen eigenlijk maar de hele tijd van alles van mij hebben? Dit keer schrok ik me werkelijk rot, dit kon toch niet waar zijn: fucking honderdachtendertig euro! Honderdachtendertig pleuro's gas, water en licht?!!! Uit! Alles! Nu!

Jos lachte haar hysterische moeder uit, Alex zat er stil bij, die keek wel uit. Schijnheilig of goed opgevoed?

In het donker zocht ik kaarsen.

Ho, stop, wacht! Zie ik nou haar hand in zo'n gat van hem verdwijnen? Of is het een schaduw? Verdorie, wat moet ik hier nu weer mee. Ik ontbrandde snel een lucifer om een kaars mee aan te steken, ondertussen kijk ik en probeer te zien. Au! Fuck fuck fuck. Mijn vinger verbrand, ook dat nog. Ik ben het zat, licht maar weer aan.

WEG/ ofwel er ontbreekt geld

Ik moest boodschappen doen, mijn work-outs van een heel andere orde tegenwoordig, en opende het kistje. Hè? Ik telde mijn geld. Was ík nou gek of hoe zat het? Nee, ik wist het zeker. Dit keer ontbrak er echt geld.
Ik schrok.
Debbie.
Zij was de enige die bij mij thuis was geweest. Ze wist waar het kistje stond en wat erin zat. Het zal toch niet weer? Had ik weer een foute vriendin uitgekozen? *Denk*. We hadden koffie gedronken, gesproken over ons idee, we wilden het 'Inez & Zo' noemen. Ik was naar de wc geweest, zij ook, toen was ze gegaan. Gehaast. Omdat ze naar haar werk moest. Zei ze.
Jezus.

Wat ik niet begreep: zij had me geld geleend, waarom had ze het niet gewoon teruggevraagd als ze zelf omhoogzat? Misschien had ze het niet gedurfd. Had ik me vergist? In haar, of in hoeveel er precies in mijn kistje zat? Nee, stoppen, niet jezelf weer gek maken. Ik wist hoeveel erin zat. Ik had het juist geteld omdat ik de vorige keer onzeker was geworden van hetzelfde feit. En omdat ik moest leren hoe groot het gat in mijn hand was. Ze had meer gestolen dan ze me geleend had.
Dit was echt vreselijk. Dan kon ik met Debbie helemaal niks opzetten, niks zaak, nieuwe toekomst of wat dan ook. Kon het verdomme nou nooit eens meezitten?

Ik vertelde het aan Jos. Ze werd er naar van, ze leefde met me mee. Dat deed me goed. Net als vroeger, toen ze klein was.

LATER/ ofwel er is duidelijkheid

Debbie was langs geweest. Ik had niets durven zeggen. Ze merkte dat ik stil was, maar weet dat aan van alles behalve wat er werkelijk loos was. Ze begon er niet over, dat vond ik misschien nog wel het ergste.

Ik had een halfuur onder de gloeiend hete douche gestaan om het van me af te spoelen, dan maar weer een hoge rekening.
Ik droogde me af. Door de deur die op een kier staat zie ik Jos voorbij schuifelen. Schuchter. Omzichtig. Ik krijg kippenvel.
Koud? Ik weet niet wat, maar ik vertrouw het niet. Ik steek mijn kop om de deur. Zie: Jos zit met haar handen in mijn kistje. Het beeld verstilt als een foto. Het voelt als een dreun op mijn kop.
'Meer op heterdaad kan niet,' hoor ik een stem, mijn stem?
Jos schrikt, het moet mijn stem geweest zijn, het kistje lazert uit haar handen op de grond.
Kapot.
Verbijsterd raap ik het geld bijeen, mijn handdoek valt van mijn lijf, volledig naakt, tranen springen in mijn ogen als ik het gelakte hout dat naast mijn droogdoek in grote splinters ligt, verzamel en op tafel leg. Jos denkt dat ze ervandoor kan gaan.
Ik spreek met mijn moeders stem mijn moeders woorden.
'Staan blijven. Je gaat pas weg als ik zeg dat je weg mag gaan.'
Het werkt. Ik wapper met het geld voor haar neus.
Ze ontkent, net als haar vader.
Ze bekent, net als haar vader.
Ze geeft mij de schuld, net als ik.
Jos kijkt boos, wat kan ze toch lelijk zijn, dat vertrokken smoelwerk, de mazelen in haar nek.
'Mens, wat moet ik anders. Jij geeft me niks.'
'Er is ook niks.'
'Wel, in dat kistje. Nou ja, wat een kistje wás.'
'Jos, dit is niet leuk. Dit beetje geld is het enige wat we nog hebben. Je was erbij toen ik mijn sieraden verkocht.'
'Inez, papa heeft je...'

Ik onderbreek haar onmiddellijk.

'Noem me geen Inez. Voor jou ben ik je moeder.'

' "Je moeder", papa heeft je weet ik veel hoeveel duizend euro gegeven. Dat jij dat een beetje loopt uit te delen aan een of andere gek die aan de deur komt, is niet mijn schuld. Waarom moet ik er dan de dupe van zijn?'

'De dupe'. Wat klonk ze volwassen ineens. Ik trek mijn handdoek weer goed, als een stijve mummie sta ik daar en ben van plan om nog heel lang mee te gaan.

'Dat is ook heel vervelend, maar dat geeft je nog niet het recht te stelen.'

'Het is geen stelen. Ik pak gewoon mijn eigen geld terug.'

'Het is jouw geld niet. Het is vóór jou, óók voor jou, voor je opvoeding, maar niet ván jou. En dat weet je zelf donders goed, anders zou je het niet zo stiekem doen.'

'Ik doe niet stiekem.'

Het kind was terug.

'Je blijft er voortaan van af. Kijk me aan! Kijk-me-aan! En ik zal het controleren. Elke dag. En als het nog één keer gebeurt...'

'Je zoekt het maar uit. Ik ga bij papa wonen.'

Ja, het doet zeer. Pijnlijk treft me deze aanval, ik vind het ook gemeen, maar ik ben inmiddels wel wat gewend en het moet pijnlijker voor haar zijn dan voor mij. Ze besefte de onmogelijkheid van haar uitval inderdaad zelf al: haar vader en zijn fijne vriendin wilden haar helemaal niet hebben daar. Maar hier wilde zij niet zijn. Ze werd giftig en beet me toe:

'Het is allemaal jouw schuld.'

'Jos, dat is het niet.'

Daar ging ze weer op de vlucht.

Naar haar ka-mer.

Het speet me erg, maar ik was nog niet klaar.

XXV.   Het enige, de enige, enig

Jos heeft gezworen nooit meer iets te zullen stelen. Ik hoop dat haar beloftes beter standhouden dan die van haar vader.

Ze rolde weliswaar met haar ogen, maar dat kan me niet schelen; als haar oren maar vastzitten en hun werk doen.

Het was nog een fikse ruzie. Godzijdank was daar de dagelijkse dr. Phil weer om 16.45 die zei dat ouders geen vrienden van hun kinderen moeten zijn. Ze zijn hun opvoeders. Ze moeten regels stellen en consequent zijn.

Dr. Phil is de enige man van betekenis op dit moment in mijn leven.

Sinds ons heftige gesprek over haar diefstal lijkt ze zich minder op mij af te reageren. Stilte voor de storm? 'Kinderen zijn hinderen, zei vader Cats altijd,' volgens mijn moeder. 'En moeders zijn loeders,' was mijn steevaste aanvulling. Daar kon ze dan wel weer om lachen, mijn moeder.

Kinderen komen gewoon met een heel palet aan hinderlijke eigenschappen op deze wereld, dat had ik altijd al geweten: eerst schijten ze in alle kleuren van de regenboog hun luier vol, dan schijten ze even makkelijk als kleurrijk als walgelijk op jou.

En helaas, des te minder geld je hebt, des te erger de ergernissen. Je kan ze niet meer naar ballet sturen, of zangles of paardrijden. Je hebt geen Spaanse, Poolse, of wat voor nanny waarvandaan dan ook om de boel op te vangen.

Ik ben daarnaast zo bezig uit mijn eigen ellende op te krabbelen dat ik die van mijn kind er amper nog bij kan hebben.

Toch wil ik Jos niet kwijt, nooit, nooit, nooit, ze is het

enige wat ik nog heb, en ook het enige wat ik nog van Oskar heb.

Godzijdank ben ik met Debbie niet over het verdwenen geld begonnen. Stel je voor dat ik haar beschuldigd zou hebben. Ik zou mijn beste vriendin kwijt zijn. Shit! Rotgeblaf van die rothond. Ff naar gang om te roepen. Zo terug.

OEPS/ ofwel Inez met haar mond vol tanden, en in haar handen...

Het was genoeg zo. Ik had uiteindelijk geen andere kant op gekund dan de politie erbij te halen, die hond was al uren aan het blaffen. Hield het even op, begon het weer van voren af aan. Ik was al naar Nabiebje geweest, maar die deed net of hij niks hoorde en gaf gewoon helemaal geen antwoord.
Het moest maar eens afgelopen zijn.

Drie grote agenten, gelukkig zat André er niet bij. Ik was al slechtgehumeurd genoeg en die leugenachtige eikel die ik al in een eeuw niet gezien had (niet dat ik op hem zat te wachten), zou mijn stemming niet veel verbeteren. Twee van die mannen, niet te ontkennen lekker strak in het pak, wierpen in het donkere trappenhuis nog net hun schaduwen op de smalle gangmuren, op weg naar buiten. Ho wacht even. Na al dat lawaai wil ik toch graag even weten hoe de zaak er met die rothond nu eigenlijk voorstaat. Ik heb geen zin dat ik of Jos of wij beiden, straks midden in de nacht worden wakker gejankt, ik dan weer moet bellen en alles weer van voren af aan begint. Aldus open ik vastbesloten mijn mond.
'En?'
'Nou, mevrouwtje, u had gelijk hoor. Er was inderdaad iets aan de hand.'
'Dat zei ik toch. Ik bel heus niet voor niks. Dus? Gaat-ie dat beest nou eindelijk een beetje in de hand houden?'
'Dat denk ik niet.'
'Van de politie moet je het hebben.'
'Mevrouw...'
'Ja, ja, mevrouwtje dit, mevrouwtje dat. Maar behalve dat en een paar parkeerbonnen uitschrijven komt er niet veel uit.'
'Mevrouw.'
'Ik mag het niet zeggen, ik weet het. En wat u betreft mag ik het waarschijnlijk niet eens denken.'
'Me-vrouw.'
'Maar kunt u nou niet gewoon een beetje uw best doen.

Gewoon heel eventjes. Eén keertje maar. Dat moet u toch ook voldoening geven.'

'Mevróúw!'

'Menéér! Kunt u er nu werkelijk niet voor zorgen dat hij naar u luistert?'

'Nee, mevrouw.'

'Nou, da's lekker makkelijk. Dus dan moet ik het zeker zélf maar met mijn buurman regelen. Ik zeg het: wat er dan gebeurt, is op jullie verantwoording. Schrijf dat maar vast op. Ja, nou kunt u me wel zo aankijken, maar wie weet wordt-ie woest, hij heeft al een keer gedreigd mijn vinger eraf te hakken, zo direct slaat-ie me nog dood.'

'Dat lijkt me moeilijk mevrouw. Uw buurman is zelf dood.'

'...'

'Zoals het ernaar uitziet, een natuurlijke dood. Maar dat moet onderzocht worden.'

'...'

Wat kan je anders op zo'n moment zeggen dan: '...'. En na die briljante stilte: 'Ah, die Nagib. Het was zo'n aardige man.' En na hun blikken: 'Híj viel wel mee, maar zijn hond hè.'

Als bij donderslag aan niet heldere hemel wordt het ineens nog voller in het toch al krappe, donkere trappenhuis. Familie van mijn buurman, dat zie je zo. Het zijn er nogal wat. Vader denk ik, moeder schat ik in, vijf zussen, drie broers, en nog wat kids. Compleet overstuur. Wat een verdriet. Tranen, krijsen, janken. Ik kan niet anders zeggen, het ziet er mooi uit, die treurende mensen. Dan sterf je tenminste niet voor niks. *Als ik doodga, zullen er niet veel om mij huilen.* Nee, ik ben zo vergeten. Dat ben ik nu al, dus beter zal het er niet op worden. Een snert-leven, een snertdood. Misschien moet ik maar eens een radicale actie ondernemen. Prins Willem Alexander vermoorden of zo. Lijkt me dat je dan wel aandacht krijgt. Maar ja, dan zit Máxima weer in d'r eentje. Ineens deinst de hele familie in een golf achteruit: vanuit het appartement van de buurman komt agent nummer drie, met de hond van de buurman.

'Kan er iemand voor deze zorgen?'

Vraag die extreem veel geschud van veel hoofden veroorzaakt.

'Wij zijn bang voor honden.'

Na deze flux de bouche, deze ruimhartige kwintessens van de familie, wordt die nog veel stiller. Vervolgens lijkt ze en masse in elkaar te krimpen, dan welt ze naar voren, en kijkt verwachtingsvol, hoopvol naar mij. Het is alsof ik oplicht, er een schijnwerper op me schijnt. Dat is overigens ook zo, de agent houdt zijn knijpkat op mij gericht. Had ik nou dat stomme peertje er maar niet uit gehaald, stond ik nu niet op het kruispunt van blikken en licht.

'Eh...'

Weer zo briljant.

'Het voordeel, mevrouw, als-ie bij u kan blijven, is dat het dier een beetje in zijn eigen omgeving blijft. Hij heeft natuurlijk ook een trauma opgelopen nu zijn baasje zo eh, nou ja,' ongemakkelijk kijkt hij om zich heen, 'u begrijpt wel wat ik bedoel, dat arme beest.'

'Eh, ja, maar eh...' Klotekutje, hoe moet ik nu zeggen dat ik dit niet wil? Kijk ze nou eens naar me kijken allemaal. Alsof ze het 'ja' uit mijn mond kunnen persen simpelweg door hun blikken op me te duwen. Nou mooi niet. Het is mijn hond niet en tot nu toe heb ik er alleen maar last van gehad. Ik moet eronderuit. Maar hoe? Ineens weet ik het. Natuurlijk. De waarheid.

'Ik zou wel willen, maar het gaat echt niet. Ik ben zo blut als een kameel.' *Crisisdecrisis waarom zeg ik nou weer kameel? Deze mensen komen uit Turkije, toch niet uit de Sahara! Lekker bezig.* Ik vervolg, vind ik, dapper. Of ik niks raars gezegd heb.

'Echt, ik kan voor mezelf al nauwelijks eten kopen.'

De agent knikt, keert zich om en gaat er reeds met het beest vandoor. Oprecht fantastisch. Maar de familie blijft me aankijken, en daar word ik niet blij van. Voel me niet helemaal op mijn gemak, al die donkere ogen op een schier oneindige rij.

'Luister-is, ik moet ook nog voor mijn opgroeiende dochter zorgen. Kost klauwen met geld. Dat ik dus niet heb. Dat zullen jullie toch wel begrijpen.'

Oeps. Niet beledigen. Te laat.

Een van de mannen (De aanvoerder? De vader? Wie is deze

jongere versie van de Godfather?) steekt zijn hand in zijn binnenjaszak. Ik voel me nog meer niet op mijn gemak. Hij zal me toch niks aandoen? Met de smeris in zijn nek en zijn hele familie als getuige? Het zweet breekt me uit. Ik wil net naar de politie roepen, als ik zie dat de beste man een flap geld uit zijn zak haalt.

Flits: Oskar tovert geld uit zijn borstzak, ik voel me wegzinken, zoals hij dat altijd deed... Stoer. Mannelijk. Heerlijk. En als ik het nieuwe geld niet in mijn bh maar in mijn kistje stopte, en dat op mijn knieën onder bed schoof wist ik al wat er kwam. Oskar kon de aanblik van mijn uitdagend naar achter gestoken kontje vaak niet weerstaan, trok mijn slipje als ik dat al aanhad naar beneden of schoof het ruw opzij, stak zijn pik wild in me en neukte me hard en grondig helemaal naar god. En als ook hij klaar was:

'Je doosje weer vol genoeg?' vroeg hij dan grijzend. Hij wist het al, mijn doos kon in die tijd nooit vol genoeg. Een volle doos voor een volle doos, een eerlijke heerlijke ruil. Een doos is een doos is een doos.

'Is dat genoeg?'

Door Oskar heen komt de groep weer tevoorschijn. Ik staar hem aan, de man met het geld. Even niet in staat te antwoorden.

'Nagib wil die hond nooit in een asiel,' zegt hij.

Ik ben terug. Mijn buurman heette Nagib en zou zijn hond nooit in een asiel willen. Ik aarzel. Kan ik dit geld wel aannemen? Van een wildvreemde? Wat als ik straks met een crimineel in mijn maag zit? Want echt lekker ziet het stel er niet uit, hier in mijn gang. De, is het nou de vader of de broer van die dooie stakker, ziet mijn aarzeling. *Niet nog meer beledigen trut! Zég iets.* Maar het blijkt de beste reactie *ever* want broerlief gooit er nog een biljetje of wat bovenop. Wow! Of dit genoeg is? Dit is genoeg om een heel weeshuis van te voeden. Ik knik beduusd.

De agent wordt teruggehaald, de clan deinst achteruit, de riem van de viervoeter wordt in mijn handen gedrukt, ik krijg ook een handdruk van de agent. En blijf dan achter met de hond.

Die begint meteen te piepen. Crisis. Wat heb ik nou weer op m'n hals gehaald?

'Wacht! Hoe heet-ie eigenlijk?'

Het familiegetreur met eindeloze uithalen is reeds weer aangevangen, ik kom er niet meer tussen en leid het naamloze geval dan maar mijn kamer in. Alwaar het op z'n gemak begint te schijten.

LASTIGE ZAAK/ ofwel namen noemen

Hij luistert niet.
Geen Karel, Sjakie, Kobus.
Niet Kwibus, Bruintje of Dribbel.
Ook Oetlul heeft geen effect.

We bevinden ons in het sprookje *Repelsteeltje*, waarbij de op en neer springende, op de bank huppende vlooienbak aan de winnende hand is.
Zelfs Jos geeft de namenspeurtocht na een melig uurtje of drie-eneenhalf op. Ook Alex heeft het de hele middag geprobeerd met namen als Achmed, Mohammed, Ali, maar de bij voorbaat al verdoemde poging mislukte inderdaad. Ik had niet echt verwacht dat buurman Nagib zijn hond zo genoemd had. Daar gaan we weer. Arie? Kanarie? Etterbak?

NAMEN NOEMEN

Syl-vi-a? Sas-ki-a? In-grid? In-ge? Ka-thin-ka? An-ne-ke? Judith
luisterde naar het zacht bonkende geluid van de echo, met elke
ontroerende hartslag kwam er een nieuwe naam in haar op.
Alles was even indrukwekkend. Judith had al deze veranderin-
gen aan haar lichaam niet verwacht. Ze hield vocht vast, zag
er pafferig uit, ze zweette meer dan anders en had ongelooflijk
veel slaap nodig. Gelukkig zag de echo er volgens de gynaeco-
loog goed uit, dat was mooi. Lag ze tenminste niet voor niks
plat.
Als naam een samenvoeging van stukjes van de voornamen van
opa's en oma's, daar had ze ook wel eens van gehoord.
Misschien was het een idee. Judith probeerde de opa's en oma's
in spe. Twee van haar, één aan Oskars kant; vader wist ze wel,
maar moeder niet. Er kwam iets uit als Angeemar. Ze probeerde het hardop: 'Angeemar, kom je eten?!' Nee, dat was niks.
Dat kon ze haar kind niet aandoen. Die zat haar hele leven met
die naam opgezadeld. Zou ze het kindje anders alleen naar
haar moeder noemen, vroeg Judith zich af. Die zou dat zeker
leuk vinden. Maar haar moeders naam was niet mooi genoeg
voor haar baby. 'Anna' was te eenvoudig. Misschien als tweede
naam. Dat was raar, ze wist niet eens of Oskar katholiek was,
daar hadden ze het niet over gehad. Niet dat Oskar er een punt
van zou maken, dacht Judith. Judith geloofde zelf wel, maar
praktiseerde het geloof niet. Ze deed er niet echt aan. 'Josje'
vond ze de leukste meisjesnaam, altijd al. Maar dat kon
natuurlijk niet. Ze kon haar kindje moeilijk de naam van haar
halfzusje geven. Wel erg jammer. Maar misschien werd het ook
wel een jongetje. Zowel Oskar als zij had niet willen weten wat
het werd, dat was een verrassing. Jongensnamen, daar had
Judith nog niet goed over nagedacht. Waarschijnlijk omdat het
voor haar gevoel toch een meisje zou worden. Oskar mocht het
zeggen als het een jongetje werd. Als hij tenminste met een
mooie naam kwam. Misschien wou hij wel dat hun kind ook
Oskar ging heten. Daar had Judith nog niet echt een mening
over. Het was net of ze niet zo goed meer kon nadenken nu ze

zwanger was. Of al haar energie naar haar kindje ging. Mohammed was momenteel een populaire naam, in Amsterdam ging die zelfs aan kop, maar Judith vond het niet zo'n heel erg mooie naam. Bovendien, als iedereen die naam al had... Michel misschien? Michel van der Broek, ja, dat klonk wel.

NO NAME/ ofwel de hond wordt gedoopt

De Hond Zonder Naam die niet luistert, trekt ook nog eens bij het uitlaten. Niet een beetje, nee als het zo doorgaat kunnen we binnenkort gezinskorting krijgen bij de fysio. *Freaking hell* zijn we eigenlijk nog wel verzekerd? Joost mag weten wie dat zal betalen. Joost? Zou hij Joost heten?

'Jóóst! Jóó-hóóst!'

Niks hoor. De Hond Zonder Naam Die Ook Geen Joost Heet slobbert zijn voer naar binnen en maakt van de keuken een ravage. De lol is er gauw van af zo. We kunnen wel vaststellen dat het kreng óf slecht is opgevoed, óf te laks om zijn best te doen voor zijn nieuwe gezin. Lakse Maks. Bij dezen is hij gedoopt.

Voor Laxe Max is je arm uit de kom rukken tijdens een wandeling ook niet genoeg. Nee, 'even een frisse neus halen' zoals mijn moeder zou zeggen, welnee, dat zou te mooi zijn, niet alleen komen we gepijnigd terug van het avontuur, maar ook geheel buiten adem. Want geránd moet er worden met die gek. Veel te veel energie heeft dat beest. Niet af te matten. Hebben wij weer. Een ADHD-hondje. *On top of that* is hij niet eens lekker om te aaien, zo stug zijn vacht als de haren van een ruwe schrobber. Hij piept. Grote goden, niet weer.

'Jos, laat jij 'm ff uit?'

'Waarom?'

'Omdat het jouw beurt is.'

'Weet ik niks van.'

'Je had het beloofd.'

'Nietes.'

Geen welles zeggen. Niet erin tuinen.

'Jij wou hem per se houden, weet je nog? En je wou er alles voor doen.'

'Maar toen wist ik nog niet dat-ie niet luisterde. Wat heb ik nou aan een niet luisterende hond? Ik ga echt niet nog een keer voor lul lopen.'

'Jos, toe nou.'

'Nee.'

'Ja.'

'Nee-hee.'

'Ja-ha.'

Damn.

'Jos. Jij wou er toch voor zorgen?'

'Jij wou toch ook voor mij zorgen? Nou ik heb ook duizend-enéén nanny's voorbij zien komen hoor.'

'Waar slaat dat op? Ik ben er nu toch.'

'Weet je wat, mam? Over dertien jaar ben ik er ook voor Laxe Max, oké? Tot die tijd red je het wel, ja.'

En weg.

Goed. Fijn. Fantastisch. Top.

Als ik het nog niet wist, weet ik het nu wel. Ik ben opvoedkundig een nul.

XXVI. Also...

- Blij dat ik mijn ergste beddelijkheid kwijt ben. (Ik hoop dat dit zo blijft.) Dat komt vermoedelijk ook wel weer een beetje door Laxe Max, hij móét uitgelaten worden. Arme buurman Nagib, je zou aan de andere kant inderdaad een hartaanval van die hond krijgen.

- Of ik Oskar terug wil? Ik kan heel beschaafd en edel 'nee' zeggen, maar ik mis hem nog iedere dag, er gaat in ieder geval geen dag voorbij of ik denk niet niet aan hem.

- Jos mist hem heel erg.

- Ik kan ook maar niet wennen aan het feit dat ze een broertje of zusje krijgt, ik moet als het zover is mijn best doen daar niks negatiefs over te zeggen. Mijn best doen is in dit geval: mezelf grote dwang opleggen mijn mond überhaupt maar niet te open te doen. Dat lijkt mij veruit het veiligst. Bij 'Gilmore Girls' gaat zoiets heel fraai, dan stimuleert de moeder haar dochter Rory zelfs haar babyhalfzusje te gaan zien. Bij mij zit dat er vrees ik niet in. Ik vind het de hel dat zij daar straks gezinnetje gaan zitten spelen en ik hier als een pion word geofferd.

Volgens dr. Phil mag je kinderen niet mengen in je scheiding en ruzies, gefaald heb ik al genoeg, ik zal mijn best doen.
Heel stiekem in mij zegt een stemmetje wel dat ik het niet erg zal vinden als Judith een miskraam krijgt. Erg hè. Ik weet het. Maar ze heeft Oskar erin geluisd met dat kind, je hoeft mij niks wijs te maken. Ze kan zeggen wat ze wil, zelfs zichzelf iets anders wijsmaken, maar ik ben niet gek. Anno nu hoeft er helemaal niemand meer zwanger te worden.

Als ik erover nadenk word ik weer woedend.

Wat is het met dat soort vrouwen dat een man steelt van een andere vrouw? Kunnen ze niemand vinden die ongebonden is? Telt hun geluk slechts als ze het kunnen bouwen op het verdriet van een ander? Genieten ze daarvan, geeft het een machtsgevoel: 'ik kan iedereen krijgen'?

Vaak duurt dat anders niet lang; tentakels grijpen brutaal wat ze willen, ze zuigen zich vast - maar dan moeten ze loslaten, de kracht ontbreekt ook hun. Meer dan een tijdelijke verlossing kunnen ook zíj niet zijn. Mannen vluchten altijd weer weg bij dat soort harde types, zelfs terug naar daar waar ze vandaan kwamen, wetend dat het thuis uiteindelijk toch beter is, nou ja, zoiets. Waar hij ook heen gaat: de dievegge is hoe dan ook haar macht kwijt, en moet om zichzelf staande te houden het volgende slachtoffer lostrekken. Als een verslaving is het, zielig hoor, zo iemand.

- Het zal Judith met die baby trouwens toch een stuk moeilijker lukken, iemand nieuws aan de haak te slaan. Eigen schuld. Een hoer die wordt betaald met andermans ellende. Je kan van mij zeggen wat je wilt, maar zo zit ik niet in elkaar.

NIEUW/ ofwel Inez gaat op zoek

Te erg. Definitief te erg. Die arme Nagib die me ooit zo aardig geholpen had mijn bed in elkaar te zetten, had ik onterecht beschuldigd een kloothommel te zijn; er was werkelijk geen land met Laxe Max te bezeilen.

Kortom: er moet een nieuw baasje voor hem komen. Wie o wie kunnen we ermee opzadelen?

Ik heb Debbie meteen eerlijk verteld van de som geld die die gasten voor de duivelse doerak hebben neergeteld. – Meteen nadat ik besloten had dat het lastige geval toch maar wel een opdracht van de zaak is.

Debbie kijkt op.

'Wat voor soort is het eigenlijk?'

'Geen idee. De lelijke soort.'

De volle waarheid. Hij ziet er niet uit, net een omgekeerde bezem op poten. Een leuk designhondje was nog tot daaraan toe geweest, maar dit! Het is gewoon gênant om er de deur mee uit te moeten.

Debbie is dol op Max maar meent, nadat ook haar arm half uit de kom ligt, dat we hem eigenlijk op cursus moeten doen.

Cursus.

Kost geld.

Zonde.

We hebben net een beetje.

Opties. We moeten hem bij iemand zien te stallen. Kwijt aan iemand op zo'n manier dat het beest goed terechtkomt, zodat wij dadelijk niet de hondschuwe, maar toch gevaarlijk uitziende, en vooral ook grote, familie op ons dak krijgen. Hoewel we die gasten waarschijnlijk nooit meer zullen zien, moeten we het zekere voor het onzekere nemen. Bovendien moeten we proberen van de toekomstige deal ook zelf beter te worden.

Gemeen?

'Niks gemeen. Zakelijk.'

We hadden het allebei kunnen zeggen.

'Naar een asiel. Is dat een optie?'

Jos, die dat net hoort, ongelooflijk zoals dat kind weet wanneer ze waar moet zijn op welk moment en vooral ook wanneer niet, wordt woest.

'Djiezus! Dat doe je toch niet. Stelletje dierenbeulen! Waarom laat je hem niet meteen afmaken, hè?! Of laat hem lekker achter, vastgebonden aan een paaltje in het bos.'

'Nou ja zeg. Of we dat zouden doen.'

'Trouwens, Jos, hij gaat helemaal niet naar een asiel. Dat kost eerder geld dan dat het wat oplevert.'

'Nog een stelletje gemene egoïsten ook. Als je maar weet dat als hij naar een asiel gaat, ik ook naar een asiel ga.'

'Jij gaat ook naar een asiel.'

We keken haar giechelend aan.

'Je weet best wat ik bedoel. Dan ga ik ook weg. En dan kom ik nooit meer terug.'

Dat biedt perspectief.

BEZUINIGEN/ ofwel het blijft schrapen

Debbie en ik besloten Laxe Max wel weg te doen, maar er nog
heel even mee te wachten om het voor Jos wat makkelijker te
maken. Het is voor dat kind ook niet eenvoudig allemaal. Het
zou zelfs al schelen als Oskar haar af en toe mee uit eten nam.
Financieel en emotioneel. Dat elkaar niet zien... Het was net of
ze manisch was, de ene keer down, de andere keer zat ze uren
god mag weten met wie, kletsend aan haar mobieltje op haar
kamertje. Ondertussen moeten we natuurlijk nog steeds bezui-
nigen.

- Bellen kan vast voor veel minder, volgens Debbie bestaan er
'daluren'. Ik wou het wel proberen, die daluren. Niet dat ik
zo'n druk telefoonverkeer had tegenwoordig. Maar je moet
toch wat. Ik stel het Jos voor. Die denkt er iets anders over.
'Sorry hoor. Maar als je moet bellen moet je bellen. Dan ga ik
echt niet uren wachten, dan is het alweer voorbij. En trouwens,
ik bel toch op mijn mobiel, en die betaalt papa.'
Ze had gelijk. Die rekening ging al vanaf haar eerste gsm, op
haar negende verjaardag, naar de zaak. Net als de mijne. Toen.
Ja hoor... Ik krijg nu alleen míjn rekeningen binnen. De lul.
'Dus mam. Dan moet jij zelf maar minder bellen.'
Zit wat in. Mijn lieve dochter van me, kan ik niet op jouw
mobieltje bellen voortaan?

- Stand-byfuncties uit: scheelt zo'n 80 euro per jaar. Ik kop
hem erin, mijn dochter vangt en flikkert hem er hup weer uit:
'Ja maar mám. Dan moet je elke keer overal heen lopen om uit
te doen. Dat kost energie. Daar krijg je honger van. Moet je
weer eten, en da's veel duurder hoor, dan 80 euro per jaar.'
Ga daar maar eens tegenin.

- Kieren van de ramen dichtmaken: dat kon wel 30 euro per
jaar schelen, had het brikkie van een bovenbuurvrouwtje me
toevertrouwd. Jos kijkt me nu heel zielig, meelevend aan, ik
ben de oermoeder der niet-begrijpenden.

'Mam. Weet je wel wat het kost om die spullen te kopen?!
Eerst moet je er met de tram heen, want op de fiets kan je het
echt niet tillen. En jij moet met z'n tweeën want dit ga jij echt
nóóit alleen doen. Dan moet je die troep bij elkaar zoeken, ben
je de halve middag verder dus is je tramkaartje ook niet meer
geldig, moet je opnieuw stempelen, is je kaart net vol, moet je
in de tram betalen, ben je dubbel zo duur uit, keer twee want jij
gaat dus niet alleen. Moet je al die spullen nog kopen en betalen. Kom je thuis ben je de helft vergeten, moet je weer terug
en begin je voren af aan. Is je winst misschien net 10 cent. Over
twee jaar. Nou mam, wie weet wonen we dan wel in Tokio.
En daar is het altijd heet, dus maakt het sowieso niet uit of je
kieren wel of niet dicht zijn.'
Geef zo'n kind eens ongelijk.

- En dikke sokken aantrekken?
'Ja, dág. Ga zelf maar voor lul lopen.'
Een onvervalst staaltje van beargumenteren.

- Wc-rolletjes plat slaan. Dan rollen ze minder snel van het
houdertje en gebruik je automatisch minder.
'Djiezus. Ik ga niet met een vieze reet rondlopen.'

Wat een discussies. Ineens moet ik lachen. Oskar en ik, in een
soort van rare rotruzie wie er nu eigenlijk meer in huis doet. Ik
vond van ik, hij vond van hij, en dat vond hij belachelijk, want
hij had al een fulltimejob, ik volgens hem niet, wat weer een
discussie opleverde. Afijn, ik had ook een werkster tot mijn
beschikking, en een nanny, dus, vond Oskar: 'Waarom ik überhaupt iets moet doen hier in huis is mij werkelijk een raadsel.'
'Jij doet echt niet meer dan ik hoor, Oskar. Die drieëneenhalf
keer per jaar dat jij de afwasmachine uitruimt, slaan echt nergens op.'
'Drieëneenhalf keer per jáár?! Per week zal je zeker bedoelen.'
'Nee, dat bedoel ik helemaal niet.'
'Och kom. Ik doe het zo langzamerhand vaker dan jij.'
'Oskar, zeur alsjeblieft niet zo. We zitten in een huwelijk, niet

in een rekensom.'

Hij grijnsde, dat soort opmerkingen kon hij wel waarderen. Het was alweer goed, hij opende zijn armen, ik dook erin.

Rám!

Met een klap sla ik ineens mijn wc-rolletje plat. Wie heeft dat verzonnen, die onzin dat je eerst zelf gelukkig moet zijn en dat je dan pas een ander gelukkig kunt maken? *Rám!* Wie neemt die feministische afstandelijke bullshit voor waarheid aan? Waarom wordt dit cliché steeds herhaald? Omdat het wel goed en stoer klinkt? *Rám!* Nog een wc-rolletje naar de haaien. Waarom moet je het alleen kunnen? Net zoals je drinken, eten en lucht nodig hebt om te leven, heb je liefde nodig. Als een baby geen liefde krijgt wordt het een kasplantje, wat voor gezonde voeding je er verder ook in kwakt. Waarom mag je als volwassen mens dan ineens niemand meer nodig hebben? *Rám!* Weer een rolletje verliest zijn oorspronkelijk ontwerp. *Rám!* Nog eentje naar de haaien. Het is een leugen, iedereen heeft iemand nodig. Hoe zit het nou eigenlijk? Zo: wanneer is iets echte liefde? Als je die persoon tachtig procent van de tijd om je heen kunt hebben. Als je er mee in één huis wilt en kunt leven. Hoe groot of klein dat huis ook is. Het is onzin om te beweren dat je daar vier of meer kamers voor nodig hebt. Ik heb als student met iemand geleefd op dertig vierkante meter en zou het zo weer doen als me dat liefde oplevert.

En lat-relaties, daar geloof ik al helemaal niet in. Niet dat ik iemand op het oog heb. Maar puur theoretisch. Het betekent gewoon dat je kunt doen wat je wilt, heeft niks met liefde te maken, is het toppunt van egoïsme. En verder ook erg makkelijk. Want wanneer enkel het gevoel genoeg is dat je weet dat er iemand voor je is, maar dat je die verder niet elke dag hoeft te zien, dat is ook afhankelijkheid, alleen ontkénde afhankelijkheid. O wat zijn we stoer en o wat redden we het alleen. Als die ander maar fijn ergens op de achtergrond rondzweeft. Wie heeft dat verzonnen, dat het fout is om in de liefde afhankelijk te zijn? Wat is daar mis mee? Dat als het fout gaat je het te zeer voor je kiezen krijgt? Als je dat niet aandurft, leef je toch als een dweil? Mensen zijn geschapen om bij elkaar te

zijn, en ware liefde is daarbinnen het mooiste wat je kan over-
komen. Ik hoop met heel mijn hart dat het je vaker kan over-
komen dan één keer in je leven. Maar geloven doe ik het niet.
Rám!

XXVII. Klem

De (gedeeltelijke) prul van een moeder heeft anders
toch maar weer mooi voor Jos' plekje gevochten. Ik heb
Oskar op Jos' fiets een soort van klemgereden. Ik vond
dat hij zijn dochter moest zien, ze mist haar vader en
hij mag zijn vaderschap niet ontkennen. Het is niet
goed voor haar. Ik stond voor hem, hij kon geen kant
op en werd al boos, maar ik zei: 'Dwing me hier dan
ook niet toe', en ik denk dat hij het toch wel een strakke
actie vond, zo'n wijf dat hem brutaal tegenhield of ze
in het leger zat. Hij zei dat het gewoon allemaal erg
moeilijk was met Judith die geen stress mocht hebben.
We kwamen zover dat hij zou proberen tijd voor Jos
te maken, gewoon in de stad. Ik zei: 'Je moet het niet
proberen, maar gewoon doen.'
We kregen het ook over haar oude slaapkamer.
'Wist ik veel dat ze zo'n drukte zou maken om een
kamertje,' zei hij.
'Het is niet "een" kamertje, het is háár kamertje.'
'Vrouwen... Judith zei: de baby moet er elke dag slapen,
Jos maar af en toe en naarmate ze ouder wordt, wordt
dat toch minder.'
'Dat bepaalt Jos zelf wel. Dat kan Judith niet voor haar
doen. En Jos heeft net zo goed haar eigen stekkie
nodig.'
'Als man denk je daar niet over na. Zolang je maar
ergens neer kunt ploffen, maakt het niet uit.'
'Bij wie ook niet, heb ik begrepen.'
Voor ik het wist, moest ik er zelf om lachen. Dat wat ik
misschien een week, een dag, misschien zelfs vijf minu-
ten eerder nog als sarcastisch had bedoeld, was nu in
de mildere vorm van ironie gekomen. Ik merkte een
kleine afstand tussen mij en de pijn.
En in zijn ogen dacht ik even iets te zien, volgens mij
was het geen woede. Misschien benauwt het hem wel
meer dan hij had gedacht, zo'n kantoorkutje. Erger:

een kóffiekutje - met pruttelende baby op komst!
Met als overtreffende trap van erg: dat Juffrouw
Kantoorkoffiekut met haar opzwellende inboedel
alleen maar plat mag liggen. Lijkt me 's nachts ook
een saaie bedoening. Hi, hi.
Wordt de rolverdeling teruggedraaid?

Ineens is 'gelukkig' een woord dat eigenzinnig aarzelt
of het weer tot mijn vocabulaire toe wil treden, nadat
het zo hartgrondig ontkend is, en zijn plaats keer op
keer ontzegd. De aarzeling geeft twee dingen aan:
Het gaat stapje voor stapje beter, er is tenminste een
aarzeling en geen totale weigering.
Maar het gaat nog niet top, anders zou er geen sprake
zijn van aarzelen.

MIJN LEVEN

	ja	nee	
man	☐	☒	(Alsjeblieft. Hoef ik even niet... Tenzij...)
geld	☐	☒	(Wordt een beetje aan gewerkt. Door mij. De wonderen zijn de wereld nog niet uit. Het zwaard van Damocles hangt echter nog altijd zwaar en gevaarlijk boven ons hoofd. De ramp dreigt. Help!!)
werk	☐	☒	(Zie boven. Het lijk is bezig zich bijeen te rapen en is aan het herrijzen. Ik kan niet zeggen als een feniks, eerder als een taart in de oven. Hopelijk stort ze niet weer ineen.)
tijd	☐	☐	(Geen mening, soms wel, soms niet, in ieder geval is mijn indeling chaotisch en totaal anders dan vroeger.)

HÈ?!/ ofwel Inez weet niet wat ze ziet, of liever: wie ze ziet

Ik mis Oskar nog meer nu we elkaar gezien en gesproken hebben. Ik merkte het pas net, toen ik mezelf betrapte op een onvergeeflijke blunder. Praten tegen je hond. Op stráát. Ik was verdorie net prinses Christine of hoe heet ze, dat mens dat tegen bomen kletst. Zou het bij haar ook begonnen zijn na haar scheiding, had zij ooit ook gedacht het goed voor elkaar te hebben, dat niets haar kon gebeuren en was toen lijp als een deur geworden.

'Laxe Max, ik mis Oskar, dat is eigenlijk je baasje, wist je dat. Die zou ook wel weten hoe jou een beetje in bedwang te houden.'

Mis. Raak. Mis. Laxe Max had helemaal geen zin in mijn geouwehoer en begon weer aan de riem te rukken, als er één is die zijn eigen gang gaat is hij het wel. Om zijn zelfstandigheid nog eens extra in te wrijven, maakt hij een pitstop, en pist midden op de stoep. Een pisstop dus. Een grote stinkende pisgele vlek die via de stoepgroeven naar alle kanten uitloopt of-ie er alles voor overheeft de plattegrond van een wereldstad te worden. Ik schaam me dood. Hopelijk ziet niemand me. Snel kijk ik om me heen. Dan overvalt me een heel naar gevoel, ik word bijna misselijk. Die man daar. Die houding. Die lichaamslengte. Bouw. Haarkleur. Is dat niet Blauwoog? Ineens sta ik te trillen op mijn benen. Hij lijkt er verdomd veel op. Wat als hij het is? Wat doe ik dan? Ren ik op hem af en vlieg ik hem aan, klamp hem vast, gil dat ik nog geld van hem krijg? In mijn lijf vindt een strijd plaats, waarbij de andere kant niet minder heftig zegt: hij is een vieze vuile oplichter, misschien heeft-ie wel ervaring met krijsende wijven, grote kans zelfs. En wat als hij mij aanvliegt, sterker is hij sowieso, dat wint hij altijd, en wat als hij een mes tussen mijn ribben steekt? Dan heb ik een heel andere reden om te krijsen. Zal ik de politie bellen? Maar dan moet ik eerst zeker weten dat hij het is. Want stel dat ik bel en hij is het niet, dan nemen ze me nooit meer serieus.

Ik kan het niet goed zien, maar hij moet het zijn.
Ik zou zweren dat hij het is.

Ik ben bang dat hij mijn kant op kijkt, en tevens is dat exact wat ik wil omdat ik zijn ogen moet zien. Zijn helblauwe ogen. Ik voel me net een jongere versie van Miss Marple als ik besluit hem te volgen. Kijk. Blauwoog vist sleutels uit zijn jaszak, wil een autodeur openen. Oud karretje, roest hier en daar, kan feitelijk echt niet meer. Renault 4'tje. Verdorie, de autodeur is al open. Straks weet ik nog niks en is hij het wel. Snel, wat nu? Wat zou Debbie gedaan hebben? Kentekennummer. Ik moet zijn kentekennummer opschrijven. Met mijn oogpotlood en een kassabonnetje en een hoop gehannes doe ik wat ik moet doen. Dan zie ik dat hij kinderen heeft – dat ik hen nu pas zie! Mijn speurvaardigheden bevinden zich klaarblijkelijk nog in embryostadium – twee kinderen, én een vrouw. Snel steek ik het papiertje weg, aai mijn hond, ik wil niet dat ze me zien. De kinderen stormen juichend in Blauwoogs armen. Kan ik hun dit aandoen? Wat eigenlijk? Dat weet ik nu nog niet, maar ik blijf staan, ik moet het eerst weten. Of hij het inderdaad is. Ik heb zijn ogen nog steeds niet gezien. Hij kijkt naar beneden. De ogen van zijn kinderen dan? Die schieten alle kanten op, behalve de mijne. Laxe Max blaft, hij wil weg. Vaak vervelend, nu fantastisch. Want de kids kijken even mijn kant op. Bloedmooie ogen. Bloedmooie brúíne ogen. Teleurstelling. Maar, besef ik dan onmiddellijk, dat zegt nog niks. Misschien hebben ze het niet van hun vader geërfd. Dan gooit Blauwoog zijn sleutels hoog in de lucht, ze maken een mooie boog, hij kijkt ze na, ik zie zijn ogen, en zie het meteen. Hij vangt de sleutels behendig op in zijn vrije hand. Zijn kinderen lachen. En ik weet: hij is het niet. Geen blauwe ogen. Ik heb me vergist. Opgelucht maar toch nog shaky trek ik Laxe Max mee.

AHA/ ofwel Inez en Jos en een onderonsje

Jos klimt om mijn hals. Die wil iets van me.
'Mammie?'
Ja, ze wil absoluut iets van me. Wat kunnen kinderen toch
doorzichtig zijn.
'Mam, ik heb lenzen nodig.'
Niet goed.
'Hoezo, er is toch niks mis met je ogen?'
'Jawel.'
'Sinds wanneer?'
'Sinds al heel lang. Ik wil groene ogen. Kan ik van jou gekleur-
de lenzen krijgen?'
'Joh, ik schrik me dood. Ik dacht dat je slecht zag.'
'Dan valt dit mee, toch?'
'Bijdehand.'
'Dus mag het?'
'Enig. Zeker. Vraag maar aan je vader, ik heb geen geld.'
'Mammie! Die snapt zoiets niet.'
'Zeg maar dat je geld nodig hebt voor school.'
'Moet je me niet verraden, hè?'
'Schat, ik spreek je vader nooit. Of amper.'
Jos is opgetogen, ik kijk haar na. Dan gaat er een schok door
me heen. Want ineens weet ik het. Lenzen. Natuurlijk. Blauwe
lenzen. Blauwoog droeg lenzen toen hij hier in huis was. Hij
was het wel geweest, die man op straat. Mijn zintuigen hadden
me niet bedrogen.

BESPREKING/ ofwel heeft Inez een zaak?

Helemaal nerveus maar ook opgetogen, adrenaline sproeit door mijn aderen of er een hogedrukspuit aan de gang is, vertel ik alles aan Debbie. Dat ik Blauwoog heb gezien. Dat hij een gezin heeft. Dat Joost mag weten wat hij met mijn geld gedaan heeft, maar dat hij en zijn familie er eerder armoedig dan rijk uitzien. Dat hij maar een Renault 4'tje rijdt, en niet een of andere lekkere bak. Zijn vrouw en kinderen droegen ook geen merkkleding: ik had het vrij sneue beeld van de Zeeman- tot H&M-familie nog haarscherp voor ogen.

Eerst meent Debbie dat ik de politie moet waarschuwen, maar dan bedenkt ook zij dat áls ze hem al zullen pakken en veroordelen, ik daarmee mijn geld nog niet terug heb. Grote kans dat ik daar dus naar kon fluiten. Van een kale kip kan je niet plukken. Niemand die dat beter weet dan ik – en zij, want ik leen van haar.

En verder: als Blauwoog na zijn eventuele veroordeling doodleuk besloot om te verhuizen, hield niemand hem in de gaten; grote kans dat hij daar weer hetzelfde 'baantje' oppakte als hier. Kortom: niemand schiet er iets mee op als ik hem aangeef. Conclusie: als ik wil dat er iets gebeurt, moet ik het zelf doen. Moet ik het recht in eigen hand nemen.

Debbie wil me wel helpen. Maar hoe? Wat kunnen we doen? We weten niet eens waar hij woont, hoe hij heet. Écht heet. Ik heb feitelijk nog steeds niks in handen. *Wel waar.* ...Inderdaad, besef ik. Ik heb wel iets. Het kassabonnetje in mijn jaszak! Waar ik met mijn oogpotlood zijn kentekennummer op heb gekrabbeld! Ik kijk om me heen, zoek, pak, voel. Beet! Ik heb het nog. Ik zwaai er opgetogen mee in de lucht. Maar laat mijn arm meteen weer vallen want besef: wat dan nog? Wat moet ik ermee? Wat heb ik aan alleen een kentekennummer? Wat een gedoe om niks allemaal. Je zou er bijna moedeloos van worden. Bijna. Heel erg bijna. Maar op het moment dat bijna zich wil omzetten in helemaal, vliegt er een klein cadeautje in mijn hoofd. In de vorm van een zekere politieagent die me iets schuldig is.

NOGMAALS/ ofwel Inez pleegt een telefoontje

'Met André.'
'André, met Inez.'
'Nee, hè.'
Stilte.
'Sorry, zo bedoel ik het niet Inez, echt niet, maar ik voel me nog steeds beroerd over, nou ja, je weet wel.'
'Ik heb anders nooit meer wat van je gehoord.'
'Dat is juist omdat ik me beroerd voelde.'
'Mooi. Dan heb je nu de kans om het goed te maken. Ik heb je hulp nodig.'
'Top. Alleen één ding: ik vind alles best, maar ik ga het met jou niet meer over Oskar of zo hebben, ik ga er niet meer tussenin zitten.'
'Dat hoeft ook niet.'
'Beter. Zeg maar wat ik moet doen. Kan me niet schelen wat.'
'Ik heb hier het kentekennummer van iemands auto, en ik moet weten van wie die auto is.'
'Daar kan ik je niet mee helpen. Dat mag niet.'
Niet te geloven dit. Eens een eikel altijd een eikel.
'Doe niet zo moeilijk André. Het is voor jou een eitje om eraan te komen.'
'Klopt. Maar dit soort geintjes kunnen mij m'n baan kosten.'
'Niemand hoeft het te weten, en niemand zal het weten. En je zou alles voor me doen, dat zei je net zelf.'
Stilte.
'Dré, *you owe me one.*'
'Waar is het voor? Wat moet jij nou met een kentekennummer?'
Bingo. De deur was open.
'Die vraag had ik al verwacht en ik heb besloten dat ik het je eerlijk zal vertellen. Maar je mag er niet om lachen.'
'Ik luister.'
'André, ik heb het nodig omdat... Ik heb iemand gezien... Een man... *Daar gaat-ie dan.* En ik vind hem zo leuk. Ik weet niet waar hij woont, maar hij stapte in zijn auto, het enige wat ik

kon doen was zijn nummer opschrijven, vlak voor hij wegreed. Als jij me nou kan helpen met wie hij is, waar hij woont, kan ik hem misschien eens bellen, of er gewoon langsgaan. Hij was zo leuk André, ik voelde de klik gewoon op afstand. *Hoe verzin je het*. Dit kan best eens wat worden. Dat gun je me toch wel? Oskar is toch ook gelukkig? Als mij dat nou ook lukt, is alles weer goed. Ik zweer je, niemand komt het te weten.'

'Het is om een vent aan de haak te slaan?'

'Yep.'

'Voor niks anders.'

'Nope.'

'Dat zweer je.'

'M-m.'

'Nou ja... *I do owe you one*.'

Dat dacht ik ook, vuile verrader.

'Oké, en dan staan we quitte.'

Daar gaf ik geen antwoord op.

TOCH NIET/ ofwel Inez laat het er niet bij zitten

Kees Hengstman heette geen Kees Hengstman maar Kees Komijn. Sowieso logisch dat je met zo'n naam een schuilnaam verzint. Debbie en ik kregen er de slappe lach van. 'Hoi, ik ben Kees Komijn.' 'Wat zeg je? Kees Konijn?' 'Nee, Kees Komijn.' 'O, van kaas. Geen "komijnekáás" maar "komijnekéés".'

Het konijn woont twee blokken bij me vandaan, die sukkel doet dit soort geintjes veel te dichtbij, nota bene in zijn eigen buurt. Of hij betrapt wil worden. Maar dat zal wel weer vrouwen-logica zijn. Ik ben hem een paar keer gevolgd en weet meer van hem dan hij kan bevroeden. Zijn vrouw is net even weg, ik heb met de bibbers in mijn broek aangebeld, hij heeft opengedaan, blijkbaar klaar om mensen op te lichten of klaar voor z'n ande-re stiekeme hobby, want in zijn goeie pak en met z'n lenzen in. De schok van zo dichtbij was er even, maar nu van angst. Toch was ik van wal gestoken en ik stond naar mijn mening nog steeds erg dapper te steken.
'Je kan het niet ontkennen. Nou ja, dat kan wel, maar je komt er niet ver mee. Want...' nu stak ik mijn hand in de lucht en pikte Oskars tellen op de vingers, Debbie en ik hadden gelachen om dit probeersel, maar het zag er na enkele keren oefenen bij mij ook krachtig uit: (één) 'Ik weet waar je woont, (twéé) hoe je echt heet, (dríé) ik heb je handtekening, weliswaar vals, maar dat maakt het voor jou nog erger want ze kunnen tegen-woordig zo zien wie het geschreven, dus vervalst heeft. Verder staan (víér) je vingerafdrukken op die zogenaamde bedrijfsbon van je, en aangezien ik geen werkster meer heb om de boel schoon te houden, treft de politie ook nog wel een stuk of hon-derd van jouw vingerafdrukken bij mij aan (en dat was vijf). Ik weet zelfs waar je je boodschappen doet, en ik weet nog veel meer van je.'
'Wat wil je van me?'
'Wat dacht je van mijn geld terug?'
En dan gebeurt er iets wat ik nooit had verwacht. Hij biedt aan om met me naar bed te gaan als ik het laat zoals het is. 'Dat

wou je toen toch ook,' zegt hij met een verleidelijke grijns.
Twee gevoelens gaan gelijkertijd door mij heen. Allejezus, zie
ik er zo wanhopig uit, geen wonder dat niemand mij wil. En:
getverderrie, wat denkt die vent wel? Dat ik op zoek ben naar
een hoer, een gigolo? Wat is dat voor smeerlap, eerst mijn geld
jatten en dan gadverdegadverjasses. Te goor. Dat ik hem ooit
leuk gevonden heb, die glibber.
'Ik wil mijn geld terug. Punt. Je kan me ook niet bang maken
of bedreigen, want als er iets met mij, mijn familie of mijn
woning gebeurt, heb ik een testament dat vrijkomt en daarin
ben jij de lul.'
Hij lacht me uit: *sure*.
'Je hoeft me niet te geloven, Komijn. Maar als ik jou was zou
ik het niet uitproberen. Ík lieg namelijk niet.'
Hij kijkt naar mijn hond of hij het gevaar ervan probeert in te
schatten.
'Als ik die vorige keer had gehad, was je niet eens binnengekomen. Maar ik ben klaar met praten, straks komt je vrouw
terug van je twee leuke kindjes naar school brengen, het lijkt
me heel vervelend voor je als ze ons ziet babbelen.'
Verbazing overvleugelt zijn bluf, zijn mond valt bijna open.
'Hoe...?'
'Ik zei toch dat ik alles van je weet. En nou wil ik mijn geld
terug, veertienduizend euro. Zo simpel is het.'
'Nou, zo simpel is het niet, want ik heb het niet.'
'Dan zorg je maar dat je het krijgt, anders ga ik naar de politie
met alles wat ik heb. Je mag kiezen. Ik stuur ze zo op je dak.'
Ineens zet hij dreigend een pas naar me toe. Als een wonder
begint Laxe Max te grommen. Ik kan wel juichen.
'Zou ik niet doen, Kees. En ik ben niet gek. Ik heb wat mensen
hier verzameld die ervan af weten.'
Ik kijk schuin achterom. Debbie wuift veelbetekenend naar
ons. Even verderop zit mijn moeder op een bankje. Die weet
niet waar ze voor gebruikt wordt, we hebben haar neergezet en
gezegd dat we gezellig met haar gaan wandelen, ze zwaait ook
als ik naar haar zwaai. Een toevallige voorbijganger denkt dat
ik naar hem wuif, en wuift terug. Mooi meegenomen.

'Er hoeft maar iets te gebeuren of ze bellen de politie. Zoals je ziet ben ik goed voorbereid. Ik zou dus maar snel over de brug komen.'

Niet alleen heeft-ie nu compleet zijn bluf verloren, hij ziet er zelfs benauwd uit. Toch buigt hij naar me toe, zo dichtbij, ik kan hem ruiken, voel zijn adem in mijn gezicht, het angstzweet breekt me uit.

'Luister. Ik heb maar vijfduizend euro,' zegt hij.

Pff. Ademen. Doorademen. In en uit. In en weer uit.

'Dan missen we er dus nog een stuk of negen,' zeg ik als ik mijn krachten weer verzameld heb.

'Ik heb niet meer. Echt niet. Ik zweer het.'

Ik denk na. Gezien zijn achtergrond is dit een typisch gevalletje van alles of niks, al met al heb ik nog mazzel. Ik knik. 'Eén ding. Als ik óóit nog eens ook maar íéts hoor over dat iemand belazerd is, geef ik je alsnog aan.'

Hij knikt niet, maar loopt wel zijn huis binnen. Ik ben doodsbenauwd maar volg hem, naast 'mijn' mensen buiten, de hond in mijn kielzog, en mijn mobiel paraat om 112 te bellen, blijf ik toch maar in het gangetje staan terwijl die creep verder doorloopt en achter een deur verdwijnt. Laxe Max geeft twee zachte piepjes, komt dan raar stil en gedwee met zijn staart tussen zijn poten bij me staan, naast de kinderbuggy, een groezelig knikkerzakje en een met penneninkt bekraste pop die zonder kleertjes op z'n buik ligt. Het voelt als een uur later wanneer Komijn weer verschijnt. Alles gebeurt in stilte, een griezelige stilte. Hij geeft me een rommelige vijfduizend euro, die ik in mijn zak prop. Dan loop ik terug door het gangetje, wat opgelucht want blij met mijn buit, maar ook nog bang. Hoe je het wendt of keert, ik ben in zijn huis, en hij bevindt zich achter me. Verdomme. Niet handig van me. Direct haalt hij zich toch wat idioots in zijn kop. Hij is er gek genoeg voor. Bijna buiten. En... Helemaal buiten. Licht. Lucht. Opgelucht haal ik adem. En kijk recht in iemands gezicht. Zijn vrouw. Ze kijkt me nietbegrijpend aan. Wie ben ik en vooral: wat doe ik bij hen thuis? Ik lees het uit haar arme ogen. Kees is snel.

'Is niks. Iemand van de Jehova's getuigen. Gaat net weg.'

Ik loop inderdaad weg. Bijna even snel als hij loog. Die gast is dat duidelijk gewend, liegen en bedriegen. Een vakman. Ik keer me om, ik heb het er helemaal mee gehad.

'Ik denk dat je vrouw eigenlijk wel recht heeft om te weten wat er aan de hand is, Kees.'

'Maar, eh...'

Kees schijt in z'n broek. Zijn te dunne vrouw met zorgelijk gezicht en piekhaar kijkt van hem naar mij.

'Eh... Ik ken uw man, Kees, van eh... Nou ja, het is uiteindelijk beter dat u het weet. Ik ken hem... van het gokken. We zijn allebei vaak bij Holland Casino. Te vaak. Wel hele dagen. We eh zijn gokverslaafd.'

'Gokverslaafd?' zegt ze.

'Geldverslindende bezigheid. En Kees speelt nog veel beroerder dan ik. Daarom kwam ik ook. Ik volg therapie. Dat is de enige remedie.'

'Gokverslaafd?' herhaalt de arme arme vrouw.

Ik knik na deze waarheid, over hem althans, en ga.

Ik heb mijn ding gedaan. De rest is aan hen.

XXVIII. Euforisch!

En toen was ik alleen! Heerlijk. I did it! Opgelucht en geweldig trots op mezelf.

Met moeders alsnog een koffie gedronken, die had gemopperd waarom ze nou zo lang op het bankje buiten moest zitten. Hi, hi, ik heb haar niks verteld en getrakteerd op een dikke chocoladetaart. Dat deed haar zuinige mondje tevreden smakken.

High five met Debbie. Ik heb haar wel meteen alles wat ik geleend had terugbetaald. Zij accepteerde voor de rest geen geld. Ik vond dat het wel een beetje bij ons zaakje hoorde, dat ik in plaats van 'Inez & Zo' misschien wel 'Eureka!' wil noemen. En dan iedere opdracht een aparte naam geven, 'Het ex-interieur' (waar ik natuurlijk maar tevens helaas geen cent voor gevangen heb, hopelijk wordt dit ooit nog eens een leuke anekdote), 'Het Istha Eten' (wat misschien nog een vervolg krijgt), 'Laxe Max' (die we nog kwijt moeten), en 'De Zaak Blauwoog', maar Debbie vond deze laatste actie een vriendendienst. Vond dat ik alleen maar mijn eigen geld teruggehaald had, en dan nog niet eens alles, de rest kan ik op m'n buik schrijven. Bovendien was ik degene die 'Het Konijn' gevolgd was, terwijl zij op haar werk zat. En: nu konden we naast ons nieuwe item 'hondenuitlaatservice' ook op ons reclamelijstje zetten: 'P.I.' Wat dat betreft had ze gelijk. Nu wordt het pas echt wat.

ALLEEN/ ofwel Inez is nog steeds euforisch

Benieuwd hoeveel ik overhou als ik de hele snertzooi aan rekeningen bij elkaar optel. Wat voor leuke dingen ik en Jos nog kunnen doen. Zo zin in! Ik stort alle rekeningen die ik kan vinden op mijn bed, plof languit naast de bulk, en begin ze op te tellen met Jos' rekenmachientje. Hé, besef ik ineens tot mijn genoegen, ik heb Fazanten al een poosje niet meer gehoord over Jos' triolen en capriolen! Dat is mooi.
Zo. Ik trek de uitkomst van de opgetelde berg af wat ik aan cash in huis heb... Er blijft over...
Twéé euro en achtendertig cent.
Ja, daar kunnen we echt iets leuks mee doen.

Misschien wacht ik wel met de betalingen, zo'n vaart zal dat allemaal niet lopen. Ik kijk in de spiegel: het wordt tijd dat ik iets aan mezelf doe, dat is voor 'Eureka' ook beter verkoopbaar. Ja, dat is toch ook een goede naam. Dan gaat de bel, en knapt minder dan een seconde erna het licht in mijn slaapkamer. In één klap donker. *Unheimisch*. Meteen gaat de bel nog een keer. Bijna agressief klinkt het. Hardnekkig ook. Ik begin te shaken. Ik haat het dat ik mijn lichaam niet onder controle heb. Wat als hij het is, Kees, en hij me toch iets wil aandoen? *Zie je wel*. Ik had het wel als een zaak moeten behandelen, had ik nu Debbie kunnen bellen om te kijken wie er aan de deur staat. *Nee. Zelluf doen*. Het jonge kind waarbij koppige zelfstandigheid nog zit ingebakken, laat harder van zich horen en smelt ineens samen met de vrouw van nu. Die neemt Laxe Max en gaat naar de voordeur, haar mobiel in haar handen en 11 van 112 al ingedrukt.

EN TOEN/ ofwel Inez deelt een trap uit

'Kees Komijn?' vraag ik door de dichte deur.
'Ja', hoor ik.
Verdomme ik wist het. En dan word ik ineens zo kwaad, ik ontplof haast. Ik bel helemaal geen politie. Ik zal hem krijgen, ik heb hem gewaarschuwd. Alles wat ik aan woede in me heb verzamelt zich, één brok opgekropte nog net ingehouden woede doet de deur open, blijft daarachter staan en wacht tot hij binnenkomt in het donkere halletje. Wacht als een roofdier op zijn prooi, één bulk gespannen wachten, de hond keft, het vonkje ontsteekt de dynamiet, ik ontlaad met een oerschreeuw en geef Kees een ontiegelijke rotschop, de trap van mijn leven. Hij smakt tegen de muur en flikkert op de grond.
'Au, au, au. Verdomme Inez, ben je gek geworden?'
Ik ben nog helemaal niet klaar, net begonnen zelfs, ik wil hem nog een rottrap verkopen, maar dan zie ik in het vage donker... dat het Kees helemaal niet is! Het is André die languit ligt.
'Jezus man, wat doe jij hier? Sorry, maar ik dacht dat je iemand anders was.'
'Dat mag ik hopen ja.'
André krabbelt wat op. Ik kan er niks aan doen maar moet lachen.
'Ik dacht dat jullie politiemannen tegen een stootje konden.'
'Moet je er wel op bedacht zijn.'
Hij staat weer rechtop en wrijft over zijn neus.
'Ooit karate gehad,' verklaar ik halfhalf mijn trap terwijl ik de onrustig blaffende Laxe Max even achter de deur zet.
'Wat kom je eigenlijk doen?' vraag ik dan.
'Niks. Ik wou even weten of die Komijn van dat kentekennummer, of dat een beetje naar wens gegaan is,' hij voelt of z'n neus nog vast zit, 'maar blijkbaar niet.'
'Nee,' grijns ik, 'toch niks voor mij.'
'Waarom sta je dan zo te grijnzen?'
Omdat deze ram voor jouw kanis mij ook niet slecht uitkomt.
Nú pas staan wij een beetje 'quitte', Dré.
'Omdat jij hier staat. Bij mij in de Baarsjes,' zeg ik maar.

'Ik kom wel vaker in dit soort buurten hoor.'

Dat is dan precies de allereerste van mijn oude clan.

'Ik wil je wel binnenvragen, maar het is een bende.'

'Ben wel wat gewend.'

Ik moet lachen: dit niet. Waarop Laxe Max me lijkt bij te vallen en luid blaffend tegen de binnenkant van de deur begint te springen.

'Ik wist niet dat jij een hond had,' verheft André zijn stem.

'Heb ik ook niet. Het is een leenhond. Hij moet een ander baasje. Dus als je nog iemand weet die hem wil kopen...' roep ik.

'Kopen?' roept hij terug.

'Ja!' gil ik hard, juist als Laxe Max net stilvalt. We schieten in de lach.

'Nou, ik zal m'n oren openhouden. Maar met die Komijn ben je dus klaar. Goed, want ik maakte me wel zorgen, met een wildvreemde vent aanpappen, dan weet je het maar nooit. Zeg, zullen wij binnenkort wat eten? Als mijn neus weer heel is zeg maar.'

'Ja, goed,' grinnik ik, 'bel maar.'

Hij steekt zijn duim op, 'hou je haaks', en gaat.

Ik knikte, deed de deur dicht en ging mijn huis binnen.

*Wat een topdag, alles bij elkaar. (En dat op vrijdag.
Heeft vrijdag het dan ook in zich om een Vrolijke
Vrijdag, of op zijn minst Fijne Vrijdag te worden?)*

*Ik lig nu op Jos haar bed omdat hier het licht het ten-
minste wel doet en ik ben - ook door de energieverslin-
dende adrenalinestoten - te afgepeigerd om een peertje
te halen voor mijn slaapkamer.
Ik weet nog de allereerste keer dat ik in dit huis was,
en er zo'n zielig eenzaam peertje in de gang hing en
in de slaapkamers zelfs niks.
Ik dacht dat ik dood zou gaan.*

*Ineens vraag ik me af... Na net, toen ik dacht dat het
Kees was, en ik daarna per ongeluk André tot moes heb
geslagen, na die beslissing trokken mijn shaky lede-
maten wel heel snel bij. En daarna... Het zijn eigenlijk
twee dingen die ik me afvraag: moet mijn moeder dit
gevoel van triomf hebben gevoeld, als zij vroeger 'los'
ging en haar handen gemeen liet wapperen? En: ben
ik tot mijn grote vreze alsnog tot mijn moeder verworden?
Nee, is het dubbele antwoord dat boven komt drijven
terwijl de vragen mijn hersenen en gevoelens zelfs nog
omwoelen.
Ik ben niet mijn moeder geworden.
Ik heb mijn kind niet geslagen.
Dit was verdediging, geen onverwachtse uitval.
Geen uit het niets komende onterechte aanval.
Dit was niet alleen figuurlijk maar ook letterlijk voor
mezelf vechten.
Vechten voor huis en haard, niet ertegen.
Ik voel me sterker, dat ik het nu pas zo duidelijk zie:
mijn moeder verzwakte juist door haar tikken.
Triomf, tegenover besmuikte schaamte.*

Opluchtende bevrijding, tegenover beklemmend ongemak.
Okay, ik ben misschien nog steeds zoals Jos zou zeggen
'zwakke yoghurt'.
Maar wel Yakult in plaats van vette kwark.

Of ik het financieel zal halen? € 2,38. Zeg het maar.
Het zal nog eeuwen duren voor Oskar me weer de complete alimentatie zal geven, hij heeft de wet aan zijn
kant en ik heb mijn haarkleur eer aangedaan: ik ben
blond geweest. Al vind ik het nog steeds niet mijn
schuld. Ik moet wel nog heel wat verdienen, het vergok-
te voorschot is naar de haaien, naar de filistijnen,
naar god, waar het dan ook terechtgekomen is: niet bij
mij. - Met grote dank aan Kees en het casino. (Heet
'afgeschreven' volgens Debbie, die meer verstand heeft
van rekenkundige zaken en termen dan ik.) Jos en ik
moeten op de een of andere manier van mijn inkom-
sten, die ik hoe dan ook moet binnenslepen, zien te
leven. En dan heb ik het nog niet eens over de inrichting hier, of kleding. 'Eureka' moet snel en goed gaan
lopen, anders weet ik het ook niet meer. Ik ga morgen
in ieder geval nieuwe briefjes ophangen, met P.I. erop,
het lijkt me dat er genoeg mensen zijn die hun partner
willen checken. Ik kan ze dat uit eigen ervaring in
ieder geval van harte aanbevelen. Van de nood een
deugd maken heet dat.

Vijfduizend euro! Zelf verdiend! Kan het nog steeds niet
geloven.

VERPAKKING/ ofwel Inez vindt een geheim

Ik leg mijn hoofd op Jos' kussen, god wat zou ik graag even slapen, zo moe ben ik. Hè, wat is dat nou? Wat ligt dit kussen beroerd. Dat arme kind ligt constant op iets wat in je oor prikt. Daar zou je toch ook horendol van worden. Een veer? Ik probeer het goed te doen, weg te duwen, sla erop, het helpt niet, iets in het kussen schraapt gemeen over mijn wang. Ik neem het katoenen omhulsel bij de punten en schud, misschien helpt dat. Er valt iets op de grond. Dat moet het zijn, er was gewoon iets achter het sloop geraakt. Ik steek mijn hand uit en wil het oprapen. Mijn hart bevriest, mijn hand voegt zich erbij. M'n vingers beven stijf.
Op de grond ligt een pakje.
Een pakje condooms.
Mijn dertienjarige dochter verstopt condooms.
Mijn dertienjarige dochter gebruikt condooms.
Mijn dertienjarige dochter heeft seks.
Jos, o Jos...

O nee, is het Alex, de pizzabezorger? Doet mijn dochter het met een pizzakoerier?

Flits:
Jos schaamde zich kapot om haar op straat tegen het niets schreeuwende moeder, die keer dat ik Oskar uitkafferde en zij later aan kwam fietsen. Ze trok me snel, met lelijk gekromde rug, naar binnen. 'Jezus. Freak. Ga ff chillen. Ik hoor hier niet bij hoor.'
Terug:
Ze hoort er wel bij. Ik bij haar, zij bij mij.
En Oskar bij ons.
We konden nog zo weg willen, soms of altijd, maar hoe dan ook, we horen allemaal bij elkaar.
Want we hebben elkaar gemaakt.
Ik zie het met een beangstigende helderheid.

Adem in en uit. In en uit.
Zie de feiten onder ogen.
Je bent een gescheiden vrouw met kind.
Er is letterlijk en figuurlijk werk aan de winkel.

Ik verschop mijn ongemak, mijn gêne, tegen het weerzinwekkende condoompakje, en hoop: misschien heeft ze ze nog niet gebruikt en ben ik op tijd om het te stoppen? Kan ik dat überhaupt? Het pakje rolt een paar keer om, tikt vervolgens tegen de cv aan, aarzelt even welke kant op te vallen, het wordt de andere kant die bovenkomt, die met het prijsstickertje.
€ 2,38 staat erop.
Precies het bedrag dat ik overheb om iets leuks mee te doen.
Geweldig. Ik kan een pakje condooms voor mijn dochter kopen.
Ook deze vrijdag kan op de schroothoop.

2 plus 3 plus 8 is 13. Ongeluksgetal. Een plus drie is vier, wat dat betekent? Ik wou dat ik dat wist. Naar alle waarschijnlijkheid zou ik er nog wel achter komen.

— . —

De auteur heeft dankbaar gebruik gemaakt
van de volgende websites:

www.ggzdrenthe.nl/index.php?pageID=232
nl.wikipedia.org/wiki/judit
nl.wikipedia.org/wiki/Verdrinking
www.statenvertaling.net/bijbel/job.html